# 记忆牢笼

[英] 赛宾 · 达兰特 著
龙飞 章于红 译

# REMEMBER ME THIS WAY



中国友谊出版公司

**图书在版编目（CIP）数据**

记忆牢笼 /（英）赛宾·达兰特（Sabine Durrant）著；龙飞，章于红译. -- 北京：中国友谊出版公司，2016.7

书名原文：REMEMBER ME THIS WAY

ISBN 978-7-5057-3767-9

Ⅰ. ①记… Ⅱ. ①赛… ②龙… ③章… Ⅲ. ①长篇小说－英国－现代 Ⅳ. ①I561.45

中国版本图书馆CIP数据核字（2016）第139813号

著作权合同登记号 图字 01-2016-1381



**书名** 记忆牢笼
**著者** ［英］赛宾·达兰特 著 龙飞 章于红 译
**出版** 中国友谊出版公司
**发行** 中国友谊出版公司
**经销** 新华书店
**印刷** 北京中科印刷有限公司
**规格** 880×1230毫米 32开
11.25印张 261千字
**版次** 2017年9月第1版
**印次** 2017年9月第1次印刷
**书号** ISBN 978-7-5057-3767-9
**定价** 38.00元
**地址** 北京市朝阳区西坝河南里17号楼
**邮编** 100028
**电话** （010）64668676

谨以本书献给B.S., J.S.和M.S.。

我渐渐明白，为什么悲伤那么像牵挂。

——C.S. 路易斯

# 扎 克

我站在广场，抬头往她工作的学校图书馆张望。图书馆里的灯亮着，她从窗前过了两次。第三次出现时，她双肘支在窗台上，眼睛往外看。我知道她看不见我，因为我躲在树荫里，背靠在树干上，脸藏在几杈树枝后，但她的目光似乎直直地奔我而来。一个男人出现在她身后。她转过身去，冲对方呵呵笑，声音白喉鸟似的。我脑子里出现了一幅画面：他的唇印在了她的颈窝里，她血脉贲张，眼睛微闭，他的手伸向了她的胸部。

如果我确定她已心生他念，已把我们的过去忘得一干二净，我会要她的命。

她这是咎由自取。

# 第1章 莉 齐

**2013年2月中**

深吸了一口气。汽油味，粪便味，还有咸咸的海风味。即使到了这儿，海洋好像也没多远。毛毛细雨，滚滚车流，我的脸湿湿的。我手捧鲜花，仿佛一个新娘。我挑的是风信子，一色的蓝，也不知是否合适。扎克告诉我的，一束花最好就一个色。根部用厨房卷纸裹住，再用冰箱冷藏袋包扎起来。也不知是卷纸里的水放太多了还是冷藏袋破了，水一直往外渗，顺着手臂往下淌。

路那边往上是缓坡，坡上爬满了青草和灌木，再往前是一座小山投下的阴影。往上，天空是脏脏的羊群的颜色，缀着朵朵黑云。远处的云边，漏出些许落日的余晖。我之所以看这些东西，是因为我知道在我视野的角落里——马路对面的左边稍远处——就是我要去的地方。我还不想看那里，现在还不想。

今天是情人节，距离我丈夫的车祸正好一年，我驱车两百英里，来到康沃尔郡中部一条A级公路边。这一趟是一个终结，还是一个新起点，我也说不清楚。该朝前迈了，身边的人一直这样劝我。这次，我打算听他们的。

我瞅准时机，从川流不息的车流中跑了过去。到了马路对面，我回头看了看我停在路边的车，一辆辆大卡车过后，我的尼桑玛驰一阵阵晃动。透过侧窗，我的狗正目不转睛地看着我。车一停我就感觉心里爬上了一丝阴影。或许是此处偏远吧，抑或是车流滚滚却只有我一人在此停驻，又或是出于歉疚——对很多事情的歉疚，但最突出的是觉得来太晚了。

去亲人逝去的地方看看，去献一束花，人之常情。那些扎着玻璃纸花的柱子下面，埋葬着命丧此地的可怜开车人。拖了这么久才来，算是少有的了吧。事发当晚，巡警莫罗找到我，要带我去现场，巡逻车就等在外面。我妹妹佩吉把我拦了下来。她对莫罗说要带我回家，她不会让我坐五个小时的车去康沃尔某个冷风嗖嗖的路边看一地的残骸。疯了才会那么做，她说。我可以换个时间再去。扎克死了，我去了也于事无补。

事情的经过我知道了。莫罗刚刚学完通知家人的培训课程，把具体情形跟我讲了一遍又一遍。我听明白了：海上飘来的雾气，湿滑的路面，急转弯，软车顶，副驾驶座位上他喜爱的纯酿制威士忌酒酒瓶，行李箱中的油画颜料和浸泡了溶剂的碎布，粗壮的树干——那儿偏偏有棵要命的树，各种因素凑在一起夺去了扎克的命。

我一直推延行程。周围的人也理解。扎克很喜欢康沃尔。他那儿的一处房子需要整理，大家觉着我自己感觉合适时就会去。但后来，随着时间一天天一周周过去，我却开始害怕起来——害怕见到他空无一人的小屋，害怕又从头体验失去他的痛。

脊背一阵战栗。云层越来越厚。呼呼的冷风掀动着我的衣襟。

得加快脚步了，得在天色暗下去之前献完花回到车上。一辆摩托车超过一辆大卡车，嘀嘀地摁着喇叭呼啸而来。我往边上让了让。身在两百英里之外时，觉得这一趟非来不可，来了却觉得有些疯狂，有些鲁莽。

路肩坑坑洼洼，我在白线和隔栏之间困难地寻找着一步步下脚的地方。人们常说，一步一个脚印，什么困难都能挺过去。我一步一步往前走，小心翼翼。地面很脏：包汉堡包的纸，上面还有番茄酱；一个用过的避孕套，在脏脏的草地上格外显眼；隔栏上嵌着个塑料杯，每过一辆车都会忽闪忽闪扑腾几下。快到急转弯处时，身后传来刺耳的喇叭声，或许出于急切的警示，或许在表示惊奇——这样的路边，居然有个手捧鲜花的疯女人。

到达目的地后，我会把花平放在墓基处。这样做对吗？还是该放高一点？来之前我应该考虑得更周全些，或许该带玻璃纸花来。扎克很会这些事，但他不喜欢我来这一趟。他会觉得这是对他的侮辱，而不是吊唁。他不喜欢多愁善感，连周年纪念都不喜欢。他会认为我这是沾染了恶俗习气，要么就是听了别人的建议。“莉齐·卡特，你这是受了谁的蛊惑？”

现在，在灰色天空的映衬下，我能看清那棵树的轮廓了。我伸手去抚摸围篱里饱经风霜的枝条。嫩枝头上冒出了浅绿色的新叶片。它倒是百折不挠，生生不息啊，什么样的创伤都能扛得过去。我再扭头看了看，然后手摁防护栏一拧身跳了进去。就是它了：那棵树，一棵橡树，虽然粗糙的树皮上有道深深的口子，却给人一种威严的感觉。

扎克出事的那棵树，我伸手抚摸，用手指触碰树皮上的一道道沟槽。我把头靠在树干上，泪眼婆娑。

我的朋友简不想让我今天一个人来。后来我把她逗笑了，告诉她我应付得来。我一副搞笑腔调，说“得去看看”，“总得献个花什么的”——这些都是从我妹妹给我的那本自我调节的书上看来的。我没讲实话，其实我的悲伤浓得化不开，天天愁云惨雾的；但重中之重，来这一趟是为了驱除心中的魔鬼。

所有悲伤都这么云山雾罩？还是就我特殊？有些日子我也接受了他已死的事实，但人就像行走在水下。做一些普通的事情，比如把碗碟放进洗碗机，或是交水电费，都觉得难受、空虚。在卧室外窗户边筑巢的鸽子，开学时穿着新校服的学生，我都感觉厌烦。再小的事情都能把我击倒。上周我在诺斯科特街看到一个骑车人戴了顶白色头盔，立马腿就颤得不行，在凯普斯蒂克体育用品店前面的街道上蹲了好一会儿。别的日子呢？我忘了。有时候我基本无所挂念了，释然了，但另一些时候又非常难受，不知该把自己放置何处，一天天昏昏沉沉，情绪低落，该做的事情拖着不做。

站在这里，我感觉跟他很近，纯粹的近。我终于来了。他的死第一次感觉这么真实。我必须放开他了，但是很难，尽管有种种不快，他是我的真爱。佩吉说得对，他是我到目前为止大部分时间在爱的人——无论是从分钟、小时还是天数看，都是如此。我闭上眼让眼泪滚落。我那饱受煎熬的心是否可以安息了。

脚下有东西碎了，我低头看去。

是靠在树根部的一束花。卡萨布兰卡百合，很正式地用玻璃纸和宽宽的紫带包扎着。

我退后一步。同一地点的另一起事故——这是我脑子里闪出的第一念头。真是个事故多发地，路的转弯处，大地跟人撒的一个不幸的谎。或许今晚还会起雾，还会下雨。

我有些不知所措，不知道该把我的风信子摆放在什么位置。那束百合花显得很有经验，很重要。我站立着，思量着。我知道扎克对我送鲜花的举动虽是不屑，但也不愿与人分享。一会儿之后我才发现，那束花里有张卡片。卡片白色，上面大大地画了颗心，心的四周写了名字。我侧头去看：齐妮娅。卡的顶端用大大的黑体写着：献给扎克。

说实话，当时我还想：太巧了！一个同名同姓的人也撞死在这里了。他们，借用警员莫罗的话说，都成了“一团火球”吗？

我慢慢回到了现实中，温顺地把花放在了另一束的边上。我站起身，恍恍惚惚地从围篱的缺口走了出来，跨过防护栏，按来路走了回去，两手空空，头颅低垂。等我抬起头时，看到一辆车，一辆银色的 SUV，紧贴着保险杠停在了我的玛驰后面。

我的脊柱顶端一阵发紧。我想穿过马路跑回去，但两腿沉沉，仿佛上了麻药。车辆在身后飞驶而来，一阵喇叭声尖厉响起。我的衣服被风吹起，围巾的穗抽在脸上。刹车嗞嗞作响，又一阵刺耳的喇叭声，卷来了一团气流和水雾。

我抖抖索索打开车门，快速冲进驾驶室，一把抱住了我的狗，一条毛茸茸的串种猎狗。它一阵猛舔我的脸，快速地扭动着身体，同时又想挣脱我的怀抱。我看后视镜，那辆 SUV 正变道驶离，我只看到司机弯腰拧方向盘的轮廓。他可能是停车察看方向吧，或是打个电话。没别的意图吧？

镜中的我眼圈有些发红，脸上被划了道口子。我摩挲着霍华德的头，手指伸入它的项圈钻进了它颈部一圈厚厚的毛里。我努力不让自己哭出来。

手绘的心，齐妮娅。他从未提过有个齐妮娅。

我感觉到一阵尖锐的嫉妒的痛，夹杂着一直有的悔意，但同时又第一次有了种相反的感觉：如释重负。还有人爱过他。喉咙里有种味道，纯纯的，硬硬的。不管怎么说，我意识到我有种解脱的感觉。

我们的月老是网络，我觉得这没什么。我妹妹佩吉看重这些细枝末节，觉得我们不应告诉别人这个。她建议我们说是在超市偶遇的。“就说你们是在水果柜台前碰到的，”她说，“两人在互惠店里伸手去拿同一个菠萝，诸如此类的。”

“或是在单身套餐柜台前。”我说。

“在点布莱恩先生的猪肉条，”扎克说道，“诸如此类的。”

刚开始我还蛮谨慎的，我想不出他看上了我哪点，但那一刻，在佩吉的厨房，看着他用“诸如此类”的玩笑讨好我妹妹时，我发觉爱上他了。

是简鼓励我上网征友的。她嫁给了青梅竹马的恋人，过得很幸福。我俩高等中学时认识，在我二十几岁时短暂分开过一段时间，在她印象中我一直就一个人。我们在同一所学校工作，就是她推荐我到学校图书馆工作的。每次课间休息她就在我面前唠叨，说：“时代不同了。不丢脸。你只用从某个宽幅报纸上挑一个网站就行了，就能找到你的真命天子。嗯，就是那种……”她摆了摆手，颇有些势利样儿，“受过良好教育的。”简上过大学，有时候她会忘记我没上过。

我想在我的简历上写：普通图书管理员，无甚特长，负责看护一痴呆老母，基本无感情经历。简对我的看法跟我不大一样。她把我赶走，不让我看电脑屏幕，说我“在朋友的眼中是个开朗、风趣、喜好游历的人，穿牛仔和穿正装都一样自然洒脱”。

“我都没有正装。”

她不让我作声。“没人在乎这个的。”

扎克是我见的第六个男人，是个搞艺术的，住在布赖顿，远远超出了我要求的五英里半径范围，所以我差一点没去见他。他在电话里建议一起走走。人们都说第一次见面不能这样，最好是在公共场所见面。这次的见面方式就显示他不是个墨守成规的人。其他几个都先通过几次电子邮件，谈了些反映个性的问题，比如喜欢住在乡下还是城里，更看重性生活还是两人间的陪伴等等。他直接问可不可以打电话给我，而且用的是真名扎克·霍普金斯，而不是“寻爱 007”之类的。

他贴出的照片上的他既没在滑雪，又没双手抱于胸前立于高档车前，也没将一只德国牧羊犬拥在怀中，而是一张黑白照，有些模糊，低速从上往下拍摄，嘴微张，眉稍皱，仿佛在填字谜。照片看上去没什么艺术性，好像是随便选的，但我后来发现，扎克做事从来讲究，从不随意。

我答应跟他走走，好像都没犹豫。他语速低缓、平稳，稍带揶揄味道，说话直抒胸臆。我已经有些着迷了，被他的自信征服。

他坐火车从布赖顿来克拉彭车站，我去车站出入口处边上等他，心里颇为紧张。当时是 11 月，天阴沉沉的，空气微凉，但说不上冷。他头上戴的是一顶俄罗斯皮帽，身穿宽松亚麻服，外面套了件厚外套。往广场走的过程中，我得时不时地拽霍华德，因为它老想蹦起来咬他的皮帽。他说他在服装上花了好一番心思。

“我想给你留下一个讲究的印象，毕竟你见多识广。”他冲我稍稍弯了弯腰，“同时呢，我又不想走寻常路，给咱们以后的回忆留点东西。我希望咱们以后能一起回忆：‘还记得咱们第一次见面你戴了顶皮帽，你怎么想的呀？’还有一点好处，”他停下来摆了个姿势，“衣服上的皱褶让我显得更健壮些。”

我感觉很难开口说话，因为他太帅了，宽宽的肩膀，蓝蓝的眼睛，高高的个子。前面的一次约会中，和“好好先生”——水晶宫的通讯工程师——在星巴克的那次，我无意中在镜中看到了我们俩的样子，肩膀肉乎乎的，表情呆板而敏感，就像两只没了壳的海龟。我想不出扎克为什么会来，怎么会在我身上浪费时间。他说话的样子也很迷人，拿捏到位的夸张背后显得有些小紧张，逐渐升温的亲昵中带着似有似无的自嘲，跟脱壳海龟和呆板表情形成了鲜明对比。

“我觉得你很健壮。”我终于说了句话。

还没走到南转盘的红绿灯他就牵过我的手，和他的一起放进他的口袋。

这个动作我记得最清楚——他的手指粗糙但温暖，有些干，手掌上有皲裂，我后来发现是油画颜料和溶剂油造成的。这一点我记得最清楚，他的健谈、厚外套和滑稽的帽子倒记得不是那么清楚。他也不是僵硬地握住我的手，而是在行进的过程中用拇指摩挲，似乎在感知我肌肉的弹性。

后来，随着我对他了解的深入，知道了他的童年往事和他对人缺乏信任的原因，当他的深情注视直入我的内心，我感觉自己的五脏六腑都融化了。他说他上网征友不是因为寂寞，平时他也和单身女性见面的，他征友是为寻找一个新的起点，就为这个目的。他想开始全新的生活。

我转动钥匙打着火，驶入车道。路上的车很多。无聊的星期六的傍晚，本地人看完球赛正往家赶。夜色开始在田野里铺开。我还有二十英里的路要赶，我答应过简，要在天黑之前赶到扎克的度假小屋，她应该知道我现在有多害怕去开那扇门。

我继续跋涉，先是博德明环城路，然后是去韦德布里奇镇的干道——一个三角形的两条边，是扎克以前发现去戈尔斯的捷径前所走的路线。按莫罗的分析，一年前他错过了岔路口，然后在第二个环岛右转了。莫罗说他可能喝了酒。或许他是太累了，因为前一个晚上他去埃克塞特见了一个艺术品经销商，在外面待得很晚，后来在家庭旅社没睡好，第二天又在荒野中画了那么长时间的画。

一不留神，我想起了我们的最后一面——发生在他死的前一天上午，当时我们在我位于旺兹沃斯的小厨房里，收音机开着，正在播报汉普郡递补选举的结果。我上班快迟到了，同时又在小心翼翼地关注着他的反应。我穿上外套，拿了狗绳，套上帽子，正要出门，却被他一把拉住袖子。他的瞳孔缩小，眼仁儿变得更蓝了，情绪也变了。他把我拉近身边。“我爱你，”他说得很认真，“你知道的，对吗？”

“我知道。”我说。我从未怀疑过这一点。

“我真的，真的爱你。”他说。

他在我嘴上一个热吻，我尝到了咖啡、薄荷和昨晚的威士忌的味道。我感觉自己在下沉，在顺从，跟以前一样。我的腹部一阵发紧，眼泪开始涌现。如果他的唇下移到我的颈窝，那不管上班会晚多少，我内心有多惊慌，我都会跟他上楼去卧室的。

“在鸡肉里放了蘑菇，抱歉。”我说道。

“我生气是因为我以为你知道我过敏的。”他语气温柔。

“我应该记住的。回家晚了也是我不对。佩吉搞不定她的小孩。”我又说。

“她把你使唤得团团转呢。”他说。

霍华德靠上来碰了碰我的肘，我伸手挠了挠它的颈部。那两天它不大对劲，我把手掌贴在它胸口，看看是否有什么异常。

扎克把头扭开了。“你对我的爱都不如那条狗。”

“才不是呢。”

他把咖啡壶和他的咖啡杯重新摆放了一下，让柄冲同一个方向，把茶托里的茶匙摆成了一条线。“敢发誓吗？”

原本我是跪在地上的。我站了起来，哈哈干笑了几声，心里已打定主意要出发了。那封信我已经写了，也寄了，可能已经在康沃尔等他了。之所以寄去那里，是因为我觉得他看的时候我们身在两地或许会好一些。“我发誓我对你的爱多过爱狗。”我自己的耳朵都觉得我说这话的声音有点太响亮了，仿佛是掐着嗓子说出来的，有些发干。

他死之前我跟他通过两次话，一次是头一天的晚上，第二次是第二天傍晚，我想再听听他的声音。第二次通话时他还在达特穆尔高原一个叫考斯登的地方画一片古老的石岩。阴森、荒凉，他说，仿佛一座座无碑坟墓向远处蔓延。天色已晚，他可能要在夜幕降临后才能到达他的小屋。我叫他小心，最后一段路没路灯。那是我们的最后一次对话。

我驶离复式道，减速，朝大桥方向开。道路变窄成单行道，我打开车灯，保持低于限速的速度行驶。我开车一直很慢，扎克说我开车像个老太太。我努力去想类似的事情——他常常在不经意间伤人，他开的玩笑常常引起出乎意料的恶果。希望这样做能让我不那么想他。

根本没用。

一个人可能让你又爱又恨。一方面你有可能视他为肉中刺，让你厌恶到想揍他一顿的地步；另一方面，认识他又是你一生中最美好的事情，也可以说是最糟糕的事情。你可能想离他而去，但一想到他的肌肤，他的手指在你胸部的轻轻敲击……你会忘却呼吸，即使在一年之后。

那封信还在小屋里，未拆开，静静地躺了一年。我估计它躺在一堆的比萨饼广告单、电视收费通知单和选举民意调查信中间。

谢天谢地他死之前没看到那封信。真是不幸中的万幸，他不知道我背叛了那份感情。

到达后我就把它烧了。

上坡路，我换了个挡位，车突突地有些抖动。霍华德蜷缩在我旁边，头也没抬，继续趴在它的爪子上。

经过假日公园后，透过旁边灌木中的间隙，偶尔能看到天鹅绒般的蔚蓝大海。突然，后视镜里出现了两道刺眼的灯光。是远光灯，离我越来越近。我正在一个斜坡上，我加大了油门，摆脱了灯光的困扰。白痴！我刚在心里骂了一句，那两道灯光又出现在了我的后视镜中，明晃晃，亮闪闪。后面的车都快贴上我的保险杠了，还开始摁喇叭了。我想起了路边的那辆 SUV。这辆也是 SUV 吗？我什么也看不见，大海、海滩、路，都看不见，眼里就那两道刺眼的光。我开始加速，朝山下的村庄直冲而去，一直到一个农场小卖铺，我在它门前的空地嗞地停了下来。

那辆车从我后面嗖地超了过去，绝尘而去。我停了一会儿。霍华德站了起来，朝窗外嗅嗅。天色已暗，旁边的蔬菜架仿佛一个个绞刑架，世界忽然静止了。

应对悲伤的自我调节书籍把人的哀伤中规中矩地分成几个阶段，那些作者认为悲伤者都会经历震惊—怀疑—讨价还价—愤怒—沮丧—接受这个过程。我觉得我被卡在了中间。佩吉给我的那本《逝者复活》中有一章叫“病态的悲伤”，说的是悲伤者感觉被困住了，无法向前迈进。我觉得我就处在“病态悲伤”之中。

没人能帮我走出去。我仿佛病入膏肓，无药可治。它是活着的人的内疚心结，离开者的深深内疚——因为半道出逃。

如果我把那束百合偷走，现在就可以拿出来了。我可以轻抚花朵，用手指轻捻那布满灰尘的光滑花瓣，闻它那令人作呕的香气，从而可以清醒地意识到，这一切不是我臆想出来的。

此处距离我的目的地已经不远了，顺着山势开过几段弯弯曲曲的渣土路就到了。戈尔斯湾在这几段路的外边，位于一处悬崖旁边，那里没有人家。我打开收音机，摇摇晃晃地开最后一段颠簸路程，一边轻声地和着泰勒·斯威夫特的歌。

# 第2章　莉　齐

扎克用隔壁旧车库改建而成的工作室的门口被移动垃圾桶挡住了，院里的草坡上全是去年夏天的烂梨，腐烂的玉簪耷拉着脑袋垂在路边，就连那棵野蔷薇的主藤——两年前我还试图让它环蔓走廊呢，现在又匍匐在地上了。

我从旁边慢慢走向小屋，仿佛在靠近一只紧张的猫咪。我就没喜欢过这儿，实在太偏僻了。从悬崖蜿蜒过来的一条路到这儿就到了尽头，四周一片荒凉；旁边的房子关门闭户，屋里即使有人也毫无人的气息。这房子是扎克在他母亲去世后买的，他说喜欢这种荒凉和孤绝，但听上去有些做作，我估计他可能觉得艺术家应该是这个样子吧。实际上，他讨厌孤独。

钥匙拧了好一会儿才把门打开。我小心翼翼地推门，门后挡着一堆信件。我那封信应该在里面，一找到我就销毁它。

门开了，里面一片昏暗，没人，这儿没人住。齐妮娅献的那束花从某个角度讲就是我要找的证据。他没有躲在这里，他已经没了。

屋子里有股阴湿的味儿，几件家具立于黑暗之中。我跨过门槛，摁下墙上的开关，灯没亮。我走向里墙去开壁炉旁边的灯，中间被地毯的边缘绊得跌跌撞撞。一束黄色的光洒在了扎克落满灰尘的板球桌上。我用手掌根部摁了摁那张橡木桌，在上面留下了一个眼泪形状的印记。

我好蠢，居然害怕一座房子。我开始四下走动，把所有能开的灯打开，一个一个房间地察看。浴室里有个水龙头在滴水。厨房里，杜力特牌面包机旁是一圈老鼠粪便，常春藤的藤蔓从窗户的裂缝中钻了进来。厨架上，几个灰釉小壶整齐地排成一排，柄都冲一个方向；用天然桦木做成的清洗刷稳稳地靠在锅沿上。空气中有种辛辣刺激的东西在集聚。空气有些潮湿，仅此而已。

卧室还是我们上次离开时的样子——枕头直挺挺的，古典的达拉谟棉被下，没套被套的羽绒被叠得像个人似的。床单放在亚麻衣物柜的最下面一个抽屉，还带着清新的薰衣草的香味。我还记得上次把它们收拾起来时的情形：扎克用他宽大的手叠着床单，神情专注。我们还跳了一小段舞，相拥“摔”倒在床上，趴在床上哈哈大笑，还有长长的吻。我永远没法否认，那是绝美的瞬间。

我感觉腿有些发抖。我在床边坐下，头靠在墙上。我们不配，扎克和我。周围的人常常感到疑惑：我哪点吸引了他。他很自信，我不自信；我相貌平庸，他非常吸引人眼球，常常引得售货员一脸傻笑。能找这样一个爱人我真是太走运了，我的朋友们都这样想。我真是走了狗屎运——我能从她们的表情看出来。简羡慕我身上发生的变化，但我基本上还是老样子。我感觉自己完全依附于他，几乎是从一见面时起，毫无动弹能力。我们之间的联系错综复杂，远不止爱人关系这么简单——他和我上一任老板是一个学校的，我们在克拉彭的同一个街区租过房子，无意间成为过邻居。他说出的感受正是我心中所想却难以言表的。他常常挺身而出为我排忧解难，以前从来没有人对我这样过。而且，他有良好的超前思考能力，经常问我：“我们将来要几个孩子呀？”“我们退休了去哪儿度晚年啊？”让我感觉我们已相知多年，以后也将肝胆相照。

在床上，一丝不挂，我们也契合完美。我在书上看到的东西并不是陈词滥调，我真的融化了。我记不清他什么时候结束的，我什么时候开始的，只记得整晚整晚我们都四肢缠绕在一起。他的感觉也跟我一样，我知道的，更何况他有那般的经历。他的手在我头发中抓挠，我们气喘吁吁时的那种静寂，他喷射时俊美脸上的那种喜极若狂的表情，还有他事后的轻声叹息，他的身体把我压得陷进了床垫，他用下巴轻轻地摩擦我的脖子，还有把我拉向他怀里时轻柔、满足的呻吟声。我，也有我的魅力。

闭着眼，任回忆汹涌。等我睁开眼时，发现面前的地板上有一根电源线，一头连着墙上的插头。我用脚轻轻拨动，白色，脏脏的，有些卷曲，上面有个适配器。我弯腰蹲下，循着电源线找它的另一头，结果从床下拎出了一台银色手提电脑——一台苹果笔记本电脑。

我把电脑颠来倒去地看，手上感觉到的是它凉凉的金属质感，脑子在想这是怎么回事。

扎克有一台苹果笔记本电脑。他一直在上面写东西，记录他的灵感和画画、做项目的思路。他很在意他的电脑，从不让它脱离他的视线。离开伦敦时他把它带走了，事故发生时应该就在他身边。所以，他的电脑毁于那场事故中了，这不是他的，一定是别人的。

我打开电脑，屏幕上闪出扎克·霍普金斯几个字和一个密码框。

屏保是从悬崖顶部望出去的景象——低低的云，翻滚的大西洋，扎克的最爱。我啪的一声合上了电脑，把它放在了身边的床上，我的双手抖个不停。

扎克从不允许我碰他的电脑。有一次我把它从餐桌上拿起来擦下面的桌面，他猛地一把从我手里把电脑拽走，结果啪的一声掉到了地上。他把电脑捡起来，前前后后地查看有没有摔坏，嘴里则对我骂骂咧咧。我抽身进了旁边的房间，不想让他看到我脸上的泪水。后来，我们和好了，是在晚上，他在床上黏糊我，他向我道歉了，说他反应过度了。“那可是我的命根子啊。”他说道。

我轻轻地站了起来，尽量不发出声响。我拉开他经常放旧衣服的抽屉，发现有一条短裤不见了，深蓝色的那条，还有一件灰色的运动衫，一条平常卷放在角落里的旧皮带也不见了。我跪在地板上朝床下看，下面有个旅行箱的——之所以放在那里，是因为太大，壁橱里放不下，可现在不见了。我跑到厨房，查看烤箱和碗橱，抖开了擦拭杯盘用的抹布。橱柜里的手电筒连同藏在空牛奶盒里备用的四十英镑都不见了。我一个房间一个房间地看，变换眼光寻找蛛丝马迹，换着角度思考问题。客厅的墙上，一颗钉子下面有块脏脏的正方形。那儿原来挂着一幅画的，是扎克早期的作品，一幅油画，线条简单、粗犷，画的是一个倚门而立的女人。他的猎人靴，由于他的强迫症，一定是整整齐齐地放在门厅的柜子里。我的一双旧的蓝色邓洛普鞋还在，但他的那双——深绿色，四十三码，左脚被霍华德咬坏了，是我偷偷用从网上买的特殊胶水粘好的——不见了。

我坐在壁炉旁的椅子上，嘴有点干，身体开始发抖。又开始了，我又回到了那种状态。周围的人都说我疯了。可能吧。可能是我在胡思乱想。但不是我在胡思乱想。他一直躲在这个屋子里！

那封信！

那堆信件还躺在大门旁边。我全部拿起来放到桌上，把棕色信封的民意调查表、免费报纸、水电工广告单、燃气账单和电视收费通知书推到一边，后来全掉在了脚边。里面没有我写的信。

霍华德还在屋前的花园里，我走到门口唤它进来。外面很冷，典型的康沃尔寒夜，偶尔有一缕暖风从海湾吹来。四周一片沉寂。它在路上循着某种气息往前走，或许是在找扎克吧。我加大了嗓门再次呼唤。

我写的话在脑海里卷轴般展开。我的挚爱，我开始写道，我需要一点点空间……我们分开一段时间吧——都是些听起来受用实则空虚的句子，在扎克看来就是虚情假意，他讨厌这种陈词滥调。但我太害怕了，不敢直抒胸臆。“诚实点。”他总是说，“看着我，告诉我你是怎么想的。”想起这些我的心就好慌。很多时候我都不知道自己是怎么想的。有些时候正因为他强烈地想知道我的想法，害得我什么想法都没了。

“你就是我的一切。”他总是这么说，“我离不开你。”

你爱那条狗都比爱我多。

霍华德还没回来，我转身进了屋子，走向厨房。垃圾桶是布拉邦蒂亚的，最好的牌子，扎克坚持要买的。看上去确实有品位，扎克最看重细节了。我过去按开了盖子。

我那封信连同信封躺在垃圾桶的最底下，被揉成了一团。

“霍华德！”我在门口大声呼唤，声音有些过大，还有些发抖。

我的狗飞奔过来，经过潮湿的草皮时一个趔趄。它蹭了蹭我的腿跑进了屋子。它的爪子脏脏的，而地板是白色的，地毯是灰色的。胸腔腾地升起一阵惊慌：得赶紧清理，让扎克看见就麻烦了。

在伦敦，自从扎克出车祸之后，我晚上一直把灯开着。我不信任自己，门窗要检查三五次，自己的脑子都觉得不可靠了。和别人在一起的时候，我都不知道一句话有没有说过。简说我有时候一句话翻来覆去地讲，别的时候呢，一句话也不说，太安静了。我觉得我好像在等什么。四肢像灌了铅一样沉重，而且不听使唤。我觉得我会一不小心摔下楼梯，摔破头，摔折骨头。我好怕我会死。

我到处都能看见扎克。我经常在街上或者地铁站台上看到某个男人，心跳立马停止。然后我像疯了一样跑过去，拨开人群冲到那人身边，或是他转过身来，我发现他根本不是扎克，只是跟扎克走路样子差不多，或者是有同样的邮差包，同样飘逸的黑发。

佩吉一直在叫我清理他的衣物。可我觉得这样不妥，我怎么能把他的鞋和衬衫扔掉呢？他回来还要穿的。

巡警莫罗安慰我，说我的情况是正常的。大脑需要建立新的突触，因为它还没跟上心脏的步伐。她说我现在就像个装了假肢的士兵，一时间不知所措，还需要时间调整和适应。她说等我恢复正常之后，现在的状态就会消失。

我还在等待，脑中的混乱有增无减。我时常感觉颈后有他的鼻息。有一次，我在上班，一个人在图书馆把书放回书架时，我闻到了他的须后水味道，帕尔玛之水——浓郁古龙（不是浓烈古龙，我之前买错过一次）。房间里的光线暗了，就好像有人挡在了门口一样。我走到门口一看，走廊里空空如也。

有人闯进过我们家，或者说是我的家。用“闯”不大确切，因为锁没坏窗户也没破，铰链上也没有什么痕迹。我的手提包、电视机、餐桌上的零钱都没动。但扎克的苹果音乐播放器不见了。“现在小孩子最喜欢这种东西了。”莫罗说，“很容易出手。”即便如此，大门紧闭，信件也整齐地堆在前厅的桌子上——是我那么放的吗？记不起来了。莫罗说肯定是我走的时候没把门关好，所以才引狼入室。我经常那样。是不是他用钥匙开门进来的？我脊背一阵颤抖。是害怕？是渴望？

夜里，外面的声音我听得清清楚楚。一辆车停在了外面的街道上。摇下的车窗里传出了埃尔维斯·科斯特洛的《我想有人爱》，他最喜欢的歌。那辆车就停在我房子外面，引擎没关掉，音乐声音不小，我都能听见，我当时睡在后面的卧室。我起身走到书房的窗户跟前，那辆车已经开走了，我只看到它的车灯消失在路的尽头。

几乎每个夜晚我都梦到他。辗转反侧中，尽管我双眼紧闭，脑子里浮现的却是他的脸紧贴着我的脸。我把双手伸入两腿间，想象着他的唇从我颈间游走到胸部，他的手指触碰着我的乳头。我感觉什么东西压着我，在被单下我双手攥拳，用力地咬着被单。早上醒来时，我猜是他从窗户钻了进来上了我的床。我能在我身上闻到他的味道，枕头上有头压过的凹痕。是他和我同床共枕，是扎克，我确信，让我来了高潮。

我没将此事告诉旁人，不然他们会觉得我更疯了。佩吉说，如果一个人失去了他的挚爱，这个人会精神恍惚。她说过那种伤痛会持续一年多吗，我记不清了。说的可能是一年整吧。她比较干脆，从不拖泥带水。

我的婚姻简知道一些情况，但不具体。

我的脑子里有阴影，是不愿提起的记忆片段——是她们俩都不知道的事情，我也不能说。

我在门前台阶上烧了我那封信和信封，将它们付之一炬，看着它们慢慢卷曲，然后扫起灰烬倒在了门前的马路上。扎克就在附近。我伸头到水龙头下接了口水——刚开始时出来的是黏土色红水，漱了漱口，然后直直地坐在扶手椅里。我努力让自己安静下来，理一理思路。我很害怕他的反应，很软弱，于是把信寄去了两百英里外的小屋。他死前一个小时还跟我说过话，从他的语气里没听出丝毫他已看过信的感觉。那个时候他在掩饰，在压抑自己的怒火，费尽心机地在想要怎么报复我。

窗外，夜黑如漆。各种声音不绝于耳——风摇晃窗户，嘎吱作响，屋檐下的老鼠窸窸窣窣。我想过逃离，去宾馆住，要么开车回伦敦，但是，我走不了。我决定留下来等。如果他藏在外面，那就让他来吧，我自作自受。

事实上，我永远不会离开他。扎克很风趣、自信、充满智慧，但吸引我的是他的另一面——他脸上闪过的不悦、不明缘由的头疼病、突然而又强烈的愤怒情绪的爆发（不是针对我，至少一开始不是）。有一次，我们和我妹妹妹夫一起出去，回家后他大发雷霆，说罗布如何如何看不起他："你看到了吗？他每次提到我的'艺术'时的那种笑！"他的这些表现让我更爱他了。他的困扰、缺乏安全感、敏感而又自尊：我知道这些东西从何而来。我在学校里见识过童年时期的受虐阴影给孩子带来的巨大影响——沉默寡言、愤懑、自尊、脆弱。他的各种情绪发作，比如说说我烧的菜难吃了，我穿错衣服了，即便他说就是针对我的，我也知道并非如此。我理解他，真的理解。到头来，我们之间的一切都变得如此纠缠而又强烈，让人欲罢不能，所以他消失之后，留下的空洞让人难以承受。

我想起了齐妮娅和她在便条上留下的心形，内心对这个陌生女人，这个我从未见过的女人燃起了一股清晰而又强烈的嫉妒之火，我的胸腔瞬间升起强烈而又令人昏乱的疼痛。她是他的情人吗？我试着让自己想象，他就在这里，在我身边，在我脖子里吹出带威士忌的气息，还有撞击我大腿的感觉。早些时候他曾告诉我，说我对他身体的痴迷让他感动。他说我像一只刚孵出的小鹅，终身追随第一眼见到的生物。

一年之期快到了。他一直在等待这个时间，等着我来戈尔斯他好采取行动。

我准备好了。

无论他想干什么，尽管动手吧。

我会整晚不眠，静静等待。

# 扎克

**2009年7月**

她咀嚼的样子刺激着我的神经。她嘴半张，小颗的牙齿叽咕作响，两排牙齿分开时伴随着吸气的声音，每咬一口都要用舌头舔一圈嘴唇。我知道我没理由介意，但我控制不了我自己，我有些反胃。公寓太小了，糟糕改造的结果：这也是问题的诱因之一。我有幽闭恐惧症。她在沙发一动，弹簧都发出嘭嘭巨响。

她直愣愣地盯着电视看。我们常常把晚餐称为电视餐。这顿叫的是外卖，“交给我们”店的。四百卡路里左右的东西，鲑鱼加菰米。她吃完后把托盘放到了地板上。托盘底部的味噌汤蹭到她裙子上了，她没有发现。她抬起脚，把她穿着丝袜的脚放在我大腿上——今天穿的是齐膝松紧尼龙袜。我能看见袜口勒进肉里的凹痕。穿着尼龙袜的脚指头！我把身体往里挪了挪，过了一会儿，又把她的脚放到了旁边，然后起身到窗户边看风景了。

如果能在这里看见海那该有多好。但是，外面只是一片红的灰的屋顶，还有远处购物中心的玻璃穹顶。我就搞不懂布赖顿这一点。房子明明能朝向水面，却偏偏与之并肩。建造者为什么只担心风而不考虑光线呢？她喜欢这个地方的温暖和实用性——两个方形的房间，电视机到床仅一步的距离。往上走一条路的地方是我现在想去的地方——一场乔治王时代风格的游行正在进行，广场颇似一个结婚蛋糕，旁边还有一个公共花园。

我坐回了原地，又看了一会儿电视。等节目中嘈杂声一片时，我说我想出去走走。

“哦对不起，亲爱的，”她站起来说道，“你想看别的台吗？不想看的话我关掉好了。”

我停顿了一下，假装沉吟片刻。根本不是电视的事儿。我的心早就飞出去了，在街上踱步，在呼吸新鲜空气。我尽量让自己的声音温柔、体贴：“亲亲，别管我，你也需要放松放松的。我一会儿就回来。”

一出门，我觉得分外轻松，尽管她脸上的神情让我觉得有些后悔，但更多的是解放的感觉。我们之间出现裂痕是她的错。我想跟她好好相处的，起码曾经是这样想的。她怎么了？她为什么就不明白我们应该拥有些什么呢？她是个聪明的女孩；上帝啊，她是搞心理测评的，应该清楚什么能让我们快乐。她并不欣赏我，这就是问题的所在。

布赖顿正值酷暑。垃圾桶里的东西都漫到人行道上了，黑色的塑料袋在风中呼啦啦作响。空气中混杂着腐烂的水果和油炸食品的味儿，还有中国菜的辛辣味儿。一群男人正在举行聚会，他们互相拉扯着，推搡着，有人跌进了车行道，使得本就不那么热心的参与者们不欢而散。走下海滩，静静的光线中，一群女人躺在鹅卵石上，肆意地伸展着被晒得红红白白的大腿，偶尔发出呵呵的笑声。不知道谁的苹果手机放着蕾哈娜的《雨伞》。“诶啦，诶啦，诶啦。”女孩们大声跟唱。一群疯丫头，都喝醉了吧，要么刚购完物——她们脑后堆了一堆普里马克的购物袋——开心购物，尽情买醉。海在落日下像油一般闪闪发光。胖胖的、暗灰色的海鸥在木板人行道上扑扇着翅膀。连这里的海鸥都不大自然。

早些时候，我曾沿着岸边朝码头方向散步。倒不是我喜欢海面的波光粼粼或呼呼的海风，而是不想从后街的白油布画廊前经过，就好像不愿去翻开石头，因为不愿看到石头下面脚已退化的潮虫。那三幅画——我上次看的时候一幅都没卖出去。没人愿意买。人们不喜欢沉重，不喜欢颜料的堆叠。他们喜欢的是拿铁锹的小孩，或是跟他们窗帘颜色相配的天空。我也不知道我为什么会为这种事情烦恼。自己的审美还是应该坚持的。吉姆早些时候打电话说今天又有三个订单，一个是新生儿的脚模，其余是两个妈妈想为小孩做石膏手模。布赖顿人对自己的四肢真是爱到痴迷啊。

我发现自己来到了格林酒吧外面，离闹市够远了，也安静了。另外，现在没人喜欢质感、守旧的法式风情了——他们喜欢工匠做的、有传承性的、有本地意蕴的东西。我想打电话叫个人过来一起喝点酒，但我不擅长闲聊。要是画卖出去一幅情况就不一样了。我挑了个角落坐下，一个新来的女服务——金发是染的，手胖乎乎的，麦色，人工晒的——靠在桌边等我点菜，我点的是烤鸡块配薯条和豆子。菜上齐后，我便把它们分隔开来，先吃土豆，然后是豆子，最后吃鸡块，每一口都蘸足了芥末，吃得心满意足。只要有可能，我都会努力让自己的感觉鲜活起来。

回到公寓时，天色已暗，电视机关掉了。夏洛特已经收拾好了客厅，在卧室等我。她已经把早上穿的洗得变形了的灰色内衣换掉了，换上了一套红黑相间的尼龙蕾丝花边文胸和丁字裤。我看到娜圣莎的袋子了。我不知道是出于怜悯还是被她的性感内衣所诱惑，虽然我内心不喜欢，但本能还是被激发出来了。她对我说她很抱歉，但我觉得她并不知道自己哪儿错了。这就是我想要的，但我也不知道为什么。不管怎样，我感觉很空虚。我不知道自己在寻找什么，但一切都似乎没有意义。

事后，我回到客厅坐下，倒了一杯格兰哥尼。像这种心神不宁的时候，酒倒是一种慰藉。窗外，紫橙色的夜空下，白的黄的灯光交映。街对面的夜总会里音乐声震耳欲聋，大呼小叫的声音越过屋顶直贯而来。布赖顿不适合我，确切地说是我与这里格格不入。这个公寓，这个镇，对我来说都太小了。地毯死气沉沉，家具质量低劣。一切的一切把我最坏的一面给诱引出来了。我应该搬到康沃尔去。或许我真的要搬走。

不——我需要甜美，需要天真烂漫。我需要人把我从自己的躯壳里救赎出来。

我想我会快乐的，会变成一个好人的。

奇迹肯定会发生。我必须做出取舍。

某个地方，一个人正翘首盼望我的到来。

# 第3章 莉 齐

我一个激灵醒了过来，脖子僵僵的。霍华德躺在我脚边。它抬头看了看，又躺了下去。

早上八点。

一根树枝刮到了窗户上，吱吱作响。

我移动了一下脚，霍华德站起来了。房间里的灯光暗暗的。天空，云层低平。真不敢相信，我居然睡着了。一切都原封未动——前门紧闭，被我翻得乱七八糟的那堆信件还躺在那个地方。

我应该感到如释重负，但我没有，只是稍微松了一口气。我哆嗦着僵硬地站了起来。好冷。我穿的还是昨天的衣服——我妈妈以前穿的夏裙，在我抽屉的底层找到的。扎克不会喜欢这条裙子的。早些时候，他把我所有的旧卫衣和牛仔裤都送去慈善商店了。我穿他买的衣服他才高兴。有一次佩吉给过我一件她的旧衣服，一条紫色的紧身长裙。我觉得很好看，但扎克说它不适合我，后来我在我的衣橱里就没再找到那条裙子。

在卧室的衣柜中，我找到了他的一件旧衬衫——一件柔软的灰色条纹格子衫，前面有一块污渍。那个污渍是我不小心弄上去的，我把一支漏水的墨水笔放在了熨斗上。我在浴室里用除渍剂去除时被他发现了。他靠在门边，脸上一抹冷冷的笑。我跳起来。“我让你害怕吗？”他问。我说没有，我努力平稳住自己的声音：“但我知道你很在意这种事。我只是尽量避免不必要的纠纷。一件衬衫而已。”

我的语气让他惊讶，他似乎有些疑惑，有点失落。他没有意识到，他可不是一般的自我。也只是在这种情况下，我才感受到自己还有一些自控力。我感觉他的情绪越发低落，便把手插进他牛仔裤的皮带，把他拉进怀里。

我把脸埋进衬衫，用唇吻它的纹理。衬衫上是一股别样的洗衣粉味儿——下面商店里只有一个牌子。我把衬衫穿在身上，外面还套了一件他的旧毛线衫。我还发现抽屉里多了一双袜子。我无意中看到了镜子中自己的脸，衰老，苍白。他喜欢我化妆的样子，但自从他死后我就没再化过妆。他给我买的红色唇膏也不知道扔哪儿了。我坐在床上，身着他的衣服，悲伤和内疚翻江倒海般袭来。

一直压抑在内心的念头开始抬头。要是他看了我的信然后开车回伦敦来质问我呢？要是他喝了酒，被怒气冲昏了头脑没看清路呢？要是他死在了来见我的路上呢？我是不是快疯了？难道是我想太多了？

我要出去走走。

我的匡威鞋昨晚弄湿了，我打开橱柜找我的威灵顿长筒靴。原来放扎克的鞋的地方空空如也，我愣住了。他穿在身上了吧。会不会他回来的时候先出去转悠了一会儿，把林木花草间的蜘蛛网给破除了，然后回来看了我那封信？我想象着他散步回来，漫不经心地走进门，拿起了那封信，一想到这里我就觉得要疯掉了。

我伸手去抓我的威灵顿长筒靴，匆忙中将织物护理剂碰到了地上。我把它放回架子上，和洗衣粉排成一排。昨天用过的簸箕和扫帚从挂钩上掉了下来。也可能是我昨天心情苦闷，忘了像扎克教的那样把它们挂起来，只是把它们扔在那里。我把它们挂了起来，把脚塞进靴子里，抓起霍华德的绳子，打开前门。

今天的风较大，也冷，我从车后排座位拿了防水夹克，把帽子戴上，不让风往耳朵里灌，把口袋里的手套也掏出来戴上了。我的手机塞在车门的塑料凹槽里，昨晚就在那儿没拿出来。我不想跟人说话，但我答应了打电话给简和佩吉。

我打起精神，关上了车门，此时眼睛的余光发现后面什么东西动了一下。马路对面有个人，一个长发女孩，穿着蓝色的外套。她在看我。我距离有点远，看不清她的表情，但能分辨出她的肢体语言，她站在那儿的样子，两腿叉开，肩膀前倾，似乎有些局促不安。我想她是不是迷路了。

“你还好吧？”我边问边向她走去，她没有回答。等我走到马路对面时，她却沿着对面平房前的小巷跑得不见了。

我也顺着同一条路往下走。下了几个礼拜的雨，路面上满是一个一个的小水坑。走过一道道的花园篱笆，经过那家旅馆，我来到了那个悬崖崖顶。这里人迹罕至，只有长满草的陡峭崖壁。

那片海，总让人惊喜。扎克总说它能给人抚慰，无论何时，无论何地。靠近时你能感觉到它的存在，能在空气中闻到它的味道，能感受它毫无掩饰的光芒。当你亲眼看到它时，眼前一望无垠，浩瀚无边。今天，它只是微波荡漾，似乎有些心神不宁，没有波涛滚滚，而是一簇簇小狗毛发般的浪花。海的颜色层次丰富，灰绿如鼠尾草，灰白如花岗岩，还有几抹白色，将海天交界消融无形。海湾对面的斯戴普波恩特嵌在绿色与芥末黄之间，周围还有一片片的沙滩。海鸥在我头顶盘旋，鸣叫。身后，从旅馆的后面，传来寒鸦应景的啼叫。

我以前从未想象过会享受到和扎克在一起时的那种快乐。遇到他之前，我都习惯性地把自己看成阿姨、姐姐和女儿，从未想象过会身处热烈的爱恋之中。我的眼里，也只有一些粗浅的追求。然而，几个月之后，我却在这里的崖顶漫步，和他手挽手，脚边满是金雀花，风拂过耳畔，眼前是他钟爱的海景。有一天，我俩又来这里散步，他告诉我说我不停地给他带来惊喜，我对生活的无欲无求也感染了他。我从未想过我还能影响别人。我每次想他到底看中了我什么时，总会想起那天的情景。

一位老人牵着一只拉布拉多从旁边走过。我往后站了站。我有点呼吸困难，喉咙里紧紧的，腹腔里也很空，很想唉声叹气。我痛苦地咬着嘴唇。这样的空虚感，这种被抽空的感觉，比昨晚的恐惧更难受。这就是为什么我一再拖延过来的原因。整个世界都好像空了。他过去常常问我，如果可以选择，我想死在他之前还是之后。“之前。”我说。

我越走越快。海岬下有一条长凳，在那幢大的度假别墅旁边。度假别墅的房间里有望远镜，外面有阳台，让扎克羡慕不已。我走到长凳边坐了下来。下面，雪白的浪花拍打着黑色的岩石。

我摸出手机。有一格信号。我先打给了简，她没接。周日早晨，她可能和桑杰在他们公寓附近的某家新开咖啡馆吃早午餐，以后她会跟我说的。她相信食疗——日出松饼，或者火腿蛋松饼，抑或是土耳其比萨。我要告诉她我很好，她会假装相信我。她有可能会提到山姆·维尔汉姆，新来的心理课老师。她爱扎克——我没有盔甲的骑士，她过去常常这么叫他——我的童话王子——但她觉得我是时候往前走了。

佩吉接了电话。我凝望大海，努力平稳着自己的声音，告诉她戈尔斯没有崩塌。“我也一样，还好。”她那位于克拉彭的厨房，墙上贴着孩子们的画，堆了一大堆要洗的东西，此刻感觉很是遥远。她没找到时间去探望妈妈。“你知道的，周末，我根本抽不出身。”她正在准备周日的午餐，五岁的孩子在旁边捣乱。“不，不，不，”她一直在喊，“小心点，阿尔菲。抱歉，莉齐，你还好吗？没有太悲伤吧？小心，烫着你！”佩吉把她当妈妈的角色蔓延到了生活的各个角落，扎克为此非常恼火，我却颇为触动。“我等会儿打给你。”她说着便挂掉了电话。

我站了起来。得去商店里买点东西，还得叫一个房屋中介来看看房子。算不了什么，这些平常事情我还经受得住。走过最后一个转角，下面便是一个村子，沿深水湾建成了新月状，海滩边散落着岩石，发出微弱的亮光。现在是退潮，海离我们很远。孩子们三三两两在玩耍，大人懒洋洋地散着步，狗也越来越多。海边有辆接送车，上面写着“乘风破浪——盖理带你冲浪”——但现在根本没有浪。

扎克喜欢这里。他其实是在别的地方长大的，也靠海，是怀特岛上的一个村庄，但他年轻一些的时候认识了一个女孩，那个女孩在这里有度假屋，由此他了解了这里。他父母去世后，他卖掉了家里的房子，然后来这里买了房子。对于他来说那是一种解脱，但我不认为有多大的改变——这里跟他的成长环境一样，狭小、封闭——中产阶级都这样，即使穿着褪色的红裤子，还是沾沾自喜。

他只是从一个优质航海社区换到另一个罢了，所以一些人称这里为“伦敦的海滨花园”。真有意思，富人的想象力也真够呛，假期去的也就那么几个地方。我学校里有很多家长在这里有房子，或是有亲戚。夏天，我和扎克来这儿住，基本上都会遇到认识的人。这让我感觉不自在，很难为情。我能想象他们心里怎么想：那个小图书管理员来这里做什么？我的心突然一沉，要是现在碰到熟人怎么办。

我给霍华德拴上了绳，走过最后一块地，来到通往停车场的小路上。

一道涓涓细流从山上流下，流过桥下，白花花地淌过海滩扑入大海。在靠陆地的一侧，岩石嶙峋，野草上缠着塑料袋，一辆超市购物手推车底朝天地倒扣草间。三个男孩把自行车扔在一边，用购物车做打靶练习。本地人？我过了桥，来到一小排商店前。斯帕尔连锁商店外面，两个母亲带着一群小孩子在玩耍。羽绒滑雪衫，衬毛皮的兜帽，一看就是来度假的（那几个骑自行车的当地小伙子还穿着T恤衫呢）。她们盯着门上一张快要脱落的启事看，那是一张寻人启事。“老天啊，你能想象吗？”高个子女人轻声说道，“就那样把人给弄丢了。从此杳无音信。你会找的，对吗？会到去过的每一个地方找。”

“难以想象。”另一个女人说。她两只手搭在一个小男孩的肩膀上，小男孩则想钻进随风飘动的沃尔冰淇淋广告布里。“你说他会不会死了？”她扶着男孩的肩问了一句。

我本来打算买些生活必需品，但是她们堵住了入口。我转过身，假装欣赏风景。远处有一个咖啡吧，名叫蓝湖，它的下面是一家冲浪用品店。我一时兴起，抬脚往上走，霍华德跟在身后。

现在还太早了，露台还没派上用场。白色的塑料椅堆在一边，条纹伞也紧束着。我推门进去，里面人声嘈杂，都是一家一家的，三五成群，围桌而坐。空间很大，又是敞开式的布置，蔚蓝的墙，白色的木制品，直立的棍子顶端是海鸥模型——扎克讨厌的假模假式的海滨式布置。空气中飘着令人腻烦的啤酒和不新鲜的油的味道。小孩子们在喝巧克力热饮。不知哪个位置还有个婴儿在啼哭。

我到吧台边坐下，背对着房间，要了杯咖啡。我得吃东西，但没胃口。一位年轻的女服务生给了霍华德一碗水，还蹲下来摸了摸它。她站起来后告诉我说她来自立陶宛，父母是经营农场的，养了很多狗。她讲的时候脑袋微微歪着，苍白、紧致的脸上的神情会让你想起学校的学生，率真而又容易受伤，我忍不住想要抱抱她。我们没交谈多久，因为店主出现在了厨房门口。女服务生抓起一把菜单快步走了过去。

店主叫什么来着？我努力想着。库蒙？好像不大对。扎克过来画画时，他俩经常在一起，喝喝酒，打打牌。他看见我了。他拎了拎脖子上的项链，又若有所思地看看运动衫的前襟。我俩都想躲藏，但太晚了。他的眼神呆滞了一刹那，瞬时惊慌地掩饰，过去一年中我见得太多了。我笑了笑，因为尽管很多人都觉得我应该很难过的，但后来他们发现，如果我不那么难过的话双方相处会稍微容易些。

“小可怜。”他从吧台对面探过身来，一只手轻捻着下巴上的山羊须。他可能也不记得我的名字了。

“一切都还顺利吗？你还好吗？”

“嗯，我挺好的。”

他直视着我，轻轻地点了几下头。

“库伦！”门口有动静——又来客人了，嗓门颇大，来头不小的样子。我回头望去，又很快把头转了过来。是艾伦·墨菲议员。他的妻子维多利亚是扎克青少年时期的朋友，就是她把这个地方介绍给扎克的。他们应该住在温彻斯特，但在这里也有度假别墅，买了好多年了。他是保守党的新秀；他妻子则是一个智慧的经济学家，有她自己的公众形象：当地名人，他们自己应该更是这么觉得吧。扎克讨厌墨菲，和维多利亚也早不联系了，但我们在特雷伯塞里克波恩特散步时跟他们遇到过一次，扎克迫不得已向他们介绍了我，但我估计墨菲已经忘了。

“库伦！”议员的嗓门更大了，“你他妈的过得怎么样，老家伙！嗯？”

库伦，对哦，不叫库蒙。他举起左手行了个礼，身体侧过去了一半，表情也随之改变。“埃琳娜，挪挪桌子，把这两张拼一起。”他转回身，“扎克太不幸了。”

“你说得是。”

他摇了摇头。“妈的，我很想他。”

“我知道。”

“别往心里去哈，那个臭小子上次打牌还欠我钱呢，就在……”

“他欠你钱？噢，我得付给你。”

“没什么，不用了。来点花生！”他拍了拍吧台。他的表情轻松了些。他颇为大度地挥了挥手，把我的亡夫之痛引向了另一个方向。“真的，不用给我了。”

吧台上有周日的报纸，我假装看报。艾伦·墨菲议员身边跟着一群人，但他还在提高嗓门，一副君王驾临的架势，仿佛所有在场的人都得听他讲话。自从当上了分管文化、媒体和体育的部长之后，他成了议员中的议论焦点。山姆·维尔汉姆说他是个小丑，喜欢装腔作势，而且冷酷无情。但佩吉喜欢他，至少喜欢他在《我有事情告诉你》节目里表现出来的样子——歇斯底里，语出无状。据说他代表了政界一种新的精神，一种个性的回归。扎克以前常说他就是个混球。如果看到眼前这一幕——面对一屋子的人聒噪，自以为魅力非凡，实则洋相百出——他会怎么想呢？“你们来这边多久了？……美如天堂，是吧？”

现在要把精力集中到别的事情上有点难，但没过多久，我注意到两个小女孩在和霍华德玩，嘴里呜呜地表示亲热，一边抚摸着它的耳朵。我放下报纸，她们的声音很耳熟。UGG雪地靴，紧身打底裤，金色长发，一看就是从伦敦过来的。是旺德尔学校七年级的学生埃莉·塞缪尔和格蕾丝·塞缪尔，一对双胞胎姐妹。

埃莉抬起头。“卡特老师！”她惊喜地叫道。

“你们好。”我说，“假期过得愉快吗？”

墨菲的那伙人中的一个丰满女人，从房间那边走了过来，穿着偏大的套头外衣，戴眼镜，绕过一把把椅子走了过来。

“哎呀呀，”她一脸愕然，“抱歉。他们称这里为‘伦敦的海滨花园’，也不是毫无理由的！千里迢迢来这里，结果还是碰到了学校里的孩子，真是让人没法清净啊！”

“哪里哪里。”我说，“她们很可爱啊。”

“我经常教她们，在外面碰到老师应该装作没看见。”

“不用的。真的没事。”

她把头发拨到耳后。“我们这些天住在我父母家，在帕兹托，刚刚到这边，来见见老朋友。”她朝墨菲的方向指了指，显然是不想别人觉得她是在炫耀这层关系，“艾伦和我老公以前是一个学校的。我听说你在这附近有一栋度假小别墅，对吗？”

“是我已故丈夫的，小房子而已。他常常来这儿画画。我就是来处理房子的。”

她的脸稍稍有些红。“你丈夫的事我听说了，但给忘了。很遗憾。”

“谢谢。每个人都跟我说，头一年里什么都别动。一年过去了，我现在过来处理后事。”

“真难为你了。”她把手放在我肩上，“这么年轻就经历这样的事，打击肯定不小吧。有人陪你吗？”

她真诚的同情就像一根细细的尖刺刺进了我的胸腔，眼泪开始在我眼角堆积。我低下头，摇了摇，眨巴眼睛不想泪珠涌出，但还是感觉到了她在轻轻捏我的肩膀。摊在我面前的是报纸的社论，我看见一滴泪水滑落，好像慢镜头一般，溅落报纸，慢慢晕开。

“你们聊什么呢，苏？”

墨菲突然出现在塞缪尔女士身后，他用手环着她的腰，腮帮子搁在她头上。我迅速用手背擦去了泪水，努力地挤出了一丝笑容。

“给点提示，我们见过吗？”现实中的他要比电视里矮，但更帅气。扎克说，成功让他显得比以前更自信了。

“拜托，艾伦。”苏想推开他。

他搂着她左右摇晃着。“你看起来真的很眼熟。”

我清了清喉咙。“我们见过一次，也可能是两次。我叫莉齐·卡特，扎克·霍普金斯的妻子。”

“哦，扎克·霍普金斯，想起来了。”他放开了苏，一拧身坐到了旁边的凳子上，“那老狗现在怎么样？”

苏伸手想要阻止他往下说。“艾伦……”

“不好意思。”我说，“还是告诉你吧。他死了，车祸。”

“死了？真的吗？天哪，我知道吗？抱歉。什么时候的事？”

“一年前。”

“真的很抱歉。那个时候乔利恩也离家出走了。天哪，真是个坏月份。”

“卡特小姐在埃莉和格蕾丝的学校工作，”苏补充道，“管理图书。”

墨菲的其他随从也走了过来——两个男的，一直静静地站在他身后。朋友？家人？还是保镖？

“帕特里克，”墨菲大声地问其中一个，“扎克·霍普金斯死了，你知道吗？”

那个叫帕特里克的男人轻声应道：“我知道。”

此刻我特别特别想跑出去呼吸新鲜空气。这种平常的交际活动我也应付不来，我也不值得他们怜悯。套近乎，上流社会玩得得心应手，可我不行。起码现在还不行。我想离开。周围的人在窃窃私语，似乎马上会发生什么，但我却突然感觉一阵无力。格蕾丝和埃莉把霍华德从我手中牵走了，苏搂住了我的肩膀。

“艾伦说得对，维多利亚见到你肯定会很高兴的。”苏说，“听到你丈夫的消息她一定会非常难过的。”

“走，午餐！”墨菲的声音很大，“这个女孩需要吃点东西。”

“不用不用不用，我没事的。”我连忙说道。但苏把我拉住不放手，她的套头衫贴在我脸上，软软的好舒服。“走吧，走吧，跟我们一起去崖燕屋。墨菲喜欢热闹。去喝点东西你再去处理你自己的事。很快的。让你一个人孤零零的，我实在不忍心。”

或许是她太热情，又或者是，正如扎克所说，我太软弱，容易听别人的，再或许是，痛失至亲的人都这样，我半推半就地跟着上了他们的车。

# 扎　克

**2009 年 9 月**

我今天去伦敦了。我告诉夏洛特我要在那里干活。我带上了素描本和颜料，挎上了她刚给我买的“艺术背包”（我在艾丽卡皮里诺官网上查了，售价 278 英镑。我搞不懂，她为什么认为给我花钱就会让我俩更亲近）。

我坐火车到了维多利亚，然后又返身离开了——脑袋里模模糊糊有个念头，想向西去康沃尔。我有些漫无目的，不知道自己在寻找什么。这种飘忽不定的感觉真让人讨厌。内尔和皮特就能随遇而安。夏洛特的归宿感也很强，她不会离开她的家乡布赖顿的，给钱也不行，这也是我和她交往的原因之一。而我，随便住哪里都可以。这就是在一个没有出路的地方长大的后果。康沃尔可能是我寻找的地方——我的避难所——但我不会一个人住的。我需要一个灵魂伴侣。但很遗憾的是，尽管我投入了很多的时间和精力，我现在知道了，夏洛特不是我要找的那个人。

我最先想到的是里士满，因为它靠西，去康沃尔很便利。穿过格林绿屏到达河边时心里还一阵小兴奋，仿佛走进了迪士尼乐园——小桥，流水，古典街灯，可供租借的划艇。我能想象在这里定居的日子了，坠入爱河，过普通人的生活。忽然，一架飞机从头顶飞过，所有美好想象戛然而止。飞机飞得很低，我甚至都能闻到飞机上的便餐味道。住在附近豪华大别墅里面的人，他们说话每三分钟就得停一停，得等噪音消失后再继续。谁知道呢？

之后，我又坐火车返回伦敦，每到一个站我都下车稍作停留。巴尔内斯，太小了，像个村落，而且也受那条航线影响，没法正常交流和思考。帕特尼，好一些，但住家（有人在此安家吗？我很怀疑）情况如何尚不知晓。其实它就像到处是关门歇业的商店的A3区。旺兹沃斯，只有单行道。克拉彭车站，乍一看就像个垃圾场。

沉闷的大街，站在一家令人生厌的玛莎百货外面，空气中飘着麦当劳的薯条味，我情绪低落，饥肠辘辘。我信马由缰，想找点可以吃得下去的东西果腹。熟食柜台很显然早就卖光了，提前包装好的三明治也是如此。我继续往前走，后来找到了一条有小咖啡馆和小商店的路，像个小集市，一家意大利餐馆卖的食品倒还干净。

我点了一份牛排，配的菠菜装在一个单独的碗里。巴多利诺酒真的不错，一杯下去浑身暖洋洋的。等我走出餐馆，那条街道在我眼中也变了样。街角里，一对三十岁左右的男女正靠在墙上搂颈亲热；男的把一条腿伸入了女的两腿之间，女的双手紧紧抠住男的臀部。我不由得一阵好奇。那女的无名指上的婚戒闪闪发光，这样的拥吻可能是不合法，但我宁愿相信他俩是夫妻。后来，我走进看到的第一家房地产中介。一个身着直条纹套装的小个子倒腾暴发户告诉我，伦敦的这一地区被称为“中层地带”。

“先生，您的预算是多少？”他问道，“我们发现这一带绝对是卖方市场。”

市场永远是卖方的市场。

我察看房屋信息时，夏洛特给我发了三条信息。漫步回车站的路上我听了短信，她的声音中透露出她很想我。她说今天会早回家，问我什么时候回去。她买了我喜欢的鸡胸肉和新鲜意大利面。她问要不要先做上，还是我想出去吃。她打扫好了公寓，还给我买了礼物——一件我以前在橱窗里看中的点状纹饰的保罗史密斯牌衬衫。“快点回家啊，”她说，“回来试试看合不合身。”

这些背后的信息是：她能感觉到，我正慢慢从她身边溜走。其实我差不多已经是半离开的状态了。我想象着在街上壁咚她，但我做不到。我们之间的爱意已经不存在了。她已经错过机会了。她早该意识到她本来可以拥有我的心的，现在已经太晚了。每件事情都让人绝望。话说回来，她觉得我需要多少件保罗斯密斯衬衫呢？

内尔和皮特过来吃晚饭了。我没怎么吃。吃的是叉烧，之前说叉烧蛮好的，但她是从维特罗斯买的，吃起来有股怪怪的味道。她把包装纸藏起来了，我没办法弄清为什么有怪味。我怀疑是用什么腌泡了，或是填充了什么调料。猪腥味很重，我吃不下去。

两人走之后，我去洗了个澡。我感觉自己有些失常，就把吉姆藏的药吃了一颗。就在那时，我听到她在浴室门外哭，声音很克制，刚刚够我听见。等我推门出去时，她已窜到沙发上了。她的小小的脚底沾了皮特的鞋底带来的黑色泥巴。内尔的酒杯也在咖啡桌上留下了一个邋遢的圈印。我努力让自己不去注意这些，但还是感觉起了一层鸡皮疙瘩。我问她怎么了，她说我故意不吃她准备的食物，故意伤害她。她说我在“玩弄她的感情”，这是她从她某个朋友那里学来的话。她说她没法理解，为什么我在内尔和皮特面前很正常，一转眼就“变成这样”。

“变成哪样？”

“怪异，冷漠。他们走后你没跟我说过一句话，连碗也不帮忙洗洗。他们是你的朋友，我请他们来是想让你高兴。你以前很有爱，很和善。我以前一直认为你是我见过的最好的男人。”

她为什么不直接说她的烦心事呢？人与人之间的这种拐弯抹角真的让我快要疯了。说了一大堆，全是些虚头八脑的东西！我们得就我是否还有爱、还和善讨论一番，而让她真正生气的是内尔提到了戈尔斯，而我还没带她去过戈尔斯。她是那种用短期休假方式来衡量浪漫的女孩。看着呆在沙发上的她，眼睛红红的，下嘴唇都肿了，手指缠绕着她买来吸引我的贴身丝质腰带，我忽然觉得反感。她为什么总让我这么不舒服呢？这不是我的错。有时候我不知道自己为什么会是这个样子，似乎我的大脑有细分、拆解和隔离记忆与现实的能力。如果我让一让，放慢步伐，或许……我不知道。我就是这个样子。

“我以为你在生我的气。”我对她说，“我只是从你眼前走开，不让你看到我觉得烦。你最近有些古怪。”我看着她的眼睛，“我没希望了，好几个礼拜都没卖出去一幅画。我没能给这个家添置任何东西。前几个晚上你一直工作到深夜……我不知道你为什么要忍气吞声容忍我。我以为你想摆脱我的。”要摆脱目前的困局似乎很简单。她说她没有意识到我的处境那么糟糕，叫我不要为钱的事操心，她挣的钱足够养活我们俩，她爱我胜过前面任何一个，也许我很快就会找到“生活目标”，实现我的自我价值。

我感觉有点生气，她的语气中有怜悯的成分。我让她亲了几口，然后装出小男生的语气：“我要洗澡了，水放好了。”

“好吧，”她的声音很嗲，“抱歉，让你不开心了。”

我能听到她在用胡佛电动吸尘器清理皮特留下的泥巴。

# 第4章 莉 齐

没过多久车就到了崖燕屋，路很陡，是村庄后的上坡路，位置比拖车驻地还要高，可以俯瞰整个广阔的山脊。车每换一次挡我的悔意就更深一些，不该跟他们来。

墨菲和他的随行人员坐的黑色加长、彩色窗户的高级轿车在前面领路，我和塞缪尔兄弟坐一辆有凹痕的家庭轿车跟在后面。蒂姆·塞缪尔的眼袋明显下垂，脸上装出一副开心的样子。上山途中，他告诉我他是注册会计师——“非常无聊的工作”——已经失业十八个月了。“别灰心！”车颠簸得后排的苏说话有些发颤。蒂姆笑了笑，笑容中明显透着怀疑。

经过两扇熟铁大门后，墨菲的房子跃入眼帘。房子是白色的，方方正正的，窗户为乔治王时代的风格，屋顶为倾斜的灰色板岩，看上去像是儿童书里的房子，或是玛丽·威斯利小说里的房子，和山下海滨胜地里紧凑而杂乱的郊区房子大不一样。

我们关上了车门，沿着碎石小路向前走，周围的寒鸦一唱一和地叫着。杜鹃花开了一路，巨大的草坪边上围着黄杨树，露台上的陶盆里种着薰衣草。车和树林之间是一块长长的草地，中间有一个大大的蹦床，上面落满了树叶。黑色的安全网有几处已经倒伏，还有一些洞。旁边的地上，躺着两辆小小的自行车。

一群白鸽拍打着翅膀从草地上飞了起来，然后落到了屋顶上。霍华德从格蕾丝手里挣脱了，追了过去，半途又突然改变主意，一头扎进了灌木丛，肯定是闻到了兔子的气味。

“别担心，”墨菲高声说道，“跑不远的。”

走过房子边上的一条门廊就是前门，没锁，墨菲推门而入，我们跟着鱼贯而入。大厅很宽敞，一侧有个铺着地毯的楼梯，墙上的粉红色有些褪色，挂着一些小小的带框水彩画。一只假狐狸后腿站立，手持一个熟铁制伞架，里面装着网球拍。墨菲把塞缪尔兄弟领进了客厅。“随便点，别客气。”然后抓起我的手，一边把外套随手挂在卷曲的栏杆扶手上，嘴里大声喊道：“亲爱的！多准备一个人的饭，我把莉齐·卡特请来吃午饭了。”

“谁？”声音从另一间房传来。

“你认识的，可爱的莉齐·卡特，她从……”

“不，该死的，我想不起来。”声音突然变大了。

“怎么搞的，艾伦，厨房跑进来一只该死的狗。”

“噢，天哪。”我赶紧跑过去，差点撞上了从大厅另一端出来的维多利亚，她一边走一边在长围裙上擦手。“很抱歉，那是我的狗，真的很抱歉！”

霍华德从她身后蹦了出来，狗绳拖在后面，差点把她绊倒。我抓住了狗，但她扬起的手臂力量较为夸张，似乎把全身的重量都交给了要接住她的人。她很高很苗条，留着长长的亚麻色头发，穿着瘦腿牛仔裤和男式灰色开士米套头衫，涂了粉色口红，两个门牙有点交叉，前额因皱起的眉头而起了皱纹。

“真的非常抱歉。”我又说了一遍。

墨菲把手搭在我肩上，嘴里说道：“维，记得莉齐吗？可怜的扎克·霍普金斯的老婆。可怕的交通事故。你听说了吧？”

我扫了维多利亚一眼，以为（我也不确定在期盼什么）她听了会温和一点，但她有些生硬的表情让我费解，是好奇？是蔑视？“听说了。”她说，“我为你丈夫的离去深感遗憾。”

“谢谢。”我说。

“扎克和我后来没了音信，但我们年轻时认识。”

“嗯。在怀特岛，对吧？”

“我有朋友在贝奈登，他们一般夏天去那儿住。我们常常成群结队去打猎。你知道的，寄宿学校的学生都那样。”

我还没来得及回答，她就把头扭向了墨菲：“其他人呢？”

“我正给他们取饮料呢。”

“烧着牛肉呢！”她说，然后转身进了厨房。

墨菲耸了耸肩。“今早人人都有点紧张。维在《星期日泰晤士报》上的专栏被搞得一塌糊涂。”他朝着厨房门大笑了几声，“狗屎的技术编辑。”他语气柔和了一点。

他挽着我的手臂进了客厅，塞缪尔兄弟正坐在花朵图案的沙发上，双手放在膝盖上。客厅的墙上也有裱在框里的水彩画，还有不少流苏扶手椅，壁炉旁边螺旋形地摆放着一些黄铜司炉工具。我走到窗前，放眼远望宽阔的海面。透过树木间隙望出去，海面铁灰色，斑斑驳驳的。往上，天幕低垂。我感到很孤单，很想哭。

墨菲的动静搞得颇大，拿来了一瓶香槟和玻璃杯，还啪啪打开了几袋花生。他走到门口大声喊道：“汤姆，帕特里克，维，过来喝杯酒！”汤姆出现了。他穿着粗革皮鞋和有很多纽扣的佛莱德·派瑞男装，富贵的30年代的反叛穿法。“我儿子，在牛津大学读书，”墨菲掩饰不住自豪，“他很聪明。”

“这屋里有聪明人。”汤姆回复说。

“说到聪明人，也可能聪明得不一样哈，奥妮呢？”墨菲又走到门口大喊：“奥妮！帕特里克！得力助手在需要的时候不出现有什么用呢？”

感觉房子里到处是人，只是我没看见，大家的动作我似乎也视而不见。

“我得走了。”我平静地说，“谢谢你的热情邀请，但我还有太多的事要处理……说实话，我真得走了。”

我一扭头，看到维多利亚和帕特里克在大厅里说着什么。他双手交叉背在背后，身体前倾，就像个牧师。他们的头凑得很近。

“喝一杯再走吧，假期嘛。”墨菲说，“去个人，把奥妮叫下来。”

“我叫了。”维多利亚声音尖厉，走进来一屁股坐进扶手椅，“没叫动。该你了。”

“我去。”帕特里克抬脚上了楼梯。他穿着一条干净平整的蓝色裤子和一件纯白的衬衫，脚上是一双时髦的皮运动鞋，每上一步楼梯就发出吱吱的声音。

苏低声说道：“可怜的奥妮，正处叛逆期，刚从瑞士一所学校的短期班回来。”她犹豫了一下，又说，“感觉像这个家的异类。”

墨菲吼道：“你老公帮奥妮通过了中等教育的美术科目。我付钱的家教还不止美术，私立学校的费用也是我付的。结果呢，没什么屁用。她唯一轻松过关的，就是她的驾照考试。”他举起手做投降状，一边四下看了看，“在我看来……都是那娘娘腔学校造成的。要是去更严厉的学校，学更严厉的课程，情况肯定比现在好很多。”

汤姆坐的扶手椅靠壁炉最近，他双腿伸展，双手抱在脑后。

“是最近的事吗？”我问，“请家教的事。”

维多利亚干干地笑了笑：“两年前的夏天，是吧？为了中等教育证书，她上过很多强化班：刚开始在比德尔，接着去上了博德明的六年制伊舍大学的预科班，最后去了最贵的洛桑的静修学校，但结果呢，这个学校不想让她继续学下去了。我女儿一冲动总会搞出个烂摊子，而她父亲可能会成为保守党的下一届领导人，这种情况就很令人头疼了。”

“亲爱的！嘘。”

我盯着地毯上的一个香烟烫痕看。两年前。他死前的那个夏天。他一人在这里住了一段时间。那段时间他心情很好，干活卖力。布里斯托尔的一个美术馆答应给他的作品留展出空间，后来没能实现。他一直说我们之间得坦诚，什么话都要告诉对方，但他没跟我提过给一个少女做家教的事。我微微感觉有些讽刺，有种被骗的味道。

阳光透过云层的间隙射了下来，洒进了房间。地毯中央，一团阳光在跳跃。帕特里克和一个又高又瘦的女孩走下楼来。女孩一头长发，染成了既像亚麻色又像棕色的颜色，身穿一件粉白相间的毛绒连身衣，我一眼就认出她是我在戈尔斯外面小路上看到的那个女孩。

“你穿的都是什么呀？”维多利亚问道，“现在可是星期天的午餐时间。”

奥妮白了她一眼，然后径直走到我对面的椅子旁一屁股坐下。她旁若无人的模样明显告诉大家：她是被人所迫才下来的。她开始用指甲钳拔手指上的倒刺，一根拔完又拔一根。没人介绍我俩认识。

维多利亚和墨菲面面相觑。

“连身衣。”苏说，“我的双胞胎女儿也喜欢得要命。”

“穿身连身衣，舒舒服服地过星期天，最惬意不过了。”我说，“实话告诉我，是不是我太老了，不适合穿连身衣了？”

奥妮抬起头，仔细地打量着我，从我蓬乱的头发到我的威灵顿长筒靴，但并没有回答。过了一会，她一字一顿地说：“我，呃，都有些吃惊，我妈居然让你把狗带进来了！”

霍华德一直躺在我脚边，但它一听到“狗”这个字就站了起来，摇动的尾巴碰到了边上的小圆桌，差点把桌上盖着的印花布碰到地上，还好我眼疾手快把它摁住了。汤姆仍然四仰八叉地坐在壁炉旁，他说：“奥妮，你坏起来可是真坏啊。”

奥妮的脸红了。我感觉她把这个评价当玩笑了，但这儿的每一个人对此都似乎毫无疑议。大家没再理她，又开始热闹地聊了起来。她不拔倒刺了，用指尖拿了一颗花生放在舌头上。过了一会儿，她把抿过盐分的花生吐出来，放在了她旁边的《经济学家》的封面上，精准地放在了“家”字的心脏位置。

“早上我是不是在村庄的另一边见过你？”我平静地问道。

她没有看我，但是一阵红色涌上了脖子。她摇了摇头。

“你确定吗？我当时从停在房子外边的车上拿东西，看到一个人很像你。”

“早些时候我是去那儿散过步。”

“噢，是么。”我没再追问。我不想逼她，我知道青少年都讨厌被人质问。倒不是他们不愿暴露自己，而是非常敏感。“你和我丈夫熟悉吗？”

她没抬头：“一般吧。”

她个子较高，但脸很小，长得也很清秀。后来，她抬起了头，眼睛直直地看着我，舌头舔着嘴角，问："你想他吗？"

我能感觉到脖子在变红。"是的，我想他，非常想。"我的嗓音及时冒了出来。我想掩饰自己，就很快问道："你对美术很感兴趣吗？是你最喜欢的科目吗？"

她边拔眉毛边说："我不像我哥哥汤姆，他样样都很棒，我高中都毕不了业，卡在了中等教育证书考试上，他们都对我不抱希望了。"

"我也不擅长考试。"我告诉她，"我妹妹比我聪明。最后我放弃学习找了工作，过得也还行。"

"我喜欢时尚。"她说，她在打量自己的指甲，一个不经意但很自我的动作，让我更加同情她，"静修学校的一个女孩，她婶婶在谢尔比品克工作，说可以介绍去那儿实习，但家里人不会让我去的，因为在伦敦呢。我爸在肯宁顿有套公寓，但只有一间卧室。"

墨菲靠在壁炉旁，正兴高采烈地跟大家讲趣闻，仿佛在做演说似的。

"可以和你朋友住吗？"我问。

"他们不会同意的。"

"也许你可以去别人家里住。"我说，"可以当当临时保姆什么的，换房间的居住权。"

扎克过去常说我有想帮人解决问题的强迫症。

奥妮直愣愣地看着我："你住在伦敦，对吗？"

"是的。我可以帮你问问。我妹妹，她有几个孩子。她也可能认识有这方面需求的人。"

"你有空房间吗？"

“我有一个沙发床。”

“那我能和你一起住吗？”

“我吗？”我问。

“我的意思是，你现在一个人了，或许需要人陪陪吧。”

“呃，我想……”我猝不及防，一时间不知道该说什么。正当此时，房间另一边的维多利亚解了我的围。她挤出了一丝笑容，大声说道：“谢谢你的热心，但奥妮得把她的事情好好排排，得用心想想才行。”

墨菲的趣闻讲完了，其他人都在哈哈大笑。奥妮恢复了常态，又低下头拨弄自己的指甲了。我想象着站了起来，对主人的款待道谢后离开。这种画面是如此的清晰，我都不知道是否真的发生了。但事实上，我似乎仍然坐在原地。墨菲站在壁炉边，对蒂姆做的评价说“很好”，似乎用钢笔给一个东西签了意见。

“寡妇的日子很难过吧？”

奥妮看着我。我不确定这是她的观点还是在问问题，但我还是说道：“是的，很难过，很悲伤。昨天我去车祸发生的地方献了花。”

“是吗？”

她定定地看着我，目光热切，让人难以回避。我心里陡升思念，还有强烈的失落感，同时又真实地感觉到了扎克的存在。我有些眩晕，房间的墙壁开始东倒西歪，我怀疑自己快要昏倒了。

我茫然地站了起来，问：“这儿有洗手间吗？”我都不知道自己在问谁。

墨菲腾地站了起来。“有的有的。”他说，“实际上我们有好几个洗手间。你想用哪个用哪个。”

接着，他领我进了门廊。“楼上的高档一点，前面那个算标准的，前面右边第一个。”他指着大厅远端的一扇门，然后两手轻拍，“在这儿别拘束。”

跟我想的不一样，大厅隔壁不是厨房，而是洗涤室，里面放着好多外套、泥糊糊的鞋、板球棒和一套滚木球，墙边还靠着一把气步枪。这里更暖和一些，隔壁房间的烤箱发出的嘶嘶声清晰可闻。我把霍华德系在鞋架上——人家的生活怎么这样井井有条！怎么会有这么多的稀奇玩意，我从未想过会用到它们。我推开门，放下马桶垫，坐了上去。我把头靠在墙上，深深地呼吸。过了一会儿，我发现对面墙壁上挂的是框好的墨菲的卡通像：仿佛是促狭的弗莱德·阿斯泰尔，在桌上跳踢踏舞，各色内阁成员被装在衣服的上口袋里。洗脸池的上方是一张 1986 年的布莱斯诺斯大学入学照。我想如果我看得够仔细的话，会在上面找到首相的。

我把头埋在两腿间，闭上眼睛。我能闻到松木消毒剂和从下面传来的强烈的氨水味。我感觉脑袋晕晕的，不适合与人为伴了，感觉自己就是多余。我感觉自己一无是处，突然有种强烈的恐慌，仿佛在做一件很重要的事，结果半途而废了，自己现在不该在这个地方。

一阵轻轻的脚步声靠近了门，停了一会儿又离开了，然后是重重的关门声。

我强迫自己站起来，打开门进入洗涤室。我在墙上靠了一会儿，努力让自己振作起来。霍华德仍然蹲在鞋架旁，鞋架上倒放着一排高筒靴。鞋架上的最后一双是长筒雨靴，一半掩在一件米黄色的雨衣下，是双绿色的猎人牌雨靴。我弯腰去解霍华德的绳子时，突然荒诞地感觉这双靴子似曾相识。靴子而已，不是扎克的。不会在这儿。扎克的鞋怎么会跑到这里来？

靴子的底朝上，鞋跟干干净净——鞋底的泥被刷掉了，不像其他的鞋；鞋掌也一尘不染，轮廓分明，橡胶的尺码章印也没被泥土遮盖。四十三码。

我走上前去。双手颤抖。我移开雨衣，从木质的鞋托上取下了左靴，把它翻了过来。那儿！靴口处！有一些污渍和一条弯弯曲曲的橡胶胶水线。侧边上，还有一块溅上去的颜料。

我没跟他们告别就从后门出来，一口气冲下了山。霍华德在旁边上蹿下跳，狗绳拖在身体一侧，它以为我在跟它玩一种游戏。我们沿着农场边的小路跑到旅行拖车驻扎地，再穿过田野，跑到下面的路上。

扎克的画室在戈尔斯旁边的一间老车库里，画室的钥匙藏在花园小径尽头旁的赤陶罐里。我把罐子推倒在地，把罐子里的泥土和仙人球倒了出来。我的双手颤抖得厉害，几乎连钥匙都无法插进锁孔。

我一把推开门，一瓶甲基化酒精滚了开去，滚到了地板中央。扎克，跟其他搞艺术的人一样，对一切东西都那么挑剔。他需要清静和空间，容不得一丝脏乱。他的画笔会按照尺寸大小排好，颜料管会整洁地排成一列，标签朝上。地板要干净，不能让他看到一丝会让他分心的东西。他绘画时，会把画架放在房间中央，把其他的画都冲墙摆放。

屋里的景象有些乱——颜料、画笔、碎布、胶水、报纸，乱成一团。壁橱倒在地上。扎克放工具的桌子折叠了起来，椅子四脚朝天，他的榉木画架每次画画前他都要擦干净并涂上油，不见了。不，还在，只是被拆了，拆成了引火木柴一般。墙上……

墙上，溅满了血。

我僵在了门口，一手捂嘴，耳朵里嗡嗡作响，喉咙里一阵阵发干。一张画布立在桌上，正对着我，我很熟悉的一幅画。画的是大海，青灰色的，水平视野，海天相接处为黑色，云层低垂。这是他最喜欢的一幅画，他用来做了电脑屏保。画面的前景处为一团阴影——是一只空渔船，无人驾驶，随波逐流。画体现的是孤独的意境。“这就是我的生活，”他曾对我说，“没有你之前。”

但现在，这幅画被人弄得面目全非。我用力抓住门框，否则就会倒下。我能感觉到，事实如火，在灼烧我。他用木炭在船头潦草地加了个人，一个面朝远方，背对着我，头戴毡帽，身穿厚厚外套的男子。

突然心生寒意。我似乎听见了他的声音：“别想离开我。如果你离我而去，你不会知道我将做出些什么。”

我去加油站给简打电话。我在卡车与小卖部之间来回地走。我告诉她我知道真相了。扎克去了小屋，读了我的信。他知道我要离开了。简，他不能接受任何人抛弃他。能接受被我抛弃吗？你来看看他的画室就知道了，惨不忍睹。还有血。我不知道是谁的。但是他没有自杀，简。他没有，他也不会，我知道他。我知道你要说什么，但这不是自杀。他不会被我逼到那种地步。这事没那么简单。我跟他通过电话，你还不知道吧，当时他还没露声色。简，他真的很聪明。他在一幅画上给我留了信息。这是对我的惩罚。那个人……车上的尸体……我告诉你，不是他。

简问我在哪里，她让我原地不动，注意别冻着，她会来接我。她的声音很冷静，也很温和，她认为我有点精神失常了。

我不管不顾，只是一遍又一遍地重复：“扎克还活着。扎克还活着。”

# 扎　克

**2009 年 9 月**

今晚，我尾随了一个女人。有点儿不堪，无可否认，但那过程中我所感受到的兴奋真的很棒！

或许有些冒险，我在征友网上挂了一份简介，差不多立刻成了红人——二十四小时之内有三十个人来和我搭讪。那张黑白照，我用手机随意拍的，却让我大受欢迎。迄今为止，我去见了三个人。第一个是个律师，年纪太大了，也没用烫平额头皱纹的肉毒杆菌。她在浪费自己的时间，也在浪费我的时间。告别时，我吻了她满是青筋的手背，说“女士，如果我们下次相遇，一定都成贵人了”，或者一些类似的蹩脚、令人费解的话。我不想伤她的心，但说真的，她要谁玩呢？上传的照片倒有模有样的。

第二个是个离婚的，很漂亮，人也聪明（约克大学生物学专业毕业，曾在葛兰素史克公司工作过），但她也对我撒了谎。她跟我说她一个人住，但是我很快发现她有一个孩子。她一直很关注自己的手机，而且当我从吧台回来的时候碰到她对着手机讲悄悄话。我听到了一句话：“该睡觉了，马上！”这种欺骗……嗯，没法一起开始新生活。真让人失望。

看得出，前面那两个肯定想不通，我这样有吸引力又正常的男人怎么会通过网络跟人约会。今晚这个很不错，是那帮人中的翘楚，我认为她存了我的号码。我们在切尔西的国王路尽头的一家酒吧见的面，她说她就住在“河对面”。她穿了一身紫色的环绕式连衣裙，紧身的，曲线毕露，乳沟也露了出来。直立的金发，眼线很深，两颗门牙间有个缝隙。实际上还不赖，有点维多利亚·墨菲年轻时的样子。前两个人笑得有点假，会长时间地盯着晃动的酒杯里的酒看。这位叫凯茜？（我怀疑不是她的真名。）她两腿交叠，颇有些挑衅的味道，眼睛直直地盯着我的眼睛，一说话就能听出是伦敦南部人：“用不着装。开门见山好了。我知道你到这里来是想干吗。”

“算重新进行生活定位？”我半开玩笑地说。

她打趣地看了我一眼，耸了耸肩。“是性吧。你结婚了，打着寻找‘真爱？终身伴侣？试着交往看呗？’的旗号，或者是其他你的简介上编造的谎言。”

“我没撒谎。”我据实以告。

“我参加征友也有一段时间了，你这样的人也见了好些了。如果一个男的优秀得让人不敢相信，那他的话往往是假的。”她舔了一下手指，用手指沿杯口划了一圈，发出了吱吱的声音，“你穿的衬衫，绝对不是你自己挑的。这是女人为丈夫挑的那种。”

我装出一副张口结舌、磕磕巴巴、忙不迭否认她所有指控的样子。我讲了自己的一件糗事：一个处了很长时间的女友给我买的这件衬衫，之后不久就跟我最要好的朋友跑了。“为求心安，”我说，

“就别拿求心安的事儿来品论别人了。”噢，只要需要，我真的很会表演。我真他妈的太有才了。

我可以是棕色，可以是蓝色，也可以是天空般的紫罗兰……你喜欢什么我就可以变成什么。

“嘿，”她说，“我发现你很吸引人。如果你能记住我在‘邂逅’网上的签名，我说过‘长期交往短期交往都可，我不强求’。我不会对你撒谎。我是很希望找到一个人终身相伴，但如果有短期的快乐机会降临，我也不会拒绝。”

我很讨厌人说“我不会对你撒谎”。那就是一句废话。说这话的人只是想加重自己的份量。当不得真的东西。这些人也常常撒谎，或者说半真半假的话，或者说的是真话但根本没有仔细想过。

“你的意思是？”我结结巴巴地问道。

她嘲弄地打量着我：“呃，我也不清楚。”

我换了个话题，好让自己有时间来做抉择。她提出要和我做爱——我没猜错的话今晚就可。我心动了。但是相对于我喜欢的类型而言，她有点儿锋芒太露了。有话直说是好事，但太直率、太挑衅就让人不舒服了。话又说回来，她搞错了。我征友不是为了一时之欢，而是为了长长久久。

我问她是做什么的。她说是搞心理学的，给有情感问题的病人做认知行为治疗。我装出很钦佩的样子。“医生！”我说，尽管我知道她肯定他妈的不是——在爱丁堡时和那些学医的大学生住在一起，甚至时不时还有研究生来住，我知道单纯的心理学学位获得者和经过十年艰辛培训的人之间的区别。前者只是空谈，不开药的。有趣的是，她没有否认。

夜晚的时光过得飞快。我和她相谈甚欢，这个过程中她想说什么说什么，颇为挑逗。我尤其喜欢她讲的用计算机辅助治疗一对已无性生活的夫妇的部分。“第二天，他们就可以抚摸对方的任何地方了，如胸部、手臂以及大腿上部等处，但还不能碰乳房、阴道或阴茎。”她说“阴”的时候特别用心，似乎在取悦我。她说话的时候我的眼睛停留在了她的嘴、舌头和牙齿间的缝隙上。性，几乎总能把我放倒。我差点当场就跟她回家了。

她颇费了一番唇舌说服我让她付酒钱，没等我反对她就炫耀地把一沓钞票拍在了桌上。如果我戴了领带，我想她一定会拽着它把我拉出酒吧。等我们站到人行道上时，我使出浑身解数控制住了自己的冲动，告诉她我得先走了，因为明天还得早起。

“回家陪老婆？”她有些丧气。

“不是。”我敲敲她的鼻子，告诫她那是胡说，她张嘴咬我的手指，“但我是个绅士，我会送你去你要去的地方。”

“我看了网站上的安全须知，”她说，一边把外套的扣子扣上了，“第一次约会不能透露个人信息。”

“你觉得会发生什么事呢？我会勒死你吗？”

她呵呵一笑。“我又不是小女孩。”

但我坚持要送。我已兴趣盎然，想要多了解一点。“小心点总归没错。”我说，“已经很晚了。外面的疯子很多的。”

她妥协了，让我陪她走到地铁站——算一次远足，我的心闻之一沉。但是，走到斯隆广场时我还是弯腰在她的脸颊各慢慢地亲了一下。我张开嘴，感受着她脸上的肉感。我的手轻轻拂过她的胸。如果她先前对我不感兴趣，那么现在会了。她努力控制着自己的情绪，风情万种地挥手道别，一边消失在下楼的自动扶梯，一边对我说：“记得打电话给我，我们再来一次。”

跟踪她并不难，中间只需隔两三人就可以了，她甚至都不回头。她站在朝东走的月台上——环城线，直盯盯地看着轨道对面的漱口剂广告看，一只手还摆弄着头后垂下的一缕头发。她解开外套，重新系了一下裙上的腰带，往后展了展肩，好像要把挤在胸罩下的皮肤给扯出来。

地铁来了，我走进了后面一节车厢，透过窗户看着她。她坐下了，从手提包里拿出了一本杂志。《经济学家》——呃，这倒没想到。倒是蛮实用的，因为尽管她在下一站维多利亚站下了车，但在上行的自动扶梯上还一直在看，一直到车站大厅她才把它放进包里。比我想象的要有文化，也更善伪装。

上了火车，我故技重施，但中间的联结门有些碍事，因为站了不少人。我靠近门站着，每一站都看看她有没有下车。长长的二十五分钟之后，她终于下车了，我发现自己来到了一个令人沮丧的很低级的车站里，是距离城区好几英里的郊区。如果这儿是美国的中西部的话，风滚草会在月台边随风飘动，但是这儿只有硬硬的包装纸和阿尔迪塑料袋。我希望自己记下了那个站的名字。名字也跟那个站一样，籍籍无名，我怎么也想不起来。我当然可以查一下，但眼下我没那心思。勃兰登？莫考斯登东场？管他呢。

我和两个二十出头，身着廉价套装，一嘴的啤酒气味的小伙子一起下了车，我跟在他们后面。她出了车站——一个用便宜砖块和假柱子建起来的劣质建筑，穿过马路，朝着一排活动房走去。最后——我还跟在那两个小伙子后面，他们夹克下面的衬衫下摆在风中飘荡——她左转进了一个一模一样的街道。两个小伙子哈哈笑着朝右拐了，其中一个人跳起来去碰街灯，引得她扭头朝身后看了一眼，橘黄色的路灯光洒在了她脸上，我赶紧躲进了阴影里，等她继续前行。

她往前继续走了一段，我躲在水蜡树篱旁没动，心里不确定下一步该做什么。我想看的已经看到了，但是好奇心，或者说是跟踪人的快感，驱使我继续下去。她在整条街的中间位置停了下来，从包里找出了钥匙，然后进了一所屋子。我等了一会儿，等她脱下外套，刷完牙齿，沏上一壶茶，才沿着路的另一边溜了过去看她住的具体位置。

我想我们的约定是要成泡影了。即使勃兰登或莫考斯登东场宣布全新的惊喜，比如一家米其林餐厅，跟住这样房子的人去我也开心不起来——丑陋的铝制窗户，脏兮兮的网格窗帘；前廊倒挺精美，如出现在凡尔赛倒很合适；街边有个小小的停车位，却是用亮闪闪的方形浴室瓷砖铺成。真让人失望。倒也好，不用溜进去看屋里的样子了。危险信号已经足够多了——那样的工作、看《经济学家》这种杂志、穿那样的衣服。如果她的住处和位置诱惑力够大，可能我也会跟她交往看看。我要改改我网上的简介了。或许得缩小一下范围，最好找没有学位的人。我意识到我要找的是温婉可人，而不是自以为是的人。我不需别人可怜。上过大学——医学或其他专业——的人自以为无所不知。但实际上，这样的人往往无知透顶。

我跟踪了“凯茜”，但我并不觉得自己行为不端。既然答应出去跟陌生人见面，被尾随就不是什么稀奇事儿。如果她知道我尾随她到了她家门口，说不定还暗自窃喜呢。

想不到她住的房子居然那个样。但话又说回来，人，永远不可貌相。

# 第5章 莉 齐

“我宁愿处理死尸也不愿看人呕吐。不是开玩笑的。昨晚，泰姬陵饭店发生了事故，我被派了过去——一个‘聪明的家伙’居然把同伴的耳朵咬掉了。我在做笔录的时候那个家伙俯身吐了，吐在了我鞋上，弄得我也差点吐了。你知道那种感觉对吧？呕吐条件反射，看到别人吐自己也想吐。我妈说我从小就有这个毛病。”

警员汉娜·莫罗，我的家庭联络官，坐在我厨房的桌旁。我给她倒了茶，但她还没来得及喝。她弯着腰，驼起背，手紧紧压住自己的腹部，活灵活现地表演了昨晚的恐怖经历。

简坐在椅子上，细高跟鞋踩着椅子的搁脚杠，说：“我觉得呕吐还好吧，尸体更恐怖。”

“想听实话？我两样都怕。”

她们来这儿至少一个多小时了，就这样有一句没一句地闲聊。我呢，就像个鬼魂，人在，心却在想别的。

我回来的时候已经过八点了，天已经完全黑了。简等在房外，正来来回回跺着脚取暖。汉娜不一会儿也来了。我让她过来一是因为她是非正式的社会工作者（我也一样），二是她是警察，信息渠道多，我估计她能帮上忙。

但现在，她的嘴还没停歇。从我们认识——她来敲我的门那晚——开始，她就一直这样，讲起话来喋喋不休。她才二十五岁，我想象不出她怎么会变成这样的。她讲她那天吃了什么，她妈妈说了什么或是有什么想法，尽是些没用的话，弄得我刚开始时想要尖叫。我觉得说那些废话没什么用。现在，一年过去了，她自己买了房子，体重减掉了五磅，头发也剪成了精干的短发，我也明白她是什么样一个人了。这是她的处事策略——让屋里的人慢慢进入一种合适的氛围。

她的上司佩里维尔警官上个月来学校做了一次关于网络安全的讲话，我告诉他莫罗很优秀，在别人都崩溃的时候她很冷静，做事有始有终。他颇为不屑，说相对有经验的老警员，年轻警员就擅长做些安抚“悲痛欲绝的人”之事。自那以后，“悲痛欲绝”这个词就一直在我耳边萦绕。

今晚她不当班，但还是来了。“你开玩笑吧？”她说，“我快无聊死了，电视上播来播去还是《古董巡展秀》，我要不去你那儿，要不给我奶奶打电话。”

“那耳朵还有用吗？”简一边问一边靠过来把手搭在我的膝盖上。她穿了件20世纪50年代流行的舞会裙和网眼紧身袜，估计本来是有什么约会的。她捏了捏我的膝盖，借以告诉我她们没有忽视我的存在。

“服务员把它装进了一个‘鸟眼’豌豆的包装袋。我都不知道印度饭店里也卖‘鸟眼’豌豆。估计是豌豆奶豆腐吧。长话短说，最后去了事故急诊部，我的个妈呀，才算完事。”汉娜松开抱着的双臂，拿起茶杯大大地喝了一口，然后“啪”地把茶杯放回了桌上，“流的血可不少，但没有上次圣诞前夜那个被冰冻火鸡砸的头流的血多，我也被叫过去了，但比你想象的要多。真的是血，我得补充一句，不是红色颜料。”

她心照不宣地朝我笑笑，我把目光落回自己的膝盖上。我突然感觉好累，感觉一个紧张的下午突然间毫无理由地变数天般漫长。中午时分，我打电话告诉简说我要直接开车回去，我的话音让她感到了不安，为了安慰她我答应每三十分钟把车停到路边给她打次电话。从我坐在厨房里发抖到汉娜拿着报告来安慰我似乎也不是一个小时，而是数日。她让康沃尔郡的警察去画室勘查了，墙上的是颜料，不是血。尽管没有失窃，可能有人非法进入了……

我身心俱疲，双目低垂。我身上穿的还是我妈的裙子，脏脏的，上面有草渍和泥爪印。什么时候弄上去的？树下献花的时候，还是今天早上冲下山坡的时候？我拔掉毛绒衫肩膀部位的一根小枝梗。毛绒衫里面我穿的是扎克的衬衫，有污渍的那件。该换掉了。我还穿着长筒靴。我是穿着它们回来的吗？那我是怎么换挡的？怎么踩刹车的？这种事情汉娜肯定会问的。我不想她刨根问底，现在不想。

简说：“我真希望你让我去接你。”

我摇了摇头。

她俯身过来，似有发现地微微笑笑，用两根手指擦了擦我的脸颊。肯定是她先前亲我时留下的唇印。我深深吸了一口气，扭头看了看厨房。昨天早餐的碗碟还扔在水池里呢。厨台上到处是星星点点的东西。扎克死后我就无心打扫了，厨房，整个房子，都一样。木制品已经脏了，开始剥落了。垃圾桶边上有棕色溅渍，是茶包砸在墙上留下的。得清理了。

“你们俩都认为我不正常了吧。”

“没有。”汉娜说。她仔细地看着我。

“但我真的认为扎克还活着。”我尽量语气平静。霍华德躺在我脚边，懒散地抓着痒。那个苹果笔记本摆在桌上。“为什么他的笔记本电脑会在戈尔斯呢？但其他东西不见了，包括他的猎人靴，结果我在崖燕屋看到了，还放在鞋架上。”

“崖燕屋？”汉娜问道。

“我不知道怎么会去那里的，我们上次在康沃尔的时候都还在戈尔斯，所以这其中一定有问题。我会弄清楚的，但这并不重要。还有其他的东西也不见了，衣服、一只包、一个手电筒、藏起来的备不时之需的钱，大概还有一幅画，我不是很确定。”

“整个屋子里你都找了吗？”汉娜问，她靠在椅背上，膝盖抵着桌子边缘，“你很长时间没去那边了。”

“警察也说有人非法进入画室了。”简添了一句，“戈尔斯已经空关一年了……”

“不，听我说。那棵树前有花，是百合。还有其他人去献花。那辆SUV，银色的，我到哪儿它跟到哪儿。”我摇了摇头，想把它赶出脑海，“也可能两者没有关系。”

我没有讲清楚。我得一五一十讲清楚，不然她们会误解的。她们不会明白的。

我得先捋捋。我站起身，从霍华德嘴里拿过靴子，打开门走了出去。花园阴沉沉的，风也挺大。我看着霍华德消失在了影影绰绰的灌木丛中。等我坐回椅子时，我挺直了腰身，腿部有肌肉开始抽搐。“我给他写了封信。”我说，“这次我去那边，发现信被拆了。他看了那封信。”

“什么信？”简问。

“你写什么了？”汉娜问。

“那段时间我们的关系比较微妙，呃，因为我一直没怀孕，而扎克……我发现扎克……控制欲很强。我在信中说了或许不该说的话，我说想和他分开一段时间。”

每吐一个字我都觉得喉头发紧。我干咳了几声，然后想呵呵笑笑，一个指头抹擦着以前杯子留在桌上的圆圆痕迹。简伸过手来握住了我的手。她的指甲油是浅灰色的，像修女用的那种。

“信带回来了吗？”汉娜轻轻问道。

“没有。烧了。”我没看她，“之前我很庆幸他死前没看过那封信。但是，他看了。他到戈尔斯的时间一定比他说的时间要早。他一定去过那里。知道吗，他去了小屋——所以他的笔记本电脑会在那儿——还看了那封信。他非常生气，在画室里乱砸一气。”我转身面对简，“简，里面乱七八糟的。好吧，墙上的不是血，但为什么溅了颜料？有人在屋里歇斯底里发作了。但是后来他恢复了理智，在电话里跟我演戏。他在一幅画上留了一则我才看得懂的信息。”

“在画上？”

“只有你懂？”汉娜也疑惑不解，“是某种密码吗？”

“用炭笔画的。画的是他一个人向新生活进发。他知道我会看到那幅画，也知道我理解其中的意思。然后他锁了房子……之后就……”

简的表情有些抽搐，就像被人拽了一把。她两眼圆睁，脸颊有些发红。我朝对面的汉娜看去，她的嘴唇看上去有些滑稽，呈扭曲状。简的手已从我的手上抽了回去，正捂着嘴，眼里满是惊恐。两人一言不发。

“现在你们明白了。”我又开了口。

汉娜缓缓地点了点头。“他看了那封信，难过不已，想用酒精麻醉自己的痛苦，然后开车回伦敦，这就解释了他的行进方向。他没有返回自己的小屋，而是想来跟你问个究竟，但他心中有气，估计开得有点快，或许就……”

简拿开了捂在嘴上的手。“噢，可怜的扎克，他……”

“不是那样的！”我尖叫道，“我知道你们要说什么。他没有自杀。那不是自杀事故。他不在车里。他没出事。”

简把椅子往后一推，走到我旁边蹲了下来，把我抱在了怀中。我“哇”地痛哭失声。

“没人。”我说，“车上根本就没人。”

“有的，”简说，“亲爱的，车上有人的。”

“不。不。”

汉娜也站了起来。我能感觉到她在厨房里的活动。她打开了后门，把霍华德放了进来，因为它在我脚边嗅来嗅去，还把头搭在我膝盖上。它的胡须湿湿的，还粘了泥沙。我听到有人在往水壶里装水。最后，汉娜坐回了桌子旁，把茶壶放在了桌上。

“我们当时不需要做 DNA 测试的，是吧？嘿，莉齐，因为我们很确定，不是吗？他的手机在车里，探头又拍到他下午早些时候在加汽油，那晚你也告诉我们他在那车里。我们只在有疑虑时才会申请 DNA 测试，而当时一切都很清楚。”

我想起了她那天来我门口的情形。她说她有些问题不得不问我，当时她扎着干练的马尾，穿了一身干净的制服。那辆车是谁的？知不知道是谁在开？确定吗？现在我知道了，她是在找证据，在验证他们的想法。但当时我已听不见她说话了。我伸手不让他们进屋。她拿出了一张加油站摄像头拍摄到的扎克加油的照片。“这是他吗？”我把照片揉成一团，把她推出了门外。

我吸了一下鼻子。简低下头，看我是否还好。她把她的椅子向我挪近了些。

葬礼是在帕特尼谷火葬场举行的。车子在坟墓之间的路上爬行，天上下着滂沱大雨。我们来晚了，下一批的人——穿着一身黑——已等在殡仪馆外了。鲜花堆一堆，教堂的座位只坐了一半，有佩吉和罗布，还有一些扎克工作的画室里的艺术家。屋里散发着檀香木的味道，还传来涤纶窗帘飘动的沙沙声。棺材似乎很轻，里面就他那点可怜的骨灰，被很轻松地扛上了肩。棺材是柳木的，感觉是为小孩准备的。

“车里是谁，莉齐？如果不是扎克，那是谁呢？”简平静地问道。

“一些牙齿和骨头。”我冷酷地答道，“甚至都不是骨头。一些零碎。”

“车里，”汉娜说，“是一个人，莉齐。”

“我认为是他伪造的车祸。我不知道是怎么伪造的。当时雾很浓，火又那么大。他很聪明，比我聪明得多，他能做出来的。”

简稍稍离我远了些。“你是说他杀了人？”

“不是。当然不是。”我脑子里现在转得很快，“他可能把车借给了某人，借的人出了车祸，他利用了那个难得的机会。他就是这样的人，喜欢剑走偏锋。他总喜欢与众不同，想打破陈规。这也不是没有先例对吧？不就有人利用双子塔事件来隐姓埋名吗？”

“那么你认为扎克现在在哪呢？”简问。

“他有可能在任何地方，在某个穷乡僻壤或……他童年时一直去野营。可能在海边。他很喜欢大海。如果去野外，他需要带上一些东西，比如手电筒和靴子。”

“不在小屋里吗？随便问问。”她问，“他没去那里住吗？”

我想了想。戈尔斯里面的气味陈旧，长久无人入住。一根蜘蛛网的丝从水壶连到了窗户上。“不。我觉得他离我没那么远。汉娜，简，发生了那么多的事情，我感觉到他一直在跟踪我，合情合理，对吗？这不是我的想象，对吗？画室的非法进入，汉娜，闯入者是从前门进去的，好像他就住那儿似的。那人就是扎克。”

“我们当时不是下了判断吗，也许你睡觉的时候门没锁，只是闩上了，甚至都可能忘了关。”汉娜说。

“那是我当时唯一能想到的解释。但是，如果扎克有钥匙呢……”

“我不大理解，”简和缓地说，“莉齐，我们谈论的可是扎克，你怎么会认为过去的一年中深爱你的丈夫会让你痛苦不已呢？怎么会跟踪你呢？”

“那幅画就是暗示。他有可能在告诉我他过得很好。那不是对我的嘲弄，而是一种自我安慰，也可能两者皆有。”

“好吧，我们就说他要抛弃你。但什么样的人会这样做呢？用这样的方式折磨你？”

“他……”我甚至无法开口解释，“他这个人很复杂……”

“我知道。”她起身又给了我一个拥抱。

汉娜一直在摆弄她剩下的饼干，把它掰碎，咬了一小口，把剩下的留在了桌上离她稍远的地方。她实事求是地说道：“他不可能弄到新身份的。以前可以，拿到一个同年出生但后来去世了的人的出生证副本就可搞定。从事秘密工作的警察以前就是这样干的。”她咽下了嘴里的饼干，“但那个空子现在没得钻了——现在所有的信息都是一体化网络管理。这事儿不那么简单，莉齐。”她摇了摇头，用手指擦了擦嘴。

“他以前也说过，不过常规生活。”我说。

简站了起来，经过我椅子后面时轻轻拍了拍我的肩膀。她把我们的茶杯和昨天早餐的餐具放进洗碗机里，又找了一块抹布把桌上的饼干屑抹掉了，还擦了一下桌子。

她的动作很小心。她是那种精力旺盛而且头脑很灵活的人，做事情很快，但此刻她动作不紧不慢，好像故意放慢了速度。汉娜呢，则很温和地笑着。

我回想了一下我们以前的谈话。她把一切都记在笔记本上，仔仔细细，每一点一滴。今天她什么都没写。我知道，她们不相信我说的话。她们认为这些都是我凭空想象出来的。她们关心的是我的精神状态，而不是扎克的下落。那些都是我的猜疑。她们只是对我的状态格外小心。突然间我感觉无依无靠。我呆坐原地，任这种思绪蔓延。她们当然不能理解。她们没有我了解他。他没进入她们的骨子里，没侵入她们的肌肤下，不在她们的唇间，不在她们的眼睑上。对于此事我只好孤身应对。期待她们的帮助是不对的。我永远没法让她们相信我所说的并非臆造。这是我和扎克之间的事。

厨房里一片沉寂。前门传来嘎嘎开门声，我们三个才惊醒过来。

佩吉带来了她三个孩子中的两个——五岁的阿尔菲和三岁的格西。“你到家啦！”她一边说一边把孩子推进厨房，“简来电话后我就一直担心你。路那么远。”她抱了一下我。我惊慌地快速扫了简一眼。我没叫她打电话给佩吉。我不知道她给佩吉讲了多少。她轻轻地摇了摇头。

格西爬到我的膝盖上，用湿湿的手拍我的脸，像鸟啄虫一样亲着我的嘴，她像她妈妈一样的浓密大波浪卷发——不像我的人工卷——在我脸上滑来拂去。一身蝙蝠侠套装的阿尔菲一进来就和霍华德玩上了。我爱他们，但此刻我只想闭上眼睛，把头靠在厨房桌上。

“你好，简。”佩吉给了简一个拥抱，“还有亲爱的汉娜。你真好，也过来看看。你的短发真漂亮，很别致。”佩吉的招呼不大自然，看来她跟简和汉娜不大熟。

她抬臀坐上了厨台。她的头发梳成了两束海蒂辫。“莉齐，你回来了我悬着的心就放下了。一想到你一个人在那么远的地方独自想念扎克我就难受。你需要家人陪伴的。”又一个不大不小的讽刺。

格西要“骑马马”。我把脸靠在她背上，两手紧紧抓着她，膝盖一上一下颠着。想念扎克：真这么简单就好了。格西咯咯地大声笑着：“再来，再来。”

“格西很想很想在这儿过夜，”佩吉说，“想和她最喜欢的阿姨睡。”

“唯一的阿姨。”我补充道。

“今晚不行。”简说。

“应该……”我刚要说。

“不行。”简很坚定，“莉齐今天太累了。”

“是我考虑不周。”佩吉甜美地笑着对格西说，“下次吧，乖乖。”

刚刚去了楼上的阿尔菲回到了厨房，手里拿着一个透明塑料盒子，里面装的是扎克的红环笔。他拿掉盖子，把盒子底朝上，把里面的东西哗地倒在桌上。

佩吉说：“噢，真棒。找到了毡头笔！问问莉齐阿姨有没有纸。”

“你在哪儿找到的？”我问。这些笔的笔尖大小不一，扎克非常爱惜，生怕把笔尖弄弯了。笔在盒子里有专门的放置位置。“它们可不是用来玩的。”

“莉齐，”佩吉说，“他还只是个孩子。”

“可以把这些笔送我吗？”阿尔菲问道，一边把一个个盖子拔掉。

“也许吧……等你再长大一点。”我说。我没看佩吉。我想我听到了她发出的啧啧声，可能她这样做也无可厚非吧。

“好了，我得走了。”汉娜站了起来，“我还没给我奶奶打电话呢。再过一两周就是她的生日了，我们正在筹备聚会。”

我把格西从膝盖上放了下来，送汉娜出了房子。走上街后我如释重负。冰冷的空气吹到脖子上，钻入了我的运动衫，轻拂着里面的腿。汉娜的摩托车停在了街尾一间酒吧旁的停车场上。这是一条死胡同，外面主干道上车流滚滚，震得这条路上的街灯直晃。汉娜背对着我从挂篮里解下头盔，我的目光越过灌木带——有草、树和荆棘——投向远处。灌木带的另一边，旺兹沃斯监狱若隐若现。一千六百个服刑人员——所有的罪行，有些是天性很坏的人干的，有些是一时冲动所犯——就住在隔壁。然而现在，监狱的建筑看起来很邪恶。现在是它看上去最邪恶的时候，里面灯火通明，却又到处是阴影，显得影影绰绰，古怪诡异，就像万圣节时把手电由下往上照在人脸上的可怕模样。

汉娜熟练地把头盔戴上，一边在下巴下把头盔带子上的搭扣扣上一边冲我笑笑。接着，她直直地看着我的眼睛问：“你在吃饭吗？看上去瘦了不少。”

我告诉她我在吃，而事实上，我都不太清楚上一顿是什么时候吃的了。

“这样就好。嗯，能讲讲你那封信的内容吗？”

“像大多数人一样，我们的关系也时好时坏。”

她继续看着我。我想吐露一些他的习性，例如他不喜欢我看书，会轻弹我看的报纸的背面来引起我的注意，或者把我的书藏起来；有时会用一些小动作，比如啪地关上洗碗机，来表示他非常生气；好多东西我都得小心翼翼，比如穿着，言谈举止，弄得我都开始害怕去一些场合，比如聚会，因为我害怕自己出错，害怕他说我不会察言观色。“都是些鸡毛蒜皮的事，”我说，“不是什么重要的事。”

“你那个想法……”

我打断了她，摆摆手表示那是我自己愚蠢。“我知道了。是我胡思乱想。”

“好样的。”她意味深长地看了我一眼，“坚强些。”

她一边开车上路一边冲我挥手道别。我看着她远去。小摩托车上的她身体直直的，看上去有些滑稽。她开到路的尽头，右转经过监狱，最后驶出了我的视野。如果她不帮我，那么我就自己弄个水落石出。

我在那里站了一会儿，感觉扎克就藏在围栏那边的树林里，在暗处看着我，在那棵枫树后面的矮树丛中盯着我。我感到空气颤抖了一下，像是一股电流，或是一片极薄的金属一划而过。我把注意力集中到耳朵，要排除一辆加速前进的车的汽笛声去听他的呼吸声。我闭上眼睛，伸开双臂。“来吧。”我低声说道，“如果来了就现身吧。动手吧。”

过了一会儿，我转身回了房子。

# 扎　克

## 2009 年 11 月

刚开始我还以为我的第四个约会对象“无忧无虑 201”是个率性少女，我第一次向她要号码她就给我了，其他人没有这样的。听到声音的那一刻我意识到，她不是率性而是单纯。她不自信，事实上还有点结巴。中下阶层，合适。是个图书管理员，什么活儿都干。我问她住哪里，她说在旺兹沃斯，监狱旁边。和别人合住还是……对方停顿了一下。“自己住。”她说。和她聊的同时，我在手机上搜出了她说的那个地方，就在我上次看到那对情侣上演春宫戏的地方更偏西一点，但在同一个区域。

我建议不走寻常路——去酒吧喝酒，而是找个地方好好走一走。她听了之后沉吟片刻，考虑了一下，然后颇羞怯又开心地答道：“那样更好。你真聪明，想到了这么好的点子！”

我自己也觉得点子很棒。几分钟前我听到电话那头有狗在叫，她的声音显得更不清晰了，好像是从下巴下面挤出来的，还听到了开门的声音。

第一眼，感觉不太合适。个子小，朴素得有点滑稽，穿着宽松牛仔裤和羊毛衫，活像一只鸟，牵着一只她几乎控制不住的大狗。她的简介上好像说她是个“环游世界者”，但看她那个样子，估计连奥品顿都没出过。看到我时，她的脸红到了耳根。我精心打扮了——这次穿的不是保罗史密斯，而是一些我在时代焦点随意挑选的衣服，把自己打扮得书卷气了些。也稍稍过于热情了些。也很累，扛了那样一个大包，里面装的是画画需要的东西，对于一次“好好走走”而言，简直超重。

前往旺兹沃斯公园途中，我努力让她放轻松些。我不停地用眼角余光打量她，后来发现她也在同样打量我。我被某样奇妙的东西打动了。后来我找机会更仔细地看了看，发现她的脸颇为甜美，身材娇小玲珑，对此她似乎毫无意识，从而显得更加的迷人。她一直在咬自己的指甲，最后我牵了她的手，她也就没法再那样了。

她问起了我的生活，我没有正面作答。回答时我目视前方，暗示这是个难以启齿的话题。我告诉她我父亲是个酒鬼，还很暴力，我成年后就在外漂泊，去国外工作，但发现很难安定下来。“非常遗憾。”她说。她告诉我她的童年过得很平顺，很安逸，不过她后来提到，她五岁时父亲心脏病发作去世了。也有缺陷啰，有趣。

最后，在我们兜了一大圈之后——沿着铁路走了一段，绕过了一片水塘，经过了一个儿童游乐场，我问是否可以去她家喝点东西。我能看出她颇为踌躇——出其不意往往能收到意想不到的效果。我领着朝监狱方向走，给她时间进行思想斗争。先前我从板球场对面看过监狱的灰色塔状屋顶，巨大的格栅大门，就像一张长着利齿的巨嘴。她看了好几次手表。我们离开了公园，走过了一条边上全是维多利亚时期的豪宅的大道，来到一条嘈杂的、双车道马路的左边人行道上。“我家就在那边。”她指着对面一条小路说，“如果你不介意的话，我觉得我们还是去那边的一家酒吧吧。也有咖啡卖的。”她指了指马路对面的一家店。

我说我介意，还带着打情骂俏的意味，结果还是徒劳。另外，让我想想：咖啡？难道她认为我说的喝点东西是指喝咖啡？天哪。我们中有人得吃点药了。她不妥协，红着脸说下次再上家里吧，“如果还有下次的话”。

没关系，起码我清楚她家的位置了。她住在一排很漂亮的房子里，是正面直板的维多利亚风格，可能是建给监狱官员或市场管理者住的。砖工一流，树木错落有致，街灯古典。路是死胡同，这头被封了起来，所以尽管大路上的噪音可能有点大，但至少没有车从前面呼啸而过。是个昂贵的地区，很难闯入。正如我们所知，是个卖方市场。

告别时，我弯腰亲了她一下。我把手搭在她小巧的背上，她在喉咙深处轻轻地呻吟了一下。我感觉到她很久没被人碰过了，渴望甘露滋润。

离开时，我意识到自己在微笑。我亲她时尝到了麦斯糖的味道，就是乡村小铺卖的那种，粉红颜色，很甜，吃了让人欲罢不能。我离开时温柔地咬了她的嘴唇，齿间感受到了一种温柔的挣扎，醇美如玉液琼浆。

我会情不自禁地想起，想起那个吻。

# 第6章 莉 齐

早上醒来时，外面下着雨，雨点噼噼啪啪击打着窗户，风呼呼作响。我知道昨晚霍华德啪嗒啪嗒跑进了卧室，但现在却没见它在旁边。时钟显示，现在是上午十点半。前段时间，我几乎整晚不能入眠。尽管我渴望能忘记过去，渴望麻醉自己，可脑子里的东西却颠来倒去，不停翻腾。当时我已经分不清楚我是疲惫、内疚，还是悲痛。不过现在，我常常睡得跟个死人一样。

整座房子里弥漫着一种紧张的气氛，好像在屏住呼吸偷听。我穿上扎克的晨衣——上面已经没有他的味道了，一间屋一间屋地走来走去。母亲住在这儿时，屋子里到处是植物和小摆件，墙壁上贴着各种颜色的墙纸，有苹果绿、柑橘黄，有花，有藤。扎克把它们都清理掉了，把墙壁漆成了冷冷的浅灰色，美其名曰“虚幻之光”，单调得像个僧院。以前我挺喜欢这种简洁的，但现在，我不是很确定了。我很想念它过去的样子。我晃荡进客厅，弯腰坐在了沙发上。我把沙发挪回了凸窗跟前，扎克是不喜欢这样摆放的。前几天我还买了块红蓝条纹的小地毯，也是件不讨他欢喜的事。地毯显得很难看，太艳丽，跟整间屋子格格不入。

我发现地毯上有个脚印——一双大码运动鞋的鞋印。简的鞋是细高跟，佩吉穿的是靴子，我虽然不记得汉娜穿的什么，但她的脚比这脚印小。

我盯着它瞧了一会儿，然后跪了下来，用手指上下摩挲。毯子的绒毛在我手的力量下变了方向，光泽变淡了。我坐回沙发时，发现脚印已消失不见了。

厨房里，一阵冷风扫过我的双腿。后门开着，上面的搭钩坏了，所以门肯定一直被风吹得摇来晃去。我站起身，又一次惊慌地呼喊霍华德。看到它飞快地冲了回来，使劲抖落身上的雨水，一颗悬着的心才稍稍安定，但仍有戚戚。我往狗盆里倒了些狗粮，它一阵狼吞虎咽。我有些吃惊，因为它去年刚大病了一场。

我回到卧室，打开了衣柜门。昨晚我把扎克的笔记本电脑放在了这儿，一开柜门便看到它直直地立在那儿。衣柜被塞得满满当当、乱七八糟的。扎克的衣服我一件也没扔，和我的混在一起。他送我的衣服也在衣柜的某个角落——一条昂贵的磨砂牛仔裤，几件别致的上衣。我老钩烂衣服，要不就是洗的时候用了太烫的水。为了让他高兴，我压力山大。他离开后我就不再计较了，老穿些寿衣似的衣服——宽松运动衫、宽大的T恤、兜头衫，内衣呢，灰色的旧文胸和内裤。他给我挑的内衣，透明丝绸面料带蕾丝的，则蜷缩在抽屉底部。

是控制吗？就想把我掌控在手中吗？感觉没那么简单。我感觉到了他对我的迫切需要。他会像个专家一样细细打量我的脸，有时候还用拇指触摸我的脸颊或嘴，根本就是个艺术家在量一件作品的比例。我们刚见面没多久，他把我带去一家百货公司，让我在柜台前的凳子上坐下。“交给你了。”他对售货员说，但他眼睛却未离开过店员翻找的手。之后我们在商店门口接吻了，他用舌头舔了我光滑的嘴唇，舔去了我的口红。

之后我再没化过妆，始终素面朝天，仿佛在自我惩罚。上次无意中看见了我的睫毛膏，混在书桌上的笔筒里，已经风干了，像只烟囱刷子。还有他给我买的那支红色口红，他说能把我的牙齿衬得跟珍珠一样，接吻时味道也不错……都不知道跑哪儿去了。

我从一堆内衣里翻出来一条红色丁字裤套上，外面穿一件紧身黑色连衣裙，里面穿着紧身袜。我在浴室的小柜子里找到了一盒用剩的灰色旧眼影，盖子被我弄脏了。我扑扑脸，抿住双唇，上了点妆。如果他在看，我希望他理解这个信号——我举了白旗。

我和狗狗离开房子，顶着风雨外出散步。夹克上的帽兜影响了我的视线，只能看到几英尺远的地方。这个地方过去十年里变化很大。以前住这儿的学生和演员搬走了，银行家搬进来了。我不认识这些邻居：他们换得太快了。我母亲不喜欢邻居经常变。生病之前，她非常乐意给邻居帮忙，帮他们的植物浇浇水，借给他们糖啊什么的，还帮他们收捡放在门廊里的牛奶。

我穿过大马路前往另一侧宽阔的旺兹沃斯公园，那儿绿地成茵，树木摇曳，小径幽幽。公园里比平常冷清，只有寥寥几个步行者和健身爱好者。雨停了，但摇摆扭动的槭树底下的网球场空空荡荡，湿滑无比。咖啡店外空无一人，只有板球球场上有一群人还在坚持练习。走到主干道时我向右拐了。以前我常去眺望草地保龄球场下面的开阔地，但自从去年有个女的在那儿被杀后我就不再去了，改去“越野慢跑道”了。我沿着路中央前行，省得裤腿碰到草上的泥。我在红绿灯处穿过马路，沿贝尔维路往上前往塞恩斯伯里便利店。

我把霍华德拴在便利店外的栏杆上，进去买了些牛奶和一份报纸。

便利店里面很冷，弥漫着一股番茄酱的味道，还混杂着超市里热面包的香草味。一个旺德尔学院的男孩子——可惜想不起他的名字了——在面包房前的过道上用V形夹费劲地夹取羊角面包。我朝他笑了笑，他的脸腾地红了，早知道不对他笑好了。因为只有一台自助收款机在工作，所以结账的队伍越排越长。等我走出便利店时，一辆送货卡车正开进装货间，两辆装满沃尔克斯牌薯片的金属手推车挡住了我的视线，根本看不到霍华德，一点都看不到。那一刻我心跳都停了。直到我跑下斜坡，绕过后面那辆手推车，才看见它还坐在那儿，安静地看着来来往往的车辆。

回去的路上，我边走边看报纸，上面揭露了一个政府秘密会议的记录，艾伦·墨菲实行的“秘密私有化”政策激怒了他的反对派。报道还附了一张他的照片，站在曼彻斯特合资新建的图书馆外面，头戴亮黄色安全帽，竖起了大拇指。

开门进屋时，我有一种奇怪的感觉，好像屋里有一股穿堂风。我听到一个声音，像窗帘的摩擦声，还闻到一股味道，有点儿像没洗的脏衣服，又有点像邻居家的饭菜味穿墙而来。我把刚买的东西放在脚边，把报纸也搁在上面。报纸的边缘被风吹出了轻微沙沙声，边角也翻动着。我伫立原地，仔细聆听。

街上的噪音似乎比往常大。一辆轰轰发动的摩托车所引起的震动传递到了我的双腿。

客厅的门关着。我不记得关过。

我推开门朝里张望，随即倒吸了一口凉气。

窗户被打破了，沙发上躺着一个可怕的东西。是只鸟，歪着脑袋，翅膀朝一边张开。是只深灰色的鸟，张开的羽翼闪着油光，眼神呆滞，嘴巴半张，粉色的双脚弯成了一个圈。

鸟的四周满是玻璃碎片，那扇打碎的窗户上剩下的玻璃，像一圈凹凸不齐的牙。我不想靠太近，就畏畏缩缩地走到里面的扶手椅边上坐下。沙发上和地板上的玻璃碴闪着亮光。我能听到冰箱的嗡嗡声和外面交通的嘈杂声。一种莫名的孤独向我袭来。对鸟的怜悯，也有对自己的怜悯。多可怜的鸟，我不禁又想到。它是把玻璃上树的影子当成了树才撞了上来吗？速度肯定很快吧。我探身往前，仔细看了看。

是只鸽子。

我的小伦敦鸽，他以前就这么叫我。

我快速站起身来。我太笨了。我一直都搞错了，也想错了。扎克不会从暗处跳将出来。都这么长时间了，他不会光现身那么简单。这很明显，这不是他的风格。后门——早上是大开着的。地毯上的脚印。打破的玻璃。鸽子。他要戏弄我，这才是他的做派。

我慢慢走进厨房。

厨房的案桌吸引了我的目光。早上还在上面的红环牌钢笔盒不见了，那个位置放着一个金黄色子弹状的物体。我丢失的口红。我把它拿了起来，放在手上掂量。金属壳还是温的。我旋开盖子，把口红涂抹在上唇、下唇和嘴角。我用舌尖尝了尝它的味道，用手背试试它的黏性。

客厅的壁炉上方有一面镜子，我看着自己的脸。我的嘴就像一道鲜红的伤口，眼睛里亮光迸射。心中涌出一阵愤怒，还有恐惧——一阵狂躁，一阵强烈的颤栗。

扎克懂我。他知道我在想什么。他总是先我一步。

# 扎　克

**2009 年 12 月**

我了解到的莉齐·卡特女士：

1）和大人相比，她更擅长和孩子相处。

2）她为人可靠，总看到别人的长处。

3）她没看过电视真人秀。

4）她总带本书在身边看。

5）她穿 M&S 牌的内衣，白色的。（或者说是我猜的白色。）她身上的内衣尺码是 34C，不太合身。

6）她的房子金玉其外，败絮其中。

7）她和她该死的妈妈一起住。

三次午餐，二十二通电话，一场电影，一次登门拜访。为了接近她，我费尽了心思。我发现我用的心比以往多。聪明人或许早就放弃了，但我发现自己欲罢不能。事实上，我发觉已经很难把她从我脑海里赶走了。

我们的午餐见面也不顺畅，我得去她工作的学校旁边的马可饭店，因为她我已屈尊不少。就这样也还需一番说辞。每次推门进去的时候她都很犹豫。“旺德尔学校的学生家长真会来马可饭店用餐吗？”我问她（35% 的学生是在学校食堂吃免费午餐的）。但她担心的不是被老师或者家长看见，而是不愿离开孩子们。她老“胡扯”，说什么一些敏感、脆弱的孩子午饭时间喜欢去图书馆。真的吗？他们不是有很多奇葩事情做吗？这样的话我当然不会说出来。我握住她的手，眼睛深情地看着她灰色的眸子，告诉她她简直是个圣人。奇怪的是，我说这话是由衷的。她的爱可以拯救我。内心有些激动，甚至有些性起。

我们在电话上倒是聊得很欢。我趁夏洛特给我准备晚饭的时间，一边电话一边往外走，走到有长木凳的地方坐下来。我看着大海，一直望向海天相接处。可能是没见我人的缘故吧，莉齐侃侃而谈，跟我聊她学校里的孩子们，聊她的同事，她妹妹，她小外甥做的搞怪事，她的狗，她在看的书，以及她希望孩子看的书。中间她问了我不少问题。我该怎么看待这件事？以前也那样过吗？这种感觉很奇怪，我不太习惯。我认识的大多女人都爱讲她们自己的事。我得小心，可不能说漏了。

夏洛特昨天去了温彻斯特郊外的温泉旅馆参加女士聚会，所以我有一整天的自由。我打算带莉齐去电影院。吉姆把自行车“借”给我了——呃，停在画室后面，没上锁，我把它带上了去克拉彭的火车，从那儿骑车去了电影院。莉齐一见我就大笑起来，她说没想到我会骑自行车来。她说我该戴个头盔，“否则就是想自杀的节奏”。

我耸耸肩——戴不戴对于我都无所谓。.

“我给你买一个吧。”她说，脸“唰”地红了。

我本想看《2012》(灾难题材电影对于周六下午是个不错的选择)，可她想看一部在巴黎郊区拍摄的法国狗血片，讲一位年轻姑娘历经磨炼（也就是和多位年长男性发生性关系）终于“成人”。是几位她十三四岁的女学生告诉她的，说很好看。我让步了——这完全背离我的个性。之后，我请她去一家法国餐厅午餐，当时已经不早了。她提过要尝尝“便宜的摩洛哥美味”，不过看电影时我就一直在盘算怎样让她改变主意。(我不吃北非炖菜。无法下咽。)我们聊了会儿影片，聊成长的压力。她告诉我她小时候很规矩，她母亲钟爱的妹妹很外向，无拘无束。“我估计，”她说，“父亲死后，母亲想让我们中的一个扛起父亲的重担。尽管母亲开始选的不是我，结果这个担子还是落到了我肩上。”

“没有看对眼的人吗？”我问。

“有过一个……”她说，“当时我二十多岁，他是个电工，可他很花心。我很传统，很介意……”

我突然对她有一种强烈的怜悯。餐馆很狭小却挺惬意，外面，一个湿漉漉的下午所带来的昏暗正渐渐加深。在葡萄酒的温暖下，我跟她讲述了我的初恋波莉和我最好的朋友是如何背叛的我。我一定是昏了头，因为在讲述这个糟糕的故事时（我对结局做了改编)，我无意中泄露了我的出生地。估计没多大关系，一般的人都不知道怀特岛在哪儿，更不用说我出生的那个小村庄了。但她却瞪大了眼睛，问我认不认识她的好朋友弗瑞德·劳斯。我差点被嘴里的炸鸡块噎到。那个口齿不清、高傲自大的混球？我最后一次见他是在——嗯，1987年？——在丁尼生唐恩山山顶。我和疯子保罗很费了一番唇舌，才说动他一个晚上过来兜风。他都不相信自己的人缘会那么好。我们是为了捉弄他。我们把他带到山顶悬崖边的丁尼生纪念碑，然后把他一个人扔在那儿，一个离家二十英里远的地方，就离开了。天哪，要是万一她给他打电话问起我，那我不就完了吗。

这事儿先不想了，会有补救办法的，肯定会有的。眼下我更关心怎么能再去她家。一路上我一直在琢磨这事儿。看电影时我牵了她的手（我们的手腕碰到了她的大腿，我听到了她轻微的喘息声），午餐时又好说歹说哄她喝了杯墨尔乐红葡萄酒。在餐厅外我拥抱了她，在她的下唇内侧尝到了丹宁酸的味道，妙不可言！感受到了她娇小的腰身。她也热情地迎合了，呼吸急促，但是，不要啊，她抽出身去，说“还得去做事”。

那种气恼不言而喻，但我不能太着急。这样也不错。她坐公交回家，我有足够多的时间。那条线路大部分时间都是下坡，风吹打在我脸上和裸露的头上。我比她先到，就把自行车藏在了康缇阿穆斯酒店的垃圾箱后面，然后翻过栏杆，躲在她家旁边那块公地的小灌木丛里。至少我能搞清楚她家的门牌号，算小小的奖赏吧。

这个时节的天暗得早。窗帘都没有拉上。人也奇怪，好像都不在乎别人看。住在三十二号的一对年轻夫妻正在看电视，各种图案在他们的脸上悠忽变化着。一个小宝宝在地上爬，像只小甲虫。住在二十八号的老大爷在玩单人纸牌，头顶上的灯罩在墙上投下的影子，像只长腿巨型蜘蛛。更远处的一处房子的楼上窗子里，一个裹着白浴巾的女孩伸长胳膊在拉窗帘，那个造型真像被钉在十字架上的耶稣。我仔细观察着，说不定哪天这些东西能派上用场。

蹲在这儿真冷，主干道上的喧嚣充斥着我的耳朵。汽车路过时橘红的前灯会扫过我身边的树枝底下；我在想的是，苔藓好脏。坐在地上太湿太脏，而我的大腿还抽筋了。但这些都不算什么。我对这个计划，对马上要发生的，最主要是那个结果，都很期待。就像前不久，我尾随那个心理学人士回她家，我的全身像被电击了，悸动不已。我到底想说什么？在这个过程中我感觉我非常兴奋。

拐进街角时，她一边走一边咬手指——用牙齿轻啮手指甲，眉头微皱。虽然我在这儿等她，但等她真正出现的时候我还是感到一种惬意的惊喜。那一刻我的心跳几乎停止了。之后，喜悦之情慢慢淡化。看看她，一个人回家，不带我一起。她看上去像在想什么事情。我不知道她在想什么，这种感觉真他妈不爽。如果能钻进她的脑袋翻找，我肯定早那么干了。

她沿街走了一小段，拐进了三十号。前花园里的常绿树修剪得很整齐，围栏的漆工较为低劣，一棵硕大的橡胶树盘踞着向街的八角窗。她走了进去。门厅的灯亮了——廉价的纸球灯，门关上了。

我站起身来，腿都快撑不住了。掉头回布赖顿，还是在附近哪个酒吧消磨一两个小时？正踌躇间，她的门又开了，她再次现身。这次她一手插在口袋里，一手牵了根绳，绳的另一头是条狗。她朝酒吧的方向去了，昂着头，表情比之前开心多了。我一直在原地等着，直到有路人从身边经过才走了出来。我看见她朝着公地的方向走去了。

我本打算掉头回去的，可没有我的陪伴她却很开心，一点儿没有失意的样子！我有一种莫名的想法，想把事态扭转过来，虽不能耳鬓厮磨，却想以某种方式占有她。

前门紧闭着，窗户很结实，缝隙里还凝结了涂料，打不开。快速查看了门垫下面。谁知道，有些人就是那么蠢。没东西。绕房子慢跑了一圈。有发现。莉齐的那排房子后面有一处建于20世纪80

年代的小房子——山形墙，墙砖裸露，枝蔓的拱门。我发现有一堵高墙可通莉齐家花园的栏杆。借助几个垃圾箱、自己的聪明和上肢的力量，我很快就站在了她花园底部的一个空洞边上。

院里有一条狭长的草坪，草坪边上是苗圃、花圃，园边到屋子大概六十英尺。难怪房产中介说这里是“成熟地段”。在伦敦，这个面积不小了。房子朝南。厨房的灯光射了出来，花园里有一张桌子、两把椅子和几个破烂陶盆，里面种的是西红柿或草药之类的玩意儿。

头顶上传来了瑟瑟声响。一只黑白相间的小猫蹲在篱笆上，正盯着我看。它张开了嘴，露出了粉色的舌头和尖尖的牙齿，轻轻“喵”了一声，仿佛是无声嘶叫。我挥了挥胳膊，它跳了下去，四脚“嘭”地落地。我跑过草坪，肾上腺素飙升。我的时间不多。

后门关着。可恶。心里闪过一丝愠怒。我很笃定是开着的，她怎敢……

我察看了房子的背面，一楼的一扇窗的上端开了几英寸。我站在花园桌子上，手正好能够着窗台，脚踩到厨房门上面的一个凸起处，借助这个支点的力量我腾出了一只手去推窗户，开了。

我趴着钻了进去，一头栽在地板上，衬衫被划破了，幸好不是保罗史密斯牌的那件。我用她家里的东西稍微处理了一下，然后到水龙头前洗了手——从水龙头到水管入墙处都有脏兮兮的锈迹。我打消了想擦干净的念头。挂在散热器上的毛巾都不是很干净。蓝色塑料浴缸上方装了个新奇的玩意儿，应该是用来帮助人站立起来的，浴缸一侧的地上垫着防滑垫。浴室的地上放着一个大褐色箱子，没法放进橱柜，里面放着一盒盒原棉似的东西。气味不大好闻，香得发腻，还有股浓浓的酸味。浴室的门上没装锁。

一小段楼梯上方是两个敞开的房间，墙上贴着墙纸，墙纸上的图案为环状的粉色和黄色的小碎花，地上铺着一块过时的地毯，绿色，青苔似的。我开始怀疑，她说过一个人住的，不是吗？我进的第一个房间明显是莉齐的——地上扔着她看电影时穿的那条裤子，内里翻在了外面。这是她最好的裤子，舍不得遛狗穿，去见我时特地穿了，心里不由得暖流汩汩。房间很小，脏衣服随意地挂在金属横杆上，破破的鞋杂乱地扔在一起。维多利亚风格的壁炉上放着一盆藤蔓流垂的吊兰，另一侧堆着书。一张小书桌上整齐地叠放着一本日记和一本通讯录。我发现了一些关于弗瑞德·劳斯的描述，把那页撕下来塞进了口袋。

她的床边放着艾瑞维德·艾迪嘉的《白虎》，里面夹着一张小孩子画的书签。角落里的五斗柜上有一个胶合板材质的抽屉，里面凌乱地放着一些和相框配得很差劲的相片。照片上是同一个小孩——在嬉水池里，在秋千上，在高脚椅上，我猜是她最喜欢的小外甥。有一张是十来岁时的莉齐和另一个女孩照的，两人长得很像，应该是她妹妹。两人细长的胳膊搂着对方，脸颊紧贴，轻松自然，情意切切。我被迷住了，目不转睛，差点想把这张照片从相框抽出来带走。

我关掉了墙上的开关。一次小小的侵入，但我情不自禁。

她的内衣裤放在最上面的抽屉。内裤很普通，大概买的盒装的，还有一件文胸——只有一件，对于她娇小的身材来说太大了点。这些内衣裤款式完全没有竞争力，就像是地方志愿军的内衣。

正当我轻轻合上抽屉时，我感到空气中一阵颤动。我愣住了，咔嗒，挪动步子的声音，在楼下，声音中透着迟疑和犹豫。我没听到开门声。是莉齐回来了，还是只是先把那只狗放进来了？她在外面做什么？我想起了栏杆上的那只猫，但这个脚步声要沉重得多。

卧室的窗户是牢牢地扣上的；拨开窗帘往下望，太高。我退回门口，站在那儿仔细听，目光落在浴室门上，心里计算着几步能冲到那儿，那几步楼梯能不能一跃而上，然后钻出窗去进入花园而不被发现。

咯吱一声，又一声，那“人”或“物”已来到楼梯下。如果我上前一步，就能从栏杆的间隙间看到“他”了。

我牙关紧错，放缓呼吸。真是恼火。一个精神病医生，或者即使是上次的那个认知心理学家，我都能慢慢探寻而不受打扰。我感觉一股怒气流过血管，仿佛这是我的房子，对方在侵入我的领地。还没来得及细想，我已站在梯台上，然后三四大步窜到了浴室门口。

窜到浴室门口时我转身看了一眼。客厅里站着个人，正直直地看我。眼神空洞，嘴巴半张。一个老人，一丝不挂。

她问：“伊丽莎白呢？”

“出去了。”我顺口答道。她身上的肉真不少。

“我的茶点好了吗？”

我略一思索，答道：“等伊丽莎白回来给你弄吧。”

“今天是什么？我想来点热的。”

“嗯，好的，弄热的。”

“我想去福克斯霍兹问问养老金，坐公交去。”

“什么？你就这样出去吗？”我说，“我母亲以前常这么说。”

“你母亲是个讲究人儿。别给她丢脸。”

我往下盯着她看，她仰头盯着我看。我忍住笑，说了声“那么，回头见”，一边拉开了浴室的门。我关上门，靠门而依。原来如此。那盒棉絮是尿不湿。浴盆里装的奇怪玩意儿是给老人用的。屋里的怪味儿是尿味，还有老年人的体味。我费力地爬上窗台，轻轻关上身后的窗子。这次我没利用那张桌子，而是直接跳到了草坪中央。我悠闲地朝花园外慢悠悠地走去，好像这房子就是我的。

脑子里老想起莉齐把她最心爱的裤子扔在地上，心里颇不是滋味。有关弗瑞德·劳斯的那张纸在口袋里被揉成了一团，我怅然若失。

手机响了，是她打来的。她从未给我打过电话，总是羞怯地等着我给她打。我犹豫了一下，她发现我潜入了她家？不应该呀，她怎么可能知道是我，除非我现在回去跟她母亲见面。我现在绝不能去。我挂了她的电话。

我强迫自己把手机调成了静音。

经验告诉我现在不能接。我这是怎么了？我脑子里很乱，老是想起她，想起她谈起学校里受到伤害的孩子时的表情，她是多么想帮他们一把。

我一定是年纪大了，心软了。

她又打了过来，我忍不住接了。

她开门见山："我哪儿冒犯你了吗？"

我猝不及防，语无伦次，说今天很忙。我想闭上眼睛，躺倒在地，什么也不想，任由她的声音滑进我的耳朵，拂过我全身。

"上周末以前，你每晚都会打给我。我还以为我们进展得很顺利。但自从上次看电影之后，你再没来过电话。后来……我朋友简告诉我，你又上'邂逅'征友了……"她顿了顿，然后连珠炮似的说道，"我一直在想这件事，估计你是生气了。"

"生什么气？"

"我没让你来我家。"

女人难过时往往顾左右而言他，从而导致你随后跟她扯一些风马牛不相干的事情。但她没这样。我放下了戒心，说道："是的，当时我是有点生气。或许是因为感觉有点受伤。我一直渴望，我不知道这样说准不准确，去你家，想更了解你些。"

"渴望？"她的声音中透着笑意，迷人的声音。

"是渴望。"我重复了一遍。我也情不自禁笑了起来，"我以为你不想和我交往下去了，我也不是胡搅蛮缠的人，所以就全身而退了。"

一阵沉默，之后她哭了起来："我想和你交往下去。我不想分手……我只是……"

我尽力压抑激动的情绪。"怎么啦？"

"我有事情没告诉你。"

之后，她和盘托出：她跟母亲住在一起，她母亲患有老年痴呆症，已经很严重了。她没告诉我是怕把我吓跑了。这也是她经常分心和没让我去她家的原因。她母亲已意识不清，还会产生幻觉，现在又大小便失禁。她老说屋子外面有男人转来转去，还隔着栅栏辱骂邻居，指责护工打破了花盆，还往人家脸上吐口水。后来有一天，警察发现她一丝不挂地站在特里妮蒂路的公交站台上，直勾勾地盯着福克斯霍兹的养老金清单。莉齐说不知道自己能否继续扛下去。

"和你交往……"她说，"真的有点……"

"怎么啦？"我再次问道。

又一阵沉默。她说："我一直很傻，也不怎么招人喜欢。我从未……我从未想过这种事会发生在我身上。"

"哪种事？"

“我的生活一团糟。”她哭了起来，“你的出现……你对我的感觉……我想说的是，天呐。”她又突然笑了。我不禁在想，这次真的破涕为笑了吗？

“怎样？”我继续问道。

“我只是想说，‘继续交往下去’这个想法让我有些腿脚发软。”

随后我们都沉默了。沉默了很久。

我努力控制自己。“可怜的莉齐。”

我能听到她重重的呼吸声。

“你扛不下去我一点也不吃惊。”

她那端传来了哭腔。

如释重负的感觉如山而来。一种全新的生活已然开启，对我们俩都如此，是一种拯救。对她而言，乏味的生活结束了，对我而言，是一个安全的港湾，是一个重新开始的机遇。我激动得说不出话来，但还是挤出了重点：“你……”我的语气从温柔转为试探，“你考虑过成个家吗？”

# 第7章 莉 齐

我用报纸包了小鸟的尸体，扫掉碎玻璃。我在电话簿上查了装玻璃的师傅的号码，一小时后他就到了。他一边安玻璃一边说，这是维多利亚时期的玻璃，轧制的，有一些明显的缺陷，太薄，没强化，很容易碎。

师傅一离开我就坐到厨房餐桌旁仔细想，在扎克眼里我现在该干什么？我得重新审视他了。他觉得我对别人太“和善”，太被动。他认为我会袖手旁观干等着吗？也许以为我会崩溃吧。可能那就是他想要的。他在等我那样吗？以那种方式来证明我爱他？过去的一年里我为他做得足够多了。他一定在街上看见过我，眼睛红红的，头发脏脏的。他还可能把耳朵贴在家里的墙壁上，听我在深夜痛哭。不，这事有点儿异样，更像是他在试探我。

刚结婚时，他会为些小事给我打电话，比如，问我能不能去艺术用品商店给他买一管油画颜料，或者是厨房餐桌上的支票需要去银行兑现了。这些事他自己也能做，但是他正在画室，灵感来了，不想受影响。通常，他会早上给我打电话，我利用午饭时间把这些事办妥。但一天下午，时间还早，他给我打来电话，说钥匙弄丢了，自己被关在门外，一幅画也画坏了，他说自己是个没用的人，不知道该怎么办，不知道该去哪儿。

当时一大批学生在门口等我，接下来是我给他们上的文学补习课，但外面下着大雨。我让他来半道的桥上等我。电话里他的语气很绝望，我一路跑了过去。约定的地方没人，我就继续跑回了家。屋子里全是鲜花，他还做了个蛋糕，桌子上堆满了甜食，有饼干、巧克力。“给你的惊喜！”他叫道。他拉我坐到他腿上，吻去了我脸上的雨水。很久之前，我告诉过他我小时候去同学家做客，同学妈妈招待我的茶点是我在家里没吃过的，我感受到了一种完全不同的家庭氛围。他记在了心里。这样的事情他一直很用心。我深受感动，就留下来和他共享浪漫了。

他现在想我做什么？

他的笔记本！他肯定知道，笔记本在戈尔斯。他为什么不回来取？里面有什么他想让我看的吗，还是有什么不想我让看到？

我从卧室的柜子里取出他的苹果笔记本，放在厨房餐桌上，插上插头。屏幕再次亮了，扎克的名字又出现在了悬崖图案的桌面上，光标在密码输入框里不停闪烁，提示输入。我的手指在键盘上方迟疑了，罪恶感爬上胳膊阻止了我。我合上电脑。以前，如果他在电脑上写东西时我突然出现在他身后，他会把椅子推到我膝盖上不让我向前，一手猛地合上电脑。他“控诉”我偷窥，但事实并非如此。我信任他。我一直认为他只是在记录些画的构思，不想让我看到，我理解。他对批评很敏感，像个孩子，会张开双臂护住自己的作业不让看。

我盯着电脑。他一定是故意让我找到它的。我要向他证明我在找他。答案可能在电脑里。我要搞清楚他在哪里，原谅他，也求他原谅我，把他带回家。

我重新打开电脑。密码框不停地跳动。密码是什么呢？艰深隐晦？轻松平常？虚实并用？

颤抖的食指一笔一画地输入了他的名字。

扎克。

按下“回车键”。

屏幕先暗下来了，随即又亮了起来。“密码错误”。

我又输了一次，这回大胆了些，输入了他的全名——扎克·霍普金斯。

屏幕又闪了一下，随即出现了一个提示：“密码错误”。

我试了他的生日，他的生日和名字的结合，还有他的故乡的名字康沃尔，以及健步道、戈尔斯。还是不行。我有些气闷，输入了“齐妮娅”三个字。

还是“密码错误”。

我有些气馁，从包里拿出了自己的笔记本电脑。

我用谷歌搜索“齐妮娅”，显示屏上出现了一串网站链接。

“欢迎光临位于俄亥俄州的齐妮娅：好客之乡 。”另外一个齐妮娅：澳大利亚的一家网上时装公司，销售“乌鲁瓦图运动装”，一件五十八美元。还有一个齐妮娅是个美国歌手，曾获得过第一季美国之声的第二名。

谷歌图片弹出了一整页金发碧眼的裸女，我迅速关了网页。

之后，我突然想到用谷歌搜索“假自杀”。我查找到了一篇关于“独木舟骗子”约翰·达尔文的文章，他伪造了自己的死亡。他住在一间起居兼卧室两用的房子里，靠赔付给他的人寿保险度日。网站还列出了相关“如何假死”的书目，包括《遁形！如何消失且永不被发现》。约翰·斯通豪斯、“伯爵”蒂莫西·德克斯特、桃乐茜·约翰逊等几桩案件为著名的假死案例。“一项未署名的调查表明，在旧金山金门大桥自杀但未找到尸体的，有四分之一可能是假自杀。”

我站起身来，在厨房里来回走动。多么荒谬的一个词，假自杀，双关语，多么残酷而又愚蠢的念头！那个独木舟男被人发现藏在胶合板墙里，因此上了新闻，学校里的同事都说他无情无义。让自己的至亲，自己的孩子，经历那样的折磨，他是什么样的人哪？

我又坐了下来，试着集中精力。如果我想得够深入，一定可以想象出扎克现在的样子，可以想到他的藏身之处。答案就在外面某处，他一定躲在某处。我紧闭双眼，脑子里还是什么都没有。毫无头绪。海。悬崖。海天相接处。

他会去哪儿呢？约翰·达尔文藏在了自己家中，他老婆是帮手。有那么一瞬间，我意识恍惚，觉得扎克会不会也一直在附近，等我外出时悄悄溜进房子，白天在我的床上睡大觉。

他要我去哪儿找他呢？他的父母已经过世，他也发过誓不再回怀特岛，小的时候也没交下什么朋友。其他的就只剩下维多利亚·墨菲之类的熟人，但他们已经彼此疏远了。爱丁堡？他以前在那儿念过书。布赖顿？还是在达特穆尔高地艰辛度日？

我不知道。脑子里只有刚冒出来的感觉——他就在我身边。就现在。

我知道多少他的过去？比我想象的少。父母双亡，没有家人了。朋友也很少。他离开前的几个月里我就一直在想这一点。刚开始的时候，我觉得这种情形很新奇，也让人陶醉，仿佛他有我就足够了。后来我曾提议多出去走走，多结交一些朋友。他两手挤着我的脸颊，拉着我贴近他的脸对我说："就这样，这才是特殊的我们，就我们俩。"但是之后有一次，我提起我们应该结识更多人，交更多朋友，他一下捏住我的脸，把我的脸靠在他的脸上。"这才是我们的特别之处。"他的语气很霸道蛮横，我的心为之一阵狂跳。

我对自已说，坠入爱河的人和朋友疏远是很正常的。坠入爱河，谁允许我这样说的？扎克不会这么说。他会说那叫一拍即合。再者，坠表示失去控制，身体下坠，仿佛跌入深渊，那可不是恋爱中的人的感觉。

一直到最后几个月我才开始为此烦心。简的生日那天，下班后我陪她去喝了几杯。等我回到家里，发现他在黑漆漆的厨房里等我。"你厌倦我了吗？"他问，"你想让我滚蛋吗？"

我对他说他那是傻话。我心里肯定没有那么想。我们吵了一架。后来，我们还是一起上床睡觉了，一直如此。

如果我告诉他我的确想让他滚蛋，没错，我就是那样想的，那他会去哪儿呢？

皮特和内尔，他们是我唯一能想到的人。他们是他上艺术学校时的最好朋友。扎克和皮特关系很要好——班里就他俩是成年学生。扎克刚搬去布赖顿时就和他们住一起。

我见过他们一次。仅一次。一个星期天的早上，皮特打来电话，扎克正在洗澡。他们周末要去伦敦，去巴特西参加一个聚会。我邀请他们来家里吃饭，为此扎克和我吵了一架，怪我没跟他商量就自作主张。此前我们都没怎么吵架。现在想来，可能是我们的房子让他觉得没面子。我母亲不久前搬去比切斯住了，扎克把楼下重新装了，但二楼还是破破烂烂的。

后来我们是在诺斯科特路的意式咖啡厅见的面，就在学校附近。扎克没再发火，我们四个聊得很愉快，聊布赖顿，聊他们成家的打算。他们对我的工作颇有兴趣。我谈了照顾母亲的辛酸（母亲慢慢地变得我越来越不熟悉，让我感觉越来越陌生，也不再爱我了）和滑稽（有段时间不愿穿衣服）。内尔，那天穿了件绿色上衣，跟她的眼睛颜色很配，给了我个拥抱。我觉得他们会成为我朋友。但在我不经意间，嫌隙出现了。我邀请他们到家里喝咖啡，他们借口拒绝了。我当时还想，是不是我去洗手间期间他们吵架了。

之后几周我提起过他们一两次，但扎克总是转移话题。后来我再也没见过他们。

皮特是美术设计师，内尔从事的是电影行业，但我不知道他们姓什么。跟扎克头几次见面时，他提到过布赖顿的一个画廊，说画廊老板是他朋友，后来因为钱的问题两人的关系变了味，扎克感到被出卖了。那天午饭时皮特和内尔也提到了他——他们也认识他。吉姆，他的名字叫吉姆。

我没花多大劲就在网上找到了那家画廊。“空白画布”，一个“富有创新力、创造力的展出场所”，地处“生机勃勃的布赖顿的北莱恩”，经营者是吉姆·易卜生，一位“艺术家，雕塑家，自由思想家”。上面有电话，我打了过去。电话转到自动录音机上，我留了言，说明了我的身份并请他回个电话。

扎克讨厌脸书。他觉得那是孤僻、与社会脱轨的人用的社交媒体，还把人性中的最坏部分（装模作样，缺乏安全感）给暴露出来了。以前我常私底下上社交网站看看。我的好友也不多，准确地说只有三十三个，大部分已多年没见，有的是小学同学，还有几个是以前的学生。

有一天晚上——当时我还和扎克谈恋爱，我在简家里喝多了。我们上网看她前男友们的照片，看看他们变成什么样了，对他们空间里的相片评头论足，好像自己还年轻一样。我们发现，在网上找那些人的行踪易如反掌。

没必要搜索内尔和皮特了——我不知道他们的姓氏，但我想起了另一个人——弗瑞德·劳斯，我以前在威斯敏斯特图书馆工作时的上司。扎克和他一起念过书。“弗瑞德和我是很要好的朋友；他既贴心又严肃。过去我们常常一起在议会广场上吃三明治。是他鼓励我完成在职进修的。”刚开始我还天真地为我们三人之间的那种神奇关系感到兴奋不已，但后来我看到扎克的脸上有恐惧的表情，似乎都僵住了。但他迅速掩饰了过去——模仿了弗瑞德的一个动作，不大友好，说他说话时喜欢直起食指在空中指指点点。我明白。我想他一直在努力忘却童年的创伤，他不想有什么东西勾起他的痛苦回忆。所以，我们没跟弗瑞德·劳斯碰过头。我们在旺兹沃斯市政厅举办的婚礼规模很小——只有六个人在场，我和扎克，佩吉和罗布，简和桑杰（内尔和皮特最终还是没来）。但在帕特尼维尔举办的扎克葬礼……我失去了弗瑞德的联系，但我应该设法找找他的。

弗瑞德不玩脸书，但脸书上的人很多都不玩脸书。上面叫弗瑞德·劳伦斯的人很多，叫弗瑞德·劳森的也不少，只有一个叫弗瑞德·劳斯。没有照片，也没有详细资料，只有一个简介。我还是给他发了条消息：如果您不是我要找的弗瑞德·劳斯，抱歉打扰，但如果您是，请联系我。

我真是无所畏惧，抹着口红——宝石红的，似胭脂，如鲜血——坐电脑前面上脸书。但写完那行字后我迅速扣上了电脑，指尖下的电脑盖子冰冷、坚硬。

午饭（我用平底锅煮的西红柿罐头汤）后，我强迫自己进入了外面的世界。我把扎克暂时抛之脑后，驱车前往科利尔斯伍德的比切斯，去那里的养老院看望我母亲。

今天，登记进入之后，我发现她在休息厅里看电视剧《朱迪法官》。我的心被爱和愧疚卷裹，素来如此。她坐在一个患帕金森的老头旁边，护工说那是她“老男友”。老头睡着了，嘴张着。我母亲的头靠在椅子上的枕头处，眼睛湿润，颧骨上的皮肤薄且紧。我注意到，她的腿虽然比上周末还肿大——真让人着急，但她瘦了不少。

我带了她喜欢的巧克力太妃糖，放在了她的腿上。

“你好吗，妈妈？”我说，吻了一下她的头。

“那个男人，”她说，一边用手背把太妃糖推落地上，“把我的钱拿走了。”

我把糖捡了起来，小心地放在她旁边的椅子上。“当着朱迪法官的面？”

“就在这儿。”她说，“他住在浴室里，假装好人，进了我房间。”

“什么时候？”我问，“什么男人？他什么时候去你浴室的？”

她换了一种腔调，说话跟唱歌似的：“他们都一样，龟孙子。”

我愣住了。

“嘿，嘿，琳恩，别讲脏话。”正在角落里整理菲尔的药的护工安吉发话了。

这儿的护工觉得我母亲很粗俗，难伺候，但她原来不这样的。得老年痴呆症以前她从不说脏话。她坚强、能干。她二十八岁就守了寡，还带着两个不满六岁的孩子。她找了份在学校监管学生用餐的活儿，后来在电影院做过接待。她自学打字，晚上给我爸爸以前的同事当秘书。她想给我们最好的。佩吉让她感到很骄傲，因为她上了大学，嫁了个有钱的丈夫。我可怜的妈妈，我总让她失望，到现在还是如此。

我看着前院，中间立着一尊抽象的水泥塑像，周围是几块观赏性的干草坪。无处可以藏身。接待区有说话声。一个坐在轮椅上的女人正被推下斜坡，推向下面的一辆轿车。一个男护工在给他们开门。接待台一直有人，要混进来是不可能的。

我说服她起身，把她带去她的盥洗室洗头。我让水龙头开了一会儿，让她熟悉流水的声音，否则有可能吓到她。我端了把椅子放在洗手盆旁边，让她把头后仰，闭上眼睛。我小心翼翼地帮她洗头，用毛巾轻柔地吸去她眼睛和脸上的水，以免擦疼她的皮肤。她的头皮干得像羊皮纸。她没说什么，也没拒绝我。

回到房间，我让她坐在床沿上，帮她梳理湿湿的头发。我问起了她在肯特郡度过的童年时光。她很喜欢讲这一部分，似乎感觉很安全。我给她的水壶装满水，给她的植物浇水，给她收拾屋子，一边听她讲老家的花园尽头的苹果树。我试着察看屋子里有没有东西被人动过。我又检查了浴室，洗手盆下面，还有浴缸后面。没什么异常。她房间里的照片上积了灰，上面没有指纹。我用布把照片擦拭干净。第一张是我父亲在德文郡的海边照的。我觉得我还记得那个假日，记得我吃的那个咸咸的冰激凌，记得他的微笑，记得他用胡须扎我，但这些都是我编出来的。我只记得有这张照片。第二张是佩吉和罗布的结婚照，接下来一张是我和佩吉小时候穿着姐妹裙照的。在角落里放着一张扎克的小照片。是我放的。擦拭时照片滑出了相框，我拿着看了一会儿。这是在康沃尔度假时拍的，他在一块岩石上，后面是海。他被晒得黑黑的，风吹起他的衣服；他在哈哈大笑。我们一路追逐着跑下海湾。是我先到目的地的，他让了我。拍完照片后，我们用石头打了水漂，扔了树枝让狗狗叼。我们卷起裤腿在海边蹚水玩。后来他脱下上衣，为我把脚擦干。

"扎克在海边时总是很开心。"我喃喃而语。

母亲嘴里哼着曲儿，手指拽着床罩。

扎克刚搬进来的时候，简直不敢相信我母亲有那么多的小玩意儿——葡萄牙的装饰木头公鸡、穿希腊民族服饰的洋娃娃、陶壶、铜钟和旺盛的吊兰，现在都用盒子装起来了，但她在比切斯的房间没空间放，所以我们只带来了她最喜欢的东西——几株植物、几张照片和一套精美的科尔波特瓷屋。扎克觉得瓷屋难看，但我们一直很喜欢。那是父亲送给母亲的生日礼物，一年一件。

瓷屋整齐地摆放在架子上。我数了数，又数了第二遍，只有五个。本来是六个的，有一个不见了。是哪个呢？我根据记忆清点了一下。黄色公馆、伞形屋、红色别墅和周围种满玫瑰的双子屋都在架子上，但那幢蓝白相间的瑞士小木屋——佩吉小时候最喜欢的那个，不见了。我心里想会不会被碰掉了或是被人移了位置，就找了床底下和电视旁边的架子。

"你好久没来了，"母亲突然说话了，"你都不来看我。"

她咬着嘴唇，直盯盯地看着我。我坐到她身边，握住她的手，告诉她上周五我才来过。我说我周末来不了，因为要外出。我跟她讲了前几天的事，至少讲了其中一部分：我去了海边，见到了大人物艾伦·墨菲议员。我描述了他山顶上的房子，还有用可怜的死狐狸制成的伞架。我尽量讲得细致些，这是她以往喜欢听的东西。

"我更喜欢另一个女儿，"我停下来喘气时她说道，"漂亮的那个。"

“我知道。”

“我想一个人待着。”

“好的。”我吻了吻她的额头，“那我走咯。”

“告诉那个男的，我希望他也别再来了。”

“哪个男的？”我问道，心脏一阵狂跳。但她闭上了嘴，把头扭向了窗户。

我离开时另一个护工弗洛在接待台值班。她说我母亲吃早饭时有反胃症状，我们就其原因交谈了一会儿。后来我有意无意地问她，知不知道那个瓷屋的去向——是不是摔碎了什么的。我并不想深究此事。我母亲的婚戒在圣诞前夕不见了，佩吉很在意，质问了管理方，工作人员觉得我们在怀疑他们——他们把责任推到了母亲去验血的医院身上。我不想旧事重提。

“不知道。”弗洛说，“你确定是六个？”

“可能我记错了。”我说，“顺便问一下，有别人来探望过她吗？”

“应该没有。”弗洛说，“你可以查看一下探访记录。”

我随手翻了一下。除了我之外没有别的探访者。

回家途中我特意绕了远路，开进了克拉彭商业街后面俗称老城区的横七竖八的街道。这是一个综合区，温馨的大家庭宅院对面是政务大楼，维多利亚风格的排屋被分了段，有些在上世纪 80 年代房地产繁盛时期卖掉了，中间夹着上个世纪 50 年代建的半独立的住宅。我把车停在那幢高大的红砖屋外面，我和扎克后来发现，我俩曾在这里做过邻居——我租了顶楼做工作室，他住地下室，房东是个银行经理，安特卫普人。我们还聊起过，说不定两人曾在街上擦肩而过。“怎么回事？我怎么让这么个大美人儿从眼前溜掉了？”扎克说。

我坐在车里打量那幢房子。他现在会不会就住在这样的地方？住在某幢大楼的地下室里？靠什么为生呢？或许四处打零工吧。靠小偷小摸度日？有可能的。

看着看着，额头突然一阵抽搐，视线也模糊起来，仿佛密密麻麻的黑点在视网膜上慢慢堆积。我看见扎克穿过人行道，走向我的车，手放到了车门手柄上，咣的一声拉开车门，一阵冷风扑面而来。他伸出双臂把我抱进怀里，力量很大，我有些呼吸困难。他的唇吻上了我的脖子，湿湿的。我听到了自己的喘息声。这一切如此真切，当我睁开眼睛，发现自己一个人坐在车里，我的心啪地碎了一地。

这太荒唐了，我对自己说。我下了车，锁上车门，走下一小段楼梯，来到地下室。垃圾被风吹了进来——是一个脏脏的纸袋子，还有一个沾着咖喱酱的外卖袋。里面的电视声音很大，我不知道里面的人能不能听到门铃声。电视播的是《一掷千金》，诺埃尔·埃德蒙兹正在发问。音乐声。掌声。门开了，一个老头，怀里紧紧抱着一只懒洋洋的黑白色大猫。他看起来有些面熟，那只猫也好像见过——黑白色猫咪长得都那个样。“什么事？”老头问道。

我说我丈夫2001年或2002年的时候住过这儿，房东是个比利时人，是个银行经理。当时我丈夫在为一位建筑商工作。我现在是来一些对他很重要的地方再看看。可不可以让我进去看看？

老头直盯盯地看着我，眼神浑浊，年纪大了，眼白已经泛黄。他把下巴搁在猫的头上，上下牙床一错。“这倒新鲜，”他终于开口了，“编得不错，可我不是三岁小孩。”

“对不起，我……”

他伸手要关门。“我从七几年开始就一直住这儿，”他说，“在那之前是我父母住的。所以啊，找别人骗去吧。”

扎克说他在这个地方只住了几个月，一边在爱丁堡念书，一边当兼职导游带团去国外。都过去十多年了，他有可能记错了门牌号，也可能后来意识到记错了，但看到我对那个巧合那么开心，就不好纠正了。

事情出了，总能找到种种借口、理由、辩解，但我心里很不舒服。我觉得自己变得神经兮兮，好像一条牵着我过去的线索被剪断了。他的一些小谎话也曾被我撞破。比如内尔和皮特，他告诉我他邀请了他们来参加我俩的婚礼，但他们因家里有事来不了。那次我们一起吃饭，很明显他们根本不知道我们结婚了。我那时没想那么多。我知道他不喜欢张扬。当时我是有些疑惑，但没有深究。我还无意中听到他告诉佩吉，说他母亲是萨默塞特人，家里有大片土地，但他告诉我的却是多塞特。倒是细枝末节的东西，两个郡本就相邻，我也没多问。我现在倒不确定了，当初是不是该问问清楚。

回家的路上，我的脑袋又沉又乱，还走错了路，被滚滚车流夹裹着没法掉头，只能一直往城里方向开。我试着开出城，却在肯宁顿一条偏僻的单行道上迷了路。我沿着一条路往前开，结果发现回到了出发地。我把车停在了一个停车场上，把头靠在方向盘上，想清醒清醒。我突然意识到，他对我有隐瞒，有回避，甚至在我们间没有出现龃龉之前就那样了。这倒给了我动力，我一定要让他现出原形。不管他希不希望被我找到，我都要找到他。

等我终于回到家中，我听到电话在响。等我接起来时，没有声音。我拨了 1571 查询对方号码，“对方拒绝透露号码”。我啪地放下了听筒。过去的几个月里我一直接到这种电话，佩吉说可能是哪个印度骗子打的“紧急电话”，让我去领根本不存在的“保险赔款”，要么就是线路问题。但现在，我不知道是怎么回事了。是他打的？想看我在不在家？

我外套也没脱，领着霍华德就出了门，沿着监狱前面的那条路出去转转。一辆信佳公司的厢式货车正开进来。花园中再过去一点的停车场几乎是空的。天气又变冷了，天色凝重，整个世界暗淡无光。我该朝另一个方向去的，那边应该有更多的东西让我分心。我加快脚步，在埃尔斯菲尔德路的红绿灯处右拐上了双车道，再往下进了地下通道。通道里有四个男孩在踢球，对着水泥墙踢。出了地下通道是公地的另一部分，复活节时这儿会举行蒸汽展览会，两个推着婴儿车的妇女坐在树下的长凳上喝星巴克。

我刚踏入前门，厨房里的电话又响了，就像在等着我回家一样。

“是莉齐·卡特吗？”声音很深沉，又有点调侃，能听出灯红酒绿的深夜聚会的味道。

“是的。”我脖子后面的神经开始剧烈跳动。

“我是吉姆·易卜生。”我听到他猛吸了一口烟。

“噢天哪，你好。”我一阵的语无伦次，对他的回电表示感谢。他说了几次“你还好吧”。我知道我该尽快切入正题，我想听他的说法，但我始终在厨房里来回踱步，脑子里在想该说什么，该问什么。

最后，吉姆·易卜生先开了口：“很遗憾，我听说了扎克的……”

“本该邀请你出席葬礼的。我该想得更周全些。都算不上像模像样的葬礼，你知道的，情况不允许。也没机会与您和扎克的很多其他朋友见面。”

"你们的婚姻持续了多长时间？"

"差不多两年。不算长，对吧？扎克的很多事情我都还不太了解……"

"是的。我和扎克，也久未联系了。"

"哦。"我的耳朵竖了起来，想听到点他知道扎克的行踪或两人在串通的蛛丝马迹，但他的语调平稳，而且好像对扎克的事不感兴趣。死胡同一条，吉姆·易卜生这条线索算是断了。"我知道了。"

他又吸了一口烟。"他对你好吗？"

"好。"我说，我坐在厨房餐桌上，"以他的方式，嗯嗯，对我好。"

"嗯，很高兴听你这么说。扎克·霍普金斯，一位被遗忘的才子。他后来还办展览吗？"

我不喜欢他的语气——有些嘲讽的味道——心中腾地冒出要维护自己丈夫的意愿。"办。其实他的画一直反响不错，出车祸时他正努力完成一幅像样的东西。"

他呵呵一笑。"他总在完成像样的东西。无意冒犯。他是有才，但人得妥协。他呢，就不妥协。我们俩曾一起做过一点小生意，给孩子的小脚和小手铸型，效果不错，布赖顿和霍夫地区的年轻家庭也多，赚了些钱。但他觉得志不在此，态度消极，很让顾客失望。如果他觉得单靠几块黑黢黢的画布就能维持生计，行，他走他的阳关道吧，我得面对现实。"

"埃克塞特的一位经销商带走了他的很多画作，"我为扎克辩护道，"他打算在他的画廊为扎克办一场个人画展。"

"办成了吗？"

"呃……没。"车祸发生后，我试着找了那批画的下落，没找着。我一直没能把那批画找回来。肯定被某人扣着，除非——当然——

除非是被扎克藏了起来。

“这就对了。向来这样。”

“行。”我想挂电话了，不想和这位戴着有色眼镜看人的先生喋喋不休聊下去，“嗯，我想联系扎克的一位老朋友……齐妮娅，你认识吗？”

“阿尼亚？”

“齐妮娅。”

“没印象。”

“内尔和皮特呢，你认识吗？”

“内尔和皮特，我当然认识。”

“可以给我他们的号码吗？”

电话那头一阵沉默。我以为他想推托呢，但事实上他是在手机上查找他们的号码。他一口气报了他们的详细联系方式，我在报纸的一角唰唰记了下来，记在了墨菲黄色安全帽后方的灰砖头上。

我决定打他们家里的电话。才下午5点，应该还没下班。那天午饭时他们聊了很多关于他们工作的事——上班时间长，创作的压力，老板难伺候，而皮特还有个上下班的交通问题。我有勇气给他们打电话，却没勇气给他们留言。

出人意料，内尔没上班。她气喘吁吁地接了电话，好像是跑上楼来接的。

我本想一把挂了电话，但还是克制着没那样做。我仍然记得那个星期天临走时的尴尬场面，皮特眼睛微眯，视线越过扎克的肩膀投向远方，好像有什么有趣的东西吸引了他的视线。

“我是莉齐·卡特。”我说，“很抱歉打扰你。”

“莉齐·卡特？”她不记得我的名字了，还是她假装不认识？

“扎克的妻子？”

又过了几秒：“天哪，是的，莉齐·卡特！”

“想起来了？”

“想起来了。”她迟疑了一下——在回想，也有别的情愫。她的语气听不出来什么，我真希望能看见她的脸。脑子里冒出一个古怪、令人眩晕的念头：她知道他在哪儿。

她很快恢复了正常。“我当然记得你。你还好吗？我听说了扎克的事，是吉姆在哪儿看到的，我本打算写……”

“我妹妹佩吉联系你们了吗？她那时一直在试图与你们取得联系。”

“可能吧。我想她是联系了。皮特提起过……但我们一直在忙，忙新房子，还要应付……”

我从电话的背景里听到几声哼唧，随后变成了哭声。

“你有宝宝了！”

“是啊。”她笑了，哭声越来越大，过了一会儿又停了，“听得见吗？我在休产假，到9月份结束。其实这已是我们的第二个孩子了。还记得吗，上次我们见面时我说我觉得自己可能怀孕了，结果真怀上了！那时怀的是第一个。时间过得多快。话说回来，莉齐·卡特，你过得好吗？”

她的语气有点太过热切。笑声是强装出来的，说我的名字时就像在重复代码，似乎在提醒屋里的某个人。我闭上了眼睛。我撞大运了吗？我的第一感觉是对的？扎克就住在她家？如果那样，她就站在他那边。我不能相信她。

还是我自己想多了？她只是有点尴尬，不知道我打电话究竟是为了什么？

我尽量用正常语气说话。“抱歉冒昧给你打电话。你或许在想：‘噢，她想干吗？’学校现在放期中假，这周我打算去布赖顿，只是想约你出来喝杯咖啡，只是……”我停住了，别老说“只是，只是”，“我有几个关于扎克的疑问，只……我想你或许能帮到我。”

“哦，好的。”她的声音很开朗，“我知道的其实也不多。”

“这对我很重要。”

沉默，稍显偏长的沉默。“什么时候见面？”

“周四，如果可以周五更好。如果你有时间的话……你要照顾孩子，应该很忙的。”

“别挂。我去拿日记本。”

咔嗒一声电话被放了下来，里面传来模糊的声响，脚步声越来越轻。过了一会儿，听筒里传来：“你好。”

是个孩子的声音。“你好。”我说，“你是男生呢还是女生？”

“我是条短吻鳄。”

“啊，我刚才还这么想来着。我对自己说：如果我没弄错的话，这位是条短吻鳄。”

“不好意思。”另一台分机传来了内尔的声音，“皮吉，把电话挂了。”

“再见。”短吻鳄说。

“再见。”我回答道，“和你聊天很开心。”

“好的。我周四上午有空。11点半左右？如果不介意的话来我家方便些。”

去她家！如果扎克真在她家她还会叫我去她家吗？距离周四还有三天时间——足够他们消除他的踪迹了。我该把时间定得更早些，或者按照地址直接找过去。我没考虑清楚这些。我该再犀利些。

“你还在听吗？”她问道。

“在听。不好意思。”我集中精神，“非常感谢，”我说，“你人真好。”我在报纸的另一角记下了她的住处，然后挂了电话。

# 扎 克

## 2010年1月

今天有两大进展。

第一，我见了她妹妹，佩吉。真是件大事，尽管莉齐不觉得，或者说不怎么觉得，但联系到我的个性，还是觉得颇为了不起吧。

当然，我尽量展示了自己的魅力。她对我俩通过网络认识的部分颇有微词，但并未揪着不放。边洗碗边谈笑风生；把小孩抛到空中再小心接住，逗得他尖叫不已；再时不时挑逗一下她（她是那种喜欢别人挑逗的女性）。人很漂亮，但不是我喜欢的类型。是那种被惯坏了的女性，三十出头了，却还觉得自己只有十七岁似的。一头金色长发，穿着束胸上衣和紧身牛仔裤。因为嫁了个城里丈夫而一直沾沾自喜，一副要挤入上流社会的样子："你们没去过迪拜吧？噢，我们可喜欢那儿了。"说话总是拿腔拿调——"噢，天哪"总挂在嘴边。每两个轶闻趣事——总是"你有什么有什么"之类的——中总有一个是说别人蠢的，还总洋洋自得地来一句："别废话，夏洛克。”还喜欢抱怨。从她谈吐看别人只会认为她是个穷苦人，不大会认为她是什么贵妇人。

她家离莉齐家不远，房子是用现成的毫无特色的绸坯装饰的，完全是有几个钱但没品位的做派。我恭维了她的着装几句——“有人告诉过你吗，你的打扮很像艾里珊·钟？”结果呢，她就居高临下地看看她姐姐：“噢，天哪，你得把这话说给‘羊毛衫小姐’听听。”没过一会儿，我发现我居然在桌下把莉齐的手握在手里。很奇怪，我不记得什么时候伸过去的。

佩吉在夸夸其谈一些“新闻”，我们都感觉到了一阵扭捏——她既想吹嘘自己，又不得不顾及姐姐的感受。当然，最终还是前者胜出。她让莉齐跟着去厨房的另一边帮她倒茶。结果她拿出一张小小的黑白B超扫描图像——怀孕十二周时的片子——来挥舞。“我们一直忍着没告诉你们，想等确定无疑之后再告诉你们。我知道的，怀孕这种事，旁人都不怎么感兴趣。”

挺会炫的。莉齐，我会让她怀上孩子的。大家亲吻，拥抱，一顿咋咋呼呼。回家的路上，我问莉齐有没有生气，她说：“没有啊，怎么会。她一切都明确了，不告诉我怎么能行。”我发现她误会了我的意思。我指的是她妹妹都怀第二个孩子了，可她还没有孩子。然而，一句“旁人”还是有些伤人，淡然的一句话，却把姐妹之情抛得老远。

穿过公地的时候，她告诉我罗布其实不是什么“金融家”，只不过是个“富二代”而已，我呵呵一阵大笑，她似乎也忍俊不禁。我又说了句“天哪”，她又是一阵笑，但好像有点小罪恶感。我吻了她，就在那儿，公地的中央，抵在树上，她没有推开我。我们亲吻了很久。我一手抵着树干，一手托着她的后脑勺，后来一辆火车从旁边驶过，地面也跟着微微颤动，我们才停了下来。她说，如果我愿意，可以……可以跟她回她家。暗示剧情继续！

有点冒险，但什么情况我都能应付。我做过一些调查。如果她母亲一见到我就用她的关节炎手指指着我说我闯入过她家，那也好辩解——她的意识有些混乱啦，或者颈动脉堵塞啦，或者神经传递素减少之类的。时间点也好，日落时分，人的思维更混乱，神经却更兴奋，人们称之为“日落综合征”。

我的担心是多余的。那个老太婆几乎不记得见过我。她坐在闷热的前屋里那张沙发床上，面前的电视开着，正在拽拉手指上的戒指。莉齐给她做了晚饭，用托盘端给她。我和狗坐在旁边，看莉齐一勺一勺把食物喂进她张着的嘴里。我正感觉这个夜晚漫长无比，老太婆耷拉着脑袋睡着了。我牵了莉齐的手，引她上了楼。

我用膝盖顶开了卧室门，我怎么知道是哪间屋的，不知道她有没有疑惑过，但她没说什么。屋里比上次整洁多了——没有成堆的衣服和书了。她特意整理过。知道我会来，她早有安排。

她比我想象中热切、急迫，虽然外套和内衣都朴素，但性情很奔放，对我的所有要求都很配合。这倒出乎意料，超乎预料。她让我发挥到了最佳状态。事后发生了一件最不寻常的事——我居然睡着了，这是从未有过的事。

等我睁开眼睛时，没看到她像夏洛特那样，俯在我身上，似乎在用心记下我的一切特征。起初，我都不知道她在不在旁边。外面的天色很暗。她正曲着双腿坐在床头板前看报纸。她侧着身子，把报纸伸向台灯投下的亮光。

我问她：“如果你母亲走了你会感觉孤单吗？”

她没有抬头。“不知道。”过了一会儿她说道。

“我随时可以搬过来陪你。”

她放下报纸，看着我说：“别闹了。”

我拉了拉羽绒被盖住肩膀。“怎么是闹了？”

“我们都还不了解对方。”

“你错了。”她穿了一件深灰色的T恤，把深蓝色的双眸衬得很漂亮，眼球上还有我以前没注意到的金色斑纹。她觉得自己相貌平平，但从某些方面看，她是很美的。“我现在了解你了。”我说。

“你住在布赖顿。”

“我可以搬来伦敦住啊。”

房门缓缓开了，那只狗啪嗒啪嗒走了进来。莉齐弯下腰去抚摸它，把报纸给压皱了。“你人好，但也傻。”她说。

我不是什么好人，我的成长环境也不容我做好人，但我也不傻。我是认真的。我不喜欢她的语气。我都不知道她是在跟我还是跟狗说话。上次夏洛特也用这种态度跟我说话，最后结局可不怎么好。我刚准备开口，莉齐把脸转过来了，就像她感觉到我要开口说话似的。她把手放在我头上，拨弄着我的一缕头发。“太快了。”她温柔地说。

我的内心感到一阵恐慌。我感觉到事态在朝不好的方向发展，快要失控了。她到底怎么了？我们的感情很真实，很完美，她感受不到吗？她想放弃我们的感情吗？我听到我的手机在地毯上那条磨旧的牛仔裤口袋里震动。一定是夏洛特打来的，想问我在什么地方。我瞬间意识到应该马上穿上衣服，离开，坐火车回布赖顿——因这种拧巴而起的念头令人讨厌且丑陋，也让人看不到希望。我转过头去，不让莉齐看到我的表情。

我控制不住自己。“你不该让狗进卧室，”我说，“不卫生。”

# 第8章 莉 齐

我定了闹钟，想周二早上早点起来。这座房子已经醒了，街道上熙熙攘攘，公路上车水马龙，我不想睡得太久。我得提高警惕。

房间里光线昏暗。我记得我把百叶窗放下来了，但现在它是拉上去的。窗外树顶上方的天空就像一块旧伤疤。

我梦到扎克了，我清楚地知道我梦到了，但任凭我怎么努力，都无法睁开眼睛，无法让梦境重现，只留下一种情绪，一团气息，一阵激动。我躺在那儿，任由苏醒的伦敦的声响灌进耳朵——送货车的倒车声，咔嗒咔嗒作响的公交车的声音，盘旋着的直升机的嗡嗡声。我对扎克的害怕消散了，感觉怅然若失。我想起了在他脸上看到的这种表情，在他不经意间看到的，比如画廊拒绝他的画时，或我说我要晚回来时。他很擅长掩饰自己，会装出恼怒、不满的样子，但在他掩饰之前，我看到了他内在的脆弱。

他想从我这里得到什么？想让我觉得十分内疚才肯回来？或者说他自己都不知道自己想要什么？

他现在躲在某个地方，绝望，迷茫，狼狈不堪。

狗躺在床尾，卧在我脚上。

如果扎克晚上偷偷溜进房间，狗肯定会叫的。会吗？

我把霍华德放在车子后座，带它一起去科利尔斯伍德。我们到达比切斯养老院时才8点，妈妈还没有醒。我在她床头坐了一会儿，静静地看着她，希望她能感觉到我的到来。在她醒之前，我没什么事做，便帮她洗了梳子，顺便和一个护士谈了谈她的吃药及康复状况。等她醒来后，我帮她穿好衣服，喂她吃早饭。这时，我明白了她为什么会出现反胃的症状——护士把她的茶和牛奶混在了一起，她不喜欢这样。吃完早饭后，我问她那个男的有没有再来看她，她却说："什么男的？"我换了她喜欢的话题——肯特郡，她又向我讲起了苹果园，情绪似乎稳定了很多。我离开的时候，她问我"另一个女儿"什么时候来看她，弄得我回到车里时哭了好一会儿。每次来看她都会这样，少不了要哭一场。

我和简约了10点30分在温布尔登遛狗。去的路上，我发现自己总不由自主地走了平房阶梯状分布的后街，然后是旺德尔河旁的一长条荒地。每过一条小巷或工地，我都会仔细搜寻。他会在哪儿呢？他会躲在什么地方呢？烂门破窗的简陋房屋和用石棉瓦随意搭建的棚户不计其数，搜寻工作似乎不太可能完成。他有可能藏在某个角落，也可以说是任何角落，比如楼房之间的狭小空隙，或是地下的坑道。

最后，等我把车停到我和简约好见面的温布尔登公地的停车场时，我的感官似乎都麻木了，提不起精神来，整个人钝钝的很沉重，完全没了防御能力。以前那个他是谁？他现在何处？我闭上眼睛，却无法勾画出他的脸。我的眼里一片闪烁的黄，就好像是电影结束时的最后镜头。我竟然想不起他的容貌、他的四肢、他的胸膛或是他的背。我看不到他的样子。

大路边上，一架风车耸立在一片建筑物中间。今天的天色为单调的灰，停车场里很安静，宽大的砾石地面空空如也，上面布满了一个个小水坑。

远处停着唯一的一辆车，是简的红色沃尔沃。她在车里等我，听着第四频道的《妇女时间》，我老远就听到了珍妮·穆雷的嗓音。简看到我走近，向我挥了挥手，然后开始跟她的靴子较劲。我微笑着朝她走去，却突然间冒出一阵奇怪的不受控制的感觉。简是我最要好的朋友，现在扎克却横在了我们中间。我什么都愿意和她分享，但现在还不能告诉她扎克的事。她不会相信的，还会担心的。她又会把莫罗卷进来，还会给佩吉打电话，像上次的周末一样。她们只会使事情变得更糟。

她打开车门站了出来。“你还好吗？”她问道。

她一副想看透我心思的样子，我连忙回答：“还好。”然后又尽量平和地加了一句，“周日还把你叫出来，抱歉。你肯定有其他事情要做的。”

“没有。”她抽了抽鼻子。看得出，她在撒谎。

她把手搭在我肩膀上，把袜子从脚后跟下面拉了上来。一个很自然的动作，其实是想感知我是真的还好，还是快要撑不住了。

我开了个玩笑，让她心安。“真不敢相信我提到骨头了。”

“别说了。”她说。

“但我真提了，不是吗？”我弯腰解开了霍华德，“我让他们做牙齿验证。”

她一手捂嘴。

“想问我当时怎么想 的？莫罗好像也吓得不轻。”

“她好像真被吓着了。”

“也不知道她上的警校课程有没有让她接触过骨头。”

“可怜的莫罗。”简说，“你也可怜。”我们沿着小径向树林走去，她伸出手拨开了一根树枝，嘴里说道，“那封信的事儿，你要早告诉我就好了。”

“呃……”

“让你本人发现他上车之前看了那封信……我无法想象你当时是什么感觉。我一直在想，呃，我不吐不快……”她突然停下脚步，“莉齐，扎克知道你很爱他。信上写的并不是你的真心话，只是你一时的气话而已，你们的爱并没发生变化。这一点你是知道的，对吗？你们是灵魂伴侣，什么都没改变。”

我感觉喉咙一阵堵。她认为扎克自杀了，而我深信他还活着是为了摆脱写了那封信的自责。一时间她的话就像在我脚下凿了个大洞，要把我吞入地下。我嗯了一声，仿佛挪凳子发出的声音，然后清了一下嗓子。我希望能说服她，但无论我说什么都起不了什么作用，因为她不知道真相，因为我一直没告诉她。灵魂伴侣——说起来是简单。她还说过他是我的童话王子。她不了解实情。她不了解他这个人。

我最终只说了句：“谢谢你。”

“我不知道你们之间的关系变得这么糟。我只知道你在职工舞会上和安格斯跳舞了他有点不开心……”

我看了看她，又很快移开了视线。安格斯是一个刚从事教师职业的新人，那次我还没来得及拒绝他就抓住了我的手。一支单纯的舞蹈而已。我知道角落里的扎克在看着，虎视眈眈。我好不容易脱身后，扎克把我的手扭到我背后，凑到我耳边恶声恶气低吼。简并没有看到这一幕，一定是有人告诉了她。

“他是有点爱吃醋。”我说道，“那封信也只是一时气话。”

“真的？”她弯下腰注视着我的眼睛，“在他坟前献花的那个呢？你搞清楚是谁了吗？”

“齐妮娅吗？还不清楚。”

“我在想会不会是哪个目睹了车祸的人送的。一个陌生人而已。”

“可能吧。”我必须得谨慎一点，她太了解我了，“上周末我突然发疯说不定也是件好事。”我小心翼翼地说道，“或许我需要那么发泄一下，最后一次癫狂之后好迈步向前。”

“最后一次癫狂？”她眉毛一挑，看到她笑了我才如释重负，“可怜的莉齐，一切都会好起来的。”

她又开始向前走，我知道这次我算躲过去了。接下来该操心我和扎克之间的事情了，跟以前一样。

我们像往常一样，先是一段下山路，再穿过一片树林，来到湖边。湖面波光粼粼，深邃幽静，就好像是童话故事里的湖。然后，我们向上穿过一片树林，再沿着高尔夫球场绕过去。一路上霍华德在追松鼠，撵野兔，扑白嘴鸦。一块块空地，大片修剪整齐的草地，弯弯扭扭的树木，垂下的树枝，还有生长茂密的灌木丛，温布尔登公地时时刻刻都在变化。街市的嘈杂被山川美景或茂盛的丛林所取代，你可以想象自己身处森林腹地，远离了都市喧嚣。这对于我很受用，可以让我平静下来。我真希望没想起那天的职工舞会。安格斯插曲之后我跑了出来，扎克在温布尔登公地追上了我。他醉了——酒精和抑制焦虑的药似乎没能融洽相处。他乞求我原谅，说他脑子当时不知道被什么控制了。他说非常非常需要我。我回过神来，试着把注意力集中到挽我手臂的简身上，不去想他，孤身在外的他。

走到跑马道的最后一段，耸在树顶之上的风车尖顶跃入视野，我们谈起了学校。简说起了山姆·维尔汉姆，说前一天碰到他在图廷市场买秋葵和香菜，说要做咖喱。

“不错啊。”我说。

“他让我跟你问好。他知道扎克的周年祭到了，很关心你。”

“谢谢他的好意。”

简和山姆以前也在同一个学校工作，她跟我说过好几次，说他妻子离开他是多么的愚蠢，现在又跟我讲这个。她还告诉我，山姆让她给推荐一位牙医。

“你推荐了吗？”我问。

“当然了。”

“应该的。”

“莉齐，他人真的很好。”她对我说。

“我知道。”

“扎克也肯定希望你能快乐。”

我深吸了一口气。她简简单单的一句话弄得我直想哭。她的手已经抽走了。“我知道他会的。”

“我只是说说。”

“我知道。”

回家的时候，我换了条路走——穿过温布尔登村，上普劳路，过灰狗体育场。扎克以前在灰狗体育场后面的工业区租过房子——

原本是旧仓库，后来被改成了一个个小工作室。

我把车开进了体育场硕大的停车场，关了发动机。四处倒立着为周日市场准备的金属架，入口处还有一溜的纸箱，湿湿的，已被压扁了。

他出事后不久我来过这里一次，帮他清理工作室。那时我还在悲伤之中，是简陪我一起过来的。长着连鬓胡的年轻看门人用万能钥匙打开了他的房门。我不敢往里看——他还未完成的作品、画好的作品、画纸、一管管颜料，都会真真切切地告诉我，扎克已经不在了。我放慢了脚步，让简走前面。她却站在门口，不往里走。片刻踌躇之后，我走了进去。里面什么也没有。空空如也的画架，光秃秃的墙，干干净净的地板。三瓶石油溶剂油一字排开，标牌都冲一个方向。我们买下了简的房产，想有个空间能装下所有的东西，结果他的东西用一辆自行车就驮走了。

简说一定是有人听说他死了，就闯进来把他的东西偷走了。

现在我犹豫了，脑子不禁在想：是不是他自己回来把东西搬走的?

我从车里出来，一脚踩到一个水坑里。仓库在一条破败街道的拐角处，街面上布满了坑洞。楼房低矮，维多利亚风格，用了很多的熟铁铸件，有消防通道、小窗户。迎面的门是开的，我直接走了进去。映入眼帘的是一个被刷成荧光粉的门厅和一个通向主走廊的拱门。空气中飘着热气和松脂、化学品以及潮湿泥土的味道，还有锯子的嗡嗡声、锤子敲击的声音和较远处收音机里的轻微流行音乐的声音。

大多数的门都是开着的。第一个门口蹲着一个老人，正在用钳子修一张扶手椅。隔壁一间里，一个系着围裙的女人正俯身用稀泥糊灶台。往后，我还经过了水彩画家、丝网印刷者、废旧金属创作艺术家以及用绷带和别针创作雕塑的年轻女孩的门口。他们似乎都很忙，都不愿被打扰 。

音乐是从一家人的厨房里传出来的，在过道的中间位置，这家一共有两间房。里面，一个头发乌黑竖立、带着眉环的女人正用微波炉热午饭。她有点眼熟，我以前在哪里见过。她来参加扎克的葬礼了。她可能知道些东西吧。

我跟她打了声招呼，然后说了自己是谁。她点点头。她叫玛丽娅，是个编织艺人，扎克的葬礼她确实去了。当时有人给看门人打来电话，告诉了他扎克的葬礼信息，她和她的雕刻家朋友苏西决定去参加。“又不远。”

我笑了笑，但她的话让我觉得很刺耳，让我觉得她就像去看了场电影。

“真遗憾。”她又说道，“那么可爱、英俊的一个帅哥。”

微波炉“叮”了一声，她拿出了一盘现成的照烧鸡肉饭。我坐在了她的对面。我说话得小心一点。我和她谈了扎克死后这一年如何如何，并且告诉她我这次来是想弄清楚几件事情，比如他的工作室为什么是空的，是不是这里的谁拿走了。

玛丽娅颇为不快。“我们大家相处得很好。”她说，“我们是搞艺术的，不是小偷。”

“那是当然。我不是那个意思。我只是很惊讶，他的东西怎么会那么少。”

她摇了摇头说：“扎克的房间门总关着。我们每年都有两次开放日活动，来展示自己的作品。我们提供酒水，售卖作品。但扎克每次都紧闭着门，从不参加我们的活动。他跟我说他的作品不好。我不知道他的工作室里是什么样子。”

“他也真奇怪。”

“这里的有些人一天到晚说个不停，可扎克却多用眼神表达。那双蓝眼睛真漂亮。”

“他的眼睛确实很迷人。”我应道，“有人来过这里吗？来拜访他。”

她摇了摇头，嘴里塞满了鸡肉，含糊地说了声“没有”。

“这里有人叫齐妮娅吗？”

“没有。没人叫齐妮娅。我没听说过。”

“他真的不跟大家往来吗？”

她一边吞咽食物一边在空中弹着手指。“他常常在他的笔记本电脑上敲啊敲的，似乎是长邮件。有一次，时间我记不清了，他的情绪很糟，脸涨得通红。过了一阵子他要离开时我还问他怎么了。我很善良，我不喜欢看到别人不开心。”

“嗯嗯，能看出来的。”

我坐着看她吃。她时不时抬头冲我笑笑。

“他的工作室现在住的是个摄影师，人很好。”她说。

“哦。”

听了她的这些话，我脑子里满是扎克的身影，还有他紧闭的房门，他内心的苦楚，我迫不及待地想要离开这里。我匆匆出了大楼，向车走去。我突然发现铁丝围栏上有一个以前没有发现的洞。我从洞里钻了过去，却因站起身太快，夹克衫被一根断铁丝勾破了。

我的车停在另一边，在咖啡馆的前面。我走了过去，却又突然停住了脚步。

在车头和围栏之间站了个人，身体探进了围栏。他头发蓬松，穿一件厚大衣，一边肩膀微微抬起。我一阵狂喜，同时又有些恐惧。

我顾不得地上坑坑洼洼的水坑，开始奔跑，泥泞的雨水溅到了我的牛仔裤上，我的视线开始模糊，停车场似乎在旋转。突然，我一脚踩空，身子一歪，摔倒在地。手磕在碎石地面，膝盖跪在了水坑里，脸差点蹭到地上。我坐直身体，然后站了起来。

一件衣服——一件松垮垮的黑色长袖运动衫，塞在了车引擎盖上方围栏上的一个破洞里，懒懒地飘着。

扎克走了。

# 扎 克

## 2010 年 3 月

我在康沃尔好几天了。这一天天气寒冷，天色阴郁，不开车是太难过了。我本打算开车去夏洛特工作的高尔夫球场的，但副驾驶座位上洒了牛奶，她说已经擦洗干净了，但我喉咙里仍感到牛奶的味道，凝固了，馊了，就像老年人身上的气味。

悬崖上的小路上，寒风刺骨。我从农场的商店拖了一袋木头回小屋，想用它们来生火。我花了一个小时，但还是没能把它们摆放整齐。点燃后，有一根总是滚到一边。我想不去看它，但做不到。我没法移开视线，甚至有些坐不住了。我感觉皮肤似乎开始抽搐。最后，我啪啪把火踩灭了。我坐在那里等灰烬慢慢冷却，好把炉灰清扫出门，干干净净的我心里更舒服些。如果有汽车，我就可以去壳牌加油站买长方形的生态煤，可以码放得整整齐齐的。

这一次的坏心情比以往糟糕很多，吃了药也不管用，我控制不住自己。

生活中的割裂对我来说是一种摧残。事情本该井井有条、整整齐齐的，但事实偏不如此，真让人火大。我就像个商人，一直在奔波。这周在梅德斯通，下一周去梅达维尔。夏洛特的工作很忙，即使我不在也不会注意到，她在忙她“真正的工作”——自以为是。和我认识的其他女人相比较，莉齐的要求不多，只要我有空的时候去看看她就满足了，从不硬拉我去会朋友、见家人，或是参加某种聚餐或某个婴儿的洗礼。和我不相干的人我从不关心。

正因为没有压力，所以我更愿意去见她。我想我是疯了。

睡不着，没法安心画画，又在不经意间丢了工作。吉姆那个混蛋说我不够“投入”，就从大学里找了个学生来铸造模型。他不但没付给我最后一次活儿的工钱，还扣了我几幅画抵债。也真是小题大做。我不就是那一次没及时付房租，有一两次没去见客户嘛。我知道他经济也紧张，除非万不得已，他是不会把钱往外掏的，但用得着那么绝吗？我是万万没想到的。值得庆幸的是，他的自行车还在我这里，他还以为是被经常睡在工作室外的那个流浪汉顺走了。现在的人目光太短浅了。我把那辆自行车带来伦敦了，和我新买的白色头盔一起牢牢地锁在了车站的栏杆上。这不是偷，是他欠我的。

时间过得很慢。真是滑稽，我们竟然还在原地踏步，一点变化也没有。莉齐已经同意，要给她妈妈另找一个“家”。科利尔斯伍德的比切斯养老院正好有个空位，各方面条件都很好，但莉齐还唠唠叨叨地说她妈妈的“脑子”有问题，“心脏”不好，似乎两者是不相干的东西。前几天的一个晚上，她哭了。她说她总觉得自己没有价值，她妈妈总是偏爱佩吉，她希望通过这次好好侍奉，陪妈妈走完最后一程来证明自己的价值。她的计划落空了。那个老太婆说得对，她待在家里是浪费空间。

我火冒三丈，那个骄傲自大的老太婆和极端势利的妹妹让人火大。她们俩的价值加起来也比不上莉齐。家人的话最伤人了。佩吉这次照旧也没起到什么帮助作用。她不希望把“最最亲爱的妈妈”交给陌生人照顾。她的如意算盘是，莉齐继续牺牲自己，这样她就可以开心地继续享受她的幸福生活而不用为母亲的事内疚。

我说服莉齐去佩吉家，去开一次“家庭会议”。到她家后，我说：“我觉得你们可以轮流照顾母亲。这屋子好在空间大，即便再添个孩子也有地方给母亲住。”听了我的话后，佩吉的话变得尖锐了很多。

今天的风小了些。我碰到了维多利亚的酒鬼老公艾伦·墨菲，一大早在沙滩上跑步，旁边跟着个年轻人，不知道是他助手、私人秘书还是保镖。他跑得气喘吁吁，挥手跟我打招呼时差点绊了一跤。不知道他是否真认出了我，也可能只把我当成了一个“选民”。他是保守党新任领袖的密友，毫无疑问，锻炼身体是为升迁做准备。嗯，他别指望，别指望得到我的选票，他不是小维年轻时喜欢的那种类型。那时的她是那么的爱笑。现在她变了，有了身份意识，已经失去了原有的精神。

那时我正去圣伊诺多克教堂，想清醒一下头脑。走到岩石终止沙滩——斑斑点点，沙纹道道——延伸开去的当口，突然看到沙滩上蹲着个人，全身上下一片黑。悬崖上薄雾缭绕，高尔夫球场影影绰绰。周围别无他人。

走得更近了一些，发现是个女孩子，十四五岁的模样，正在哭泣。她抬头看了看我，尽管已经红肿，但她的眼睛还是一下子吸引了我：深蓝色，很有穿透力，仿佛可以洞穿你的一切心思。

“你没事吧？”我问，“你怎么了？”

“没什么。”

“那好吧……”

她伸了伸下巴。“呃……我有事。”

我问她叫什么名字，她说叫奥妮，是维多利亚和墨菲的孩子。难怪我觉得她这么眼熟，只是比上一次看到时瘦了些，脸上的斑也多了些。

“嗯，别坐地上了，沙子都是湿的。虫子会爬到身上的。”我说。

“才不会呢，咬手指肚子里才会长虫。”她说。

“好吧，你懂得比我多。向你渊博的知识，阅历肯定也很丰富咯，致敬。”

她冲我吐舌头，我禁不住呵呵笑了起来。

我正准备往前走，她大声说了句：“我离家出走了。”

“是吗？”我停下脚步听她继续讲。

她告诉我她上的是寄宿学校，她一点也不喜欢，有个女生总欺负她，老挤对她，吃午饭时不让她坐座位。

我让她保持冷静，等待时机，时机成熟再反击那个小贱人。“你听过一句话吗？”我说，“君子报仇，十年不晚。”

她做了个鬼脸，似乎在说“随便吧”。

我给了她一个飞吻，然后转身走了。

回到布赖顿，我简直不敢相信，自己根本就待不住。伦敦，莉齐，我无时无刻不在想念。

一切都乱套了。

我们昨晚去了酒吧，夏洛特一直在和酒保调情，故意把身子前倾，把她的乳沟凑到他的眼前。她是想让我关注她，想让我吃醋，我原本不想理睬的，但有皮特和内尔在，对我也太不尊重了，让我显得像个软蛋。

后来晚些时候，我们到了家门口的楼梯上，她又开始唠叨康沃尔。她应该懂得适可而止的。她在包里找钥匙，豹纹外套滑了下来露出了整个肩膀，牙齿沾上了猩红的口红。我一阵恶心，怒喝一声“闭嘴”，同时扬起的手挥到了她脸上。她摇晃了几下差点摔倒，要不是我一把抓住了，她会一路滚下楼梯。都怪那该死的青苔。

她冲我大喊大叫，我不停地乞求她原谅，告诉她她对我有多重要，如果刚刚真发生了不幸，我真不知道该怎么办。我向她保证，周末一定会把工具箱找出来，把那该死的青苔铲掉。

# 第9章 莉 齐

我答应过佩吉期中假时替她看孩子，她好休息一下。于是，她周三便把孩子送了过来。

她在大厅里走来走去，迫不及待想要离开。她告诉我说，她和罗布急需一点“二人”时间，他们给弄得真的到了“离婚的边缘”了。他们要出去吃顿午饭，看场电影，再吃顿晚饭，然后回家好好云雨一番——是否透露得太多了点。我以前没大注意佩吉说话的方式，佩吉就是那个样子啊，是扎克让我发现这一点的——她会颠来倒去地重复一些话，会模仿一些别人讲的话。我现在把她看得越发清楚了，但有时真希望没看清。年纪稍大的两个孩子各带了个装得满满的箱子，格西的箱子里装的主要是梳妆盒里倒出来的首饰。

我带他们去拉奇米尔游泳，那里有造浪机，然后又带他们去了南多家吃了烤鸡和薯条，喝了很多免费续杯的饮料，之后推着婴儿车带着狗去操场散了会儿步。回到家以后，我们用橱柜里的东西来制造魔法药剂，加了一茶匙的苏打，搅出了一大堆的泡泡。之后，我们又用棒球玩快速传球，一直玩到格西开始耍赖，就换成了做假比萨。最后，我们都挤在我床上看我上周买的《精灵鼠小弟》。

我在书房铺好了沙发床，但后来我们没挪窝，挤在我床上睡着了。格西像海星一样横在床中间，阿尔菲把整床羽绒被抱在了怀里，克洛伊则蜷缩在我的臂弯里，我呢，只好见缝插针了。花园里有狐狸出没，惹得霍华德时不时吠几声。我躺在床上，心想扎克是不是在外面观看我和孩子们。他总是说佩吉算计我，叫我对她说“不”，但我爱孩子们，也爱我的妹妹。他似乎从来都没想到这一层。

凌晨，我听到花园后面的死胡同里传来了一阵凄婉的音乐，歌词在各家车库门之间回荡，听不大清楚。

我慢慢从小胳膊小腿中抽出身来，下了床，走到窗边聆听。是埃尔维斯·科斯特洛和冒名者乐团的《我想被爱》，扎克喜欢的歌。此时此刻它又出现了。天空被城市的灯火映成了杏黄，一轮皎洁的月亮从橘黄色的云朵后探出了头。我推开窗，探身出去，想要听清楚每一个音符，但音乐突然停止了。

三个孩子都醒了，才5点，我得给他们安排些事做——看看电视，画画，等到10点就送他们回家。我也想让佩吉多享受享受二人时光，但我的时间很紧，去布赖顿的火车10点半出发。

是佩吉来开的门，看到站在门口是我们便说道：“噢，你可真早。罗布和我还打算出去吃个早餐呢。”

“实在抱歉，不过周末我可以照顾他们，今天有事要做。”

“有事要做？”她皱了皱眉毛，很不解的样子，“你有什么事做？”

我的脸腾地红了，转身关了门，借此不让她看到我的不快。“要去见一个朋友。”

“呵。”她噘了噘嘴，“就是简跟我说的那个新来的老师？”

我笑了笑：“不是的。”

“那去见谁啊？”

一辆汽车嘟嘟摁了喇叭，慢慢驶上了街道。佩吉冲车喊道：“知识问答之夜过得怎么样？”那车的窗户是摇下来的。我趁她分神偷偷溜走了，省得她问我别的。

回到家后，我把车停到了马路尽头离家最近的地方，然后让霍华德进了花园。我应该问问内尔介不介意我把狗带过去，当时没敢问。房子里乱七八糟的，沙发床还支在书房没有收起来，但现在没时间了，回来后再收拾吧。

正准备离开家时，一个年轻女子引起了我的注意。她席地而坐，背靠栏杆，腿伸在人行道上。她穿着热裤，里面的黑色紧身衣上有破洞，脚穿学生喜欢穿的高帮平底帆布鞋，人造革的夹克搭在肩上。这附近老有探监的人晃荡，要么就在那片公地的边上抽支烟，等着监狱的接待中心开门。

我快步走到路的尽头，站在人行道上等红灯变绿，突然听到身后传来了一阵脚步声和说话声：“喂，别不理我啊！”

我转过身，那个女孩站在我身后。近距离看，我发现她四肢很长，长了一张标准的瓜子脸，鼻子上翘，脸上有零星的雀斑。我闻到一阵价格不菲的罗勒和柠檬香草的香味，可能来自洗发香波，或是沐浴乳。那件夹克，不是人造革的，是真皮的。

我猛地想起了她是谁。她不是什么性格乖戾的小女朋友，也不是某位未成年妈妈，而是艾伦和维多利亚·墨菲的女儿。

“噢，奥妮！你好。”我说。

她一甩头把肩后一缕浸染过的头发甩到身前，似乎想遮一下脸。她说："我坐那里等你回来，但你，嗯，从我身边走过两次都没认出我。"

"你是来找我的？"

"是的呀。"她瞪大了眼睛，仿佛看不清我似的。

我心里有些不安，却差点笑了，但还是忍住了。她的语气不大友好，内向的孩子常这样，表现出来的粗鲁其实表明他们感觉尴尬。而且，他们往往不大愿意开口说话。"对不起，我没有看见你，我没想到……"我摇摇头，"你是怎么知道我住这里的？"

"扎克告诉我的。"

"什么时候？最近吗？"

她皱了皱眉："不是最近。很久以前了。"

"呃，那你……一直记到现在？"

她耸了耸肩："是的。"

我看着她，觉得很奇怪。扎克从来不会把我们的住址告诉别人的，他太注重保护个人隐私了。

"你没想到我会来吧？"

我脑子飞速转动，想准确理解她每一个字背后的意思。上周末有什么细节我给忘了吗？那似乎已是很早以前的事了，关于找工作的。我让她跟我联系了吗？再者，她为什么在外面等？为什么不直接敲门呢？

"呐，我一直在忙。我也不确定。"我看了看表，"我要去赶火车，可以一边走一边聊吗？"

她耸耸肩表示没意见。

绿灯亮了，我抬脚向前。"你来伦敦有一阵子了吧？"我问。

她没有回答。我身后响起了一阵喇叭声。我到了马路的另一边，回头一看，奥妮被困在了马路中间，车辆从她两侧呼啸而过。

“奥妮！”我伸出双手，试图抓住什么。一阵发动机轰鸣，一辆摩托车嗖地一道弧线划过去。

她伸长脖子等待时机——一辆公车出现，驶过——她快速迈了三大步，然后窜到了人行道上。

“天呐！”我长长舒了口气，我的手指碰到了她的袖子，我抓住了她滑滑的皮衣，“怎么了？你掉东西了？”

“没有，我只是，呃，我也不知道。”

她不露声色，但脸红了。

“太短了，绿灯时间，是吧？”

“我注意力没集中。”她把头扭向了旁边，我发觉她快哭了。

我镇定下来，看了下手表。火车快开了。我试着让自己的语气平静些：“我真的得走了。”我把手搁在她肩膀上，透过夹克摸到了她的锁骨，“你可以晚些时候再来吗？”

“好吧。”她晃掉了我的手，“反正我不受欢迎。”

“我当然欢迎你来了。”我朝她笑笑，“如果换个时间，我会把别的事推掉的，但今天我有一个重要的约会。你能理解的，对吗？”突然间，我开始担心起她来，我又对她说道，“见到你我真的很开心。如果有什么我可以帮你，我一定尽力。”

“真的？”

“当然了。今天你不离开伦敦吧？下午一起喝杯咖啡如何？”

她慢慢地眨了眨眼。她的眼睛深蓝色，很诱人，布满了血丝。“我不喝咖啡。不让我喝，说我太……”她耸了耸肩，对限制她喝咖啡的理由表示不屑，“太容易激动了。”

“那就喝茶吧。”我开心地说。

奥妮点了点头，嘴角上翘。

“再陪我走一段吧。”我说，“我去车站，可能就是你来的时候走的路。”

“我坐地铁来的，离这儿有好几英里呢。”

“辛苦了。”我又笑笑，“火车和公交车到我这儿更方便些。”

走过最后一排维多利亚风格的房子，我们到了公地边。奥妮背了个卡其色的帆布包，每走一步都会撞我的肩膀。她什么也没说，紧闭双唇，目光中透着闷闷不乐。我心想，年轻人就是会给人距离感。有人说过她十八岁了？她看起来似乎没那么大。跟他们交流，重要的是别敷衍，正常交流就好了。

“最近怎么样？”我说话的语气尽量显得开心些。

“没什么。”

“你工作的事情怎么样了？你妈妈同意了吗？”

“我来找你就是为了这个。”

我们已经来到了大路上，前面就是咖啡厅和网球场。

“是吗？”

“如果我能找到靠谱的人同住她就准许我做，所以我想接受你的邀请。”

“我的邀请？”

滚木球场地上，两只乌鸦正偷偷接近一只松鼠。

“你不是说过吗，我可以……呃……在你那里租一间房住？”

我拨弄着想打开通向足球场的门。租一间房？我说过吗？我肯定不会那么做的，我不想别人来家里住。一般不会，现在当然更不行。

我盘算着如何委婉地拒绝她，却突然发现她已经停下了脚步，正靠着围栏踌躇不前。她的手臂很细，手腕也很细小。她把外衣的袖子拉了下来，把手指藏在了袖子里，两只手一前一后叠在身前，耷拉着肩膀含着胸。我又看了看表，火车再过十分钟就要开了。

“就两个礼拜。”她恳求道。

“什么时候开始？”我依旧扶着门等她过来，可是她还是站在原地没有动。有那么一瞬间，我怀疑她是不是扎克派来分散我注意力的，故意拖延时间让我错过火车，从而去不了布赖顿。

她毫不在意地耸耸肩，但眼睛周围却红了。“下周一，但我想，嗯，可不可以今天就搬过来？”

“我还不确定……”

“那我周日过来？下周一也行。我工作的第一天坐火车来伦敦，下班后再来这里。”

我把手插进了口袋，门哐当一响关上了。“说实话，我觉得这行不通，但听我说，我能找到解决办法。我们能晚些时候再谈吗？”

她抬头看了看天空，几滴雨飘落了下来。“那你什么时候回来？”

“午后不久吧。我们刚刚路过的那家咖啡店，我们两点在那里碰面吧。”

她直勾勾地看着草地对面，就好像那是南极冰封的荒芜之地似的。“那在你回来之前我干吗呢？”

我想说：“去图书馆吧，诺斯科特路的那家不错。要么找本书看看，或者买份报纸看。”可是她眼里的神情让我说不出口。不是咄咄逼人，也不是怒气冲冲，而是茫然，是绝望。她家里那么有钱，地位那么高，自以为是，不可一世，可她呢，和学校里的许多年轻人一样——不管是什么原因，不知道该将自己安置何处。

我想到了我的房子和孤零零关在厨房的霍华德。我想起是扎克给她我们的地址的。他也怜悯她才给的吗？我开始在包里找钥匙。“嘿，你自己开门进去吧。我以前藏了一个备用钥匙的，但现在找不到了。给你钥匙。你可以让狗陪陪你。对了，冰箱里有面包、奶酪，还有几片剩比萨。不过家里有些乱，我没来得及收拾，但别客气，把它当自己家。我去见了人就直接回家。如果你要出去，就把钥匙藏在花盆底下。”

她接过钥匙环，随意地勾在中指上晃荡，我突然想一把夺回来。天呐，我怎么会那样做？

她耸了耸肩，表示她可能会按我说的做，也可能不会。“好吧。”她说。

跳跃的阳光透过布赖顿车站高高的拱顶洒在前院，湛蓝的天空上飘着几片白云。有一家人正拿着地图找路，一群胖瘦不一的少年围在健身房门口分享一支烟。

皮特和内尔的房子在车站后面不远处，在一座小山上一片美丽的平台的中央。前门漆成了海绿色，门前就是街道。即将听到内尔的答案，我有些紧张，有些惴惴不安。我突然觉得这一趟有些愚蠢。空气非常清新，屋顶上站了一排海鸥，白色的，时不时发出刺耳的叫声。远处，有人在摆弄录音机。我无法想象扎克会躲在这里，如此的空旷、敞亮，没有黑暗角落可以藏身。

他过去常说：“活在当下，永远别回头。”

我正想逃离，内尔气喘吁吁地跑来开了门。她肩上趴着一个小不点儿，黑发浓密，白色襁褓下裹着一张紫色的小脸。

“噢，太可爱了。”我未假思索，冲口而出。我太喜欢小宝宝了。

她微笑着打开门让我进去，一边打了个手势告诉我宝宝睡着了。她的脸比我记忆中胖了些，浓密的棕色头发也长了不少。她穿了件绿色针织连衣裙，下面搭了条红色羊毛紧身裤。我们轻声地打了招呼，然后我跟着她走过一条狭窄的过道，下了几阶楼梯来到了厨房，一路上我竖起耳朵，仔细倾听屋里的动静。

我环顾四周，想找到点蛛丝马迹。屋里很乱——水槽里堆着没洗的餐具，工作台上有几沓纸，桌上的花瓶里杂乱地插着各种颜色的鹦鹉郁金香。厨房用具大多是浅灰色的，其中一面墙漆成了孔雀蓝。墙上一个大软木板上钉满了信、电话号码和孩子的涂鸦之类的东西。没有油画颜料，没有卷纸，没有丝毫迹象表明扎克在这里生活过。我看了桌旁一张张松木椅子的背后，看有没有一个随意挂着的邮差包，只有孩子的衣服、擦拭杯盘的毛巾和一件男士拉链羊毛衫，不是扎克的，扎克一直不喜欢羊毛衫。

地板上，一个穿粗棉布裤的小男孩正盘着腿用乐高积木搭一个塔。塔倒了。“又倒了又倒了。”他脆生生地叫道。

内尔轻手轻脚地将小不点放在了窗边的一个婴儿睡篮里。窗外，再往上走几个台阶是一个小花园。

如果你屋子里有了孩子，还会帮着一个男人躲他的老婆吗?

内尔转过身对我说：“莉齐，扎克的事我很难过。那感觉肯定很糟糕，但能再次见到你真是太好了。”

她张开了双臂。我慢慢走了过去，去接受约定俗成的拥抱——丧失亲人的人会接受很多的拥抱。等我靠近她时，她却突然转了过去，把身上的软棉布襁褓扔到了椅背上。

“这孩子真可爱。”我以此掩饰我的窘态，“男孩还是女孩?”

我俩都把头扭向了睡篮。“女孩，”内尔说，“叫格拉迪斯。”

“格拉迪斯。我喜欢这种传统名字。你真用心，找到这样一个还没被用滥的名字。”

内尔没接我的话。“她已经六周大了。”她一边说一边替孩子把毯子掖好。一个小拳头举在了毯子上方。我忍不住摸了摸孩子的头，抚摸她的小手，却被她攥住了一根指头。

“你和扎克，你们没有孩子吗？”内尔问道。

“没有。”内心一阵不舒服，一阵刺痛。

“来杯咖啡吧。”内尔直起身来，“我们好好聊聊。”

她一阵忙乱，从橱柜底部取出杯子，一边问我路上情况如何，并一个劲儿地说抱歉，说本来准备做个蛋糕的，但实在是没时间，然后又让皮杰帮她从招待盒里掏出一些“好吃的”饼干。“这样，嗯，然后这样，嗯，不错……”她一边忙活一边嘟哝着接下来要做的事。我看着她，看她的眼睛和嘴角，想看出些蛛丝马迹来。如果扎克在这儿，她肯定不会问我们有没有孩子的。但我仍然觉得她的态度有些奇怪，她平静的表面下有些紧张。她肯定知道些什么。

终于，她用手肘把桌上杂七杂八的东西划拉到一边，腾出了地方放两杯咖啡和一盘燕麦饼干。她坐了下来。“好了。”她说，又像是在叹气，“嗯，”她看了看我，又很快移开了视线，“你来看我真的是太开心了。”上次我还没注意到她这么有范儿——有布鲁姆伯利的味道，但伊斯图阿里的味道更重。我发现，人在为人父母之后更加注重身世观念。

“我们以前多聚聚就好了。”我喝了口咖啡，“那次午餐之后……哎，也说不清。大家就各忙各的了。”

“是啊。布赖顿和伦敦离得这么近，但心里……到了周末，又瞎折腾一番。然后又有了孩子。天呐，别的你什么也别想干。”

“扎克不擅长交际。”我继续试探，“有些人很会交朋友，但他不会。我觉得他是很想念他喜欢的人的，但我不知道是什么阻碍了他表达。或许他太好面子吧。有些害羞。”

内尔呵呵一笑，有不友好的成分。我仔细地看着她。“嗯，好吧，或许说不上不害羞。”我说。

“或许说不上害羞。”她附和了一声。

她是想暗示我什么吗？“他确实不大跟别人讲自己的身世，对吗？”我问道，一边仔细观察她的表情变化，“在康沃尔工作，童年在怀特岛度过……”

“怀特岛？”她把手从下巴下抽了出来，把一缕头发捋到了耳后。

“对啊，他就是在那里长大的。”我说。

“我记得是威尔士。”

“我记得是怀特岛。”她故意这样含混不清吗？“他没跟你说过吗？”

“没有。”她摇了摇头。

那么，她到底了解他多少呢？我想起了他把头枕在我的腿上，我的手梳理着他的头发。他饮下无尽的苦闷，一杯接一杯。他怪异行为背后的可怕原因——父亲数落他母亲的长相，挑剔她做的饭菜，殴打她，折磨她。而扎克呢，可怜的扎克，一个独生子，渴望得到他父亲的认可，只在一旁看着，无力阻止父亲对母亲的伤害，只能将那一幕幕装在脑子里，一直到长大成人，被那一幕幕深深禁锢，却想拼命挣脱。他有时候那样对我，可我又怎么忍心责怪他呢？

“他的童年并不幸福。”我说。

“哦，是吗？我知道他父母很早就死了，但我听说家底殷实。”

“住马青顿庄园，房子很大，还请了很多保姆，上贵族学校，加入了游艇俱乐部。可关起门来你父亲是个很暴力的酒鬼，而母亲太过软弱，不敢站起来反抗，这一切又有什么用呢。”

“这些我都不知道。”她蜷起膝盖靠在桌子边，“莉齐，他一定很爱你，不然不会把这些告诉你。我非常抱歉，”她有些局促，“他突然就这么死了，真的很遗憾。”

“谢谢你。”我叹了口气，用指肚摁了摁脸。我看出来了，她有些尴尬，怪不得她看起来有些奇怪。我都忘了，人们往往不知道该如何和丧失亲人的人相处。

我又叹了口气，心情一落千丈，几乎要哭出来。“你和皮特也是他很亲近的人。”我忍住了没哭。

“我们？真的吗？”她看到一朵粉红色的郁金香兀自伸在了一旁，她把它从花瓶里拿了出来，伸着脖子研究该怎样插更合理些。

“你们是他唯一还保持联系的爱丁堡校友。我没上过大学，只是脱产进修了图书管理，但我知道，大学里交的朋友对一个人很重要……”

“其实，我们不是大学里认识的。”她一边把那朵粉色郁金香插在一朵橘色的旁边一边说。

“不是吗？”我身子前倾，“你们不是在一起学美术的吗？我还记得扎克和皮特是你们班仅有的两个成人学生。”

“皮特是我们班唯一的成人学生，我俩一起学的美术，扎克没有。”

“那他学的什么？”我觉得脸上滚烫，“他学的不是美术吗？是别的艺术？”

她哈哈一笑。“没有。他什么都没学。他没上过艺术学校，也没上过大学。他什么都没学过。”她又哈哈一笑，有种轻蔑的意味，“至少我没听说过。”

我喝了一大口咖啡。“那我就不懂了。他告诉我他是在爱丁堡认识你们的。”

“我们是在爱丁堡认识的，但不是在爱丁堡大学，不一样的。扎克那时候是个售货员，在王子街一家叫‘达芬奇’的美术用品店工作。毕业考试前，我们老去那里买炭笔、画线和很多很多的纸，这些东西用得很快。闲的时候我们经常一起去泡吧。”

我脖子里一阵发热，脚底发凉。又一个谎言。我记得他在那幅《水上之光》的画的自我介绍写了“爱丁堡学院艺术系”，就是为那场说在布里斯托尔举办却一直没办成的艺术展准备的画作。“那他是在哪儿学的画画？”

她看着我：“他画得很好，扎克。他有一定的天赋，这是谁也无法否认的。但他是自学的。他有那种能力，那种感觉……他往往不为迎合人们的审美而画。”

我的嗓门变大了，声音发紧。“我记得你们毕业的那个暑假一起搬去了布赖顿？”

“是的，是我和皮特。皮特找到一份工作。暑假他在鳟鱼广告公司实习。我跟着他过来了，很快也找到了工作。扎克？说起来还真有点出人意料。我们和扎克熟识，也聊得来。我们去他店里时他也蛮照顾我们的。我曾怀疑他和我的室友玛戈特好上了。他很欣赏她的。后来，他突然出现了。在这儿，布赖顿。他是在9月份搭便车来这边的，还找到了我们的住址……”她停了会儿，皱了皱眉头，吸了吸鼻子，“我不知道他究竟是怎样找到的，但不管怎样，当我们下班回来时，他已等在门口了。他似乎很喜欢海，对吗？”她一蹬地把椅子滚到婴儿篮旁，看看小不点睡得怎样。

“是的。”我语气肯定，我看了看我放在桌子上的手，感受着木头的硬度，“他很喜欢海。”

“然后，”内尔又移了回来，“他就搬了进来。我们在霍夫租的一间公寓，但租金太贵了，我们想再找一个人合租……他来得很巧。住一起的时候我们过得很开心。他很风趣。”

她把手放到了我的手上面：“那个时候我很喜欢他的。”

“那个时候？”她似乎在刻意突出我心中的疑问。“讨人喜欢”，“风趣”，这类评价往往有言外之意，老师在家长晚会上也喜欢用这些词。

她好像想让我特别注意她讲的是过去的事情。“真的很抱歉，”她说，“我以前真的不是很了解他，但听你说他那时候过得还开心，我很开心。真是庆幸，让他遇上了你。”她浅浅一笑。

皮杰从桌子上爬了下来，说想去花园里玩。内尔站起来打开了后门，叮嘱他不要弄得太脏，一会儿有个朋友要过来玩。我看着他爬上几阶台阶，一屁股坐在了块泥乎乎的草地上，手里拿着个小铲子，看来是想挖蚯蚓。很平常的活动，不会有什么事儿的。她刚刚说她不是很了解扎克？说不通啊，他俩是他最好的朋友，至少在我看来是的。

我深吸了一口气：“我在电话里说过我想问几个问题，在你看来可能会有些奇怪。你知道的，扎克出了事，一些事情变得……说不大清了。”

“是吗？”

“就比方说在布赖顿，他并没有一直和你们住在一起对吗？后来他自己租了一间公寓或……”

“是的，他只和我们住了四个月左右，之后就搬去和女朋友一起住了。她在布赖顿市中心有一套公寓，就在丘吉尔广场购物中心附近。”

我的胸口一阵抽搐。他跟我说我是他同居的第一个女人，没有其他亲近到会考虑同居的事的异性。他撒谎。他睡在那个女人的床上，蜷着身子，把脸贴在她的颈窝。我的牙齿咬进了嘴唇。“这个我倒不知道。”

她安慰地冲我笑笑：“他在那儿待得也不久，一年左右吧，后来就遇到了你……”

脑子里一道亮光。“那个女的叫齐妮娅吧？”

“她叫夏洛特。夏洛特·瑞德。”

内尔扭头去看花园里的皮杰，我看到了她一种表情一闪而过。是疑惑，或是内疚。我不确定。她的肢体语言告诉我：这个，就别问了。

“她长什么样？”

“长相甜美，年轻，比他要年轻很多。在城里上班，担任要职，打扮时髦，脚上穿运动鞋，挎包里塞着高跟鞋。他们一起外出的时候，我们经常看到……”她顿了顿，扫了我一眼，然后咬着嘴唇，仿佛在阻止自己往下说，“她很宠扎克。我很喜欢她，很可爱，扎克能找到她真是走了好运。”她扫了扫桌子上基本看不见的面包屑。

我又喝了一大口咖啡，喉咙里有些发干。我摇晃着杯子：“后来怎么啦？”

内尔叹了口气：“她想和扎克结婚，但扎克不想娶她。扎克老这样。”

她再次看向了窗外，心里可能在想：扎克究竟怎么回事，放着那么可爱、甜美、身居要职的夏洛特·瑞德不娶，却和坐在面前的这个有些奇怪、毫不起眼的人结婚了呢。我呢，突然觉得和扎克结婚坏了人家好事，同时又很感激和心痛，但又有些稀里糊涂，因为我们俩在说自己不想说的事。扎克不在这儿，我不该来的。置身于这样一个平常却充满欢笑的房子，这样的生活，我觉得自己是个不和谐的音符，就好像一片光滑平面上的一个尖刺。

房间里出奇的安静。我看到皮杰的手臂在挥动，但听不到他的声音。突然，我们头顶上方传来啪啪两声巨响。

一阵泥点敲打在玻璃门上。皮杰铲得很忘我，把草皮都铲飞了。

内尔跳了起来，隔着玻璃喊道："小心点！"

"怎么啦？"我问。

"小家伙淘的。"她说，似乎误解了我的话，或者是故意这么说的。

她开始收拾杯子，我站起来帮忙。就着水龙头冲洗杯子的时候，我竖起耳朵仔细听，眼睛不时往天花板瞄。刚才有脚步声！楼上有人。内尔又开始和我说话，问起我母亲的近况，我简要地讲了讲——确诊以后，她的病情迅速恶化。

"你的狗呢？"她问道，跟上次一样热情洋溢，"你不是养了条狗吗？"

我突然焦躁起来：来这儿这么久了，我把霍华德给忘了。奥妮，一副吊儿郎当的样子。我得回去了。

"是的。扎克死后它给了我很多慰藉。"我说，"有点可笑对吧？扎克也很喜欢它。"

"怎么会可笑呢。"她很是同情。

我起身准备离开，她领我到前门。我们拥抱了一下，她还叫我保持联系。

"好的。"我语气开心，但节奏单调。

门关上了，我往前面走了好一段才停了下来。我靠在一所房子的墙上，看着露在前面屋顶上的一带墨色海面。就这样吗？就这样乖乖地回伦敦？她急着赶我走，我知道的，当然啦，原因可能有千百条。但楼上的脚步声，我必须弄个明白。

这次是皮杰来开门的，从门后传来的笨手笨脚的声音和开门所耗费的时间就可以猜到。“哎，”看到是我，他有点失望，“我还以为是我的朋友呢。”

我望向他身后的厨房，内尔站在门口，自上而下看向我这个方向。她身后的桌旁坐着一个男人！

我的心脏停止了跳动。

“你忘了什么东西吗？”

内尔向我走来，一边在衣服上擦手，挡住了我的视线。她背后的那个男的站了起来，我估计他想逃离我的视野，但他却迎到了厨房门口。我把身体靠在墙上防止自己跌倒。他背光站着，我看不清他的脸。他开口说话了，我停止的呼吸又才续上了。

他的声音轻飘飘的：“你好。刚才没下来跟你打招呼，抱歉。我在楼上干活，没觉得太热，而且……”

内尔显得既有些厌恶又有些尴尬。“皮特，还记得吧？”

“当然记得。”我的腿都不听使唤了。我真是笨呐！“很高兴再次见到你。”

内尔在给各种理由，说皮特觉得有点头晕，说他本来想下来跟我打声招呼的，但他感冒了，昏乎乎地睡着了。“有点晕”“打招呼”“睡着了”，她用这些骗小孩子的话来掩饰尴尬。

“哎，又得去干活了。”皮特嘴里说着，快速几步越过内尔走到了楼梯口。他比扎克矮很多，头发也不是扎克的栗棕色，而是褐色里夹杂着些金色，脸圆乎乎的，不像扎克那么有棱角，嘴角的线条感也没那么强。“莉齐，你的遭遇我很难过。”

他迫不及待地想要离开，此刻已嗵嗵嗵上楼了。我都能想象得出我来之前他们的谈话。

“我非得跟她见面吗？我不出现可以吗？”

“那好吧。你欠我一次哦。”

好吧。我不怪他们两个，换了我也不想搜肠刮肚地陪老朋友的遗孀聊天。不，他们甚至连朋友都算不上——“我不是很了解他。”这个事实让我有些发懵。扎克不是他们的好朋友，只是认识而已，他们甚至都不太喜欢他。他不在这儿。他可能压根儿没来过这儿。

皮特已消失不见了，一步两级楼梯地上了楼。“谢谢，别担心。”我冲他背影弱弱地回了一句。

我转身面向内尔。“很高兴你又回来了。”她说，“你离开后我感到很不安。很明显，扎克没跟你说起过夏洛特，我多嘴了。”

“我是有些意外，但还好啦。”

“真的抱歉。”她很快镇定下来，回头看了一下，说，“不过，你是忘了什么东西吗？”

“呃，是的。没有。不过……”我语无伦次。我突然回过神来。夏洛特，我应该找她谈谈。她可能或多或少知道一些事情，起码能理解我的疑虑。“是的。其实，我是想要夏洛特的电话号码，如果你有的话，可不可以告诉我？我知道这个要求很奇怪，但对我很有帮助。”

她的脸快皱成了一团。“抱歉，我没有。”她说，“真没有。”

我开始往外走。“那好吧。我太鲁莽了。也不知道我是怎么想的。我太愚钝了。她最不想看到的就是我了。”

内尔瞪着眼睛看着我。“不是那样的。”她说。

我突然感觉浑身发冷，她的语气让我颤抖。“我知道，你没有她的号码。都过去很长一段时间了，干吗还留着？”

内尔摇了摇头。“你不明白。我……不能告诉你的。”她降低了嗓门，还回头瞥了一眼，她的声音很轻，就像飘雪，就像小小冰片滑落，“给你夏洛特的号码也没用。”她摇着头说，“因为她已经死了。”

# 扎　克

## 2010年7月

小型婚礼。万幸的是，莉齐也希望这样。星期三早上，旺兹沃斯市政厅，有她、我和她的几个亲人和挚友。不好意思了，阿尔夫，你做不成伴童了（只在必须时刻应付一下）。难过的是，我的好友都没来（大概是没收到邀请吧）。莉齐也理解。“你就是我的全部。”我深情地看着她说。她朝我笑了笑，我的心为之一紧。

婚礼仪式结束后，我们一起去了康缇阿穆斯酒店开了香槟，叫了三明治。一送走亲朋我们就上了床——莉齐终于赤裸着身体躺在了我的怀里。那是一场酣畅淋漓的美妙，因为合法了，所以更显完美。那种感受让我吃惊。美妙，我在她耳旁低喃道，那是我一生中最快乐的一天，我对她说。那不完全是谎话。其实，现在想来，那是大实话。

老太婆大包小包地带着她乱七八糟的东西去了比切斯养老院。我开始慢慢装饰这个家。我首先扔掉了脏兮兮的地毯，扯掉了墙上的壁纸，把它涂成了冷色调的蓝灰色，我把它叫作“虚幻之光”，借鉴的是内尔和皮特在爱丁堡的家的墙壁颜色，但还没有完全刷好。除此之外，我还要把浴室和厨房重新装修一下。莉齐说得等到她下一次发工资才能有钱继续搞。我借故旧床垫太软了，说服她买了一张新的。其实我只是觉得旧的上面全是细菌，但我没好直接告诉她。

我的工作也比之前几个月顺利多了。我在温布尔登灰狗体育场附近一个改装旧仓库里找了一个小间作工作室。我的房间在一楼的角落里，小得跟个鞋盒似的，外面的光线都照不进来。租金很便宜，而且房东说如果我协助看门人把这里维修维修，我的租金还可以再少些。大多数窗户都需要换，但他说时间上不用着急。

我喜欢那里的暗。我在天花板上多装了一个灯，画画的时候可以让两个灯都照到画布上。我正在创作一个系列，名叫“破碎的日子”。是不是很烂？我也觉得烂，现在先把它写上。

这里的人好管闲事，总想进我的工作室看看我在干什么——比如说住走廊尽头搞编织的斯洛伐克的年轻朋克女孩；一个年纪跟我差不多，专门负责PS在浪里奔腾的丑马的男的；一对丝网印刷工；还有一个雕刻女工。到了午餐时间，他们都端着一锅面，聚在那个小厨房里吃。我刚来的时候，他们都想了解我点什么，但就算我在屋里，也总锁着门，而且，为了摒除周遭嘈杂的声音，我总是把平板的音频调成白噪音，所以，很多时候没人知道我在里面。

莉齐不会做饭，我正一步一步、一板一眼地把我的方法教给她。她冰箱里的东西都吃得我生病了——各种蔬菜乱七八糟放在一起，胡萝卜上还有土，过期的食品也不扔掉。我看到一罐布兰斯顿腌菜，估计是女王加冕之前买的。她也不大会收拾家，在这方面有些邋遢。我正在努力教她。

但在我看来，这些都不算什么。和她在一起的时候，有时候我会闭上眼睛，感觉空气中充满了幸福的味道。很近，几乎伸手就可以触碰到。多年来我一直感觉心无所系，现在好多了。或许你都可以说我现在放松下来了。我的药也减了，只在膝盖发抖的时候偶尔吃上半片。

以前我从来没有想到过我会和莉齐这样的人走到一起，但现在就这样了。难道这就是正常生活给人的感觉？如果真是这样，我倒蛮喜欢的。她没让我觉得烦，这一点对我很重要。和她在一起我觉得很安全，她也很欣赏我，是我喜欢的那种欣赏。她永远都不会让我失望的。永远不会。那天我对她说了“我和你，直到地老天荒”。那是乔·杰克逊的一句歌词。她却抬起我的下巴，深情地凝视着我的眼睛说：“我和你，直到地老天荒。”

夏天，城里。雨燕在蓝蓝的天空鸣叫，蜜蜂忙着在盛开的玫瑰丛里采蜜。一切都那么美好。我躺在草坪上的躺椅上，旁边放着一杯上好的格兰哥尼纯麦威士忌（那该死的狗最好别把它碰翻了）。莉齐正在花园里忙碌着。我很喜欢这样的场景，这让我想起我母亲。她总是忙来忙去。她在移植我们昨天在附近苗圃买的花。我原以为那是件无聊的事，没想到却被她的用心打动。她拿起一株株花苗，仔细斟酌半天才做出选择。她把糖果粉的天竺葵种在了盆里，又用白色的花坛植物填满了花坛四周。我在香气四溢的花堆里吻了她，告诉她她是我唯一想要的女人。我们回了家，上床做爱。“你对我就没个够吗？”她一点不生气。“就是没个够。”她说，柔软的赤裸身体趴到了我身上。

她比以前丰满了，胸部和臀部更丰腴了，肚子上也长出小小的

“游泳圈”。婚姻生活把她内在的美丽激发出来了。她嘴边的紧张感消失了，现在她不用每天面对她母亲的烦心事了，我还教会了她对妹妹说“不”，不要每一次佩吉的孩子要洗澡或佩吉想要躺一躺时就扔下手里的事去帮她。要我说，莉齐的新发型很适合她，比波波头长一些，但又扫不到她的嘴。“你都可以干这一行了，”她说，“如果你想找点事做的话，我指的是工作。”（我决定避而不谈。）她很不擅长化妆，即使我们在芭比波朗化妆品店花了不少钱，她依然没长进。今天她是很用心地涂了我给她选的红色唇膏，但怎么看我都想把它吻掉。

我大声提醒她戴上手套，要不然会弄破指甲的。她蹲下了。“都跟你说了，让我美甲就是浪费钱。我并不是说我不喜欢。你疼人，是个疼女人的好男人。”她走过来要亲我，但我躲开了，说不喜欢脏脏的手。她哈哈又一阵笑，说等她弄完了再亲我，没必要现在去洗手。

天呐，她真的是很难生气。我知道她总是看到别人的优点，但没想到对我也是这样的。莉齐是我的绝配。看吧，我说过的。事实证明，只要找到了对的人，一切东西都会变美好的。

噢，我在这儿无忧无虑，可以安心睡大觉了。

伦敦就是我的天堂。

莉齐就是我的极乐世界。

如果不是夏洛特一直给我打电话，我简直快活似神仙。

估计搬出来的前一晚我不该和她睡一起，但怎么说呢，就当是告别礼仪吧。

# 第10章 莉 齐

火车上，我一直凝视着窗外，穿过哈索克斯、伯吉斯山、盖特维尔机场和东克罗伊登。思绪万千。我感到丝丝凉意。我一直想着那位贫穷女孩的父母。一种不同于以往的悲伤来袭，甚至都不能触及它。

一场可怕的意外，当我问起时内尔答道。“不是谁的错，就是场可怕的意外。”她说她告诉了扎克，就在我们一起吃午饭的那天。

“我纳闷他为什么不告诉我，”我说道，“我不能理解。”

她耸耸肩：“我不确定这件事是否对他影响很大。”

我知道她的想法是错的。他被影响到了，而且深受影响。我希望我能了解整件事情。只知晓一半的事情真的令人很困扰。我不能压抑我的感受，因为我已牵涉其中。我一直在想死是多么容易的事啊。

在克拉彭车站，我走错了地下通道。如果从桥出去的话会更快一点，更亮堂一点。但是我的脑子就是不太灵光。我感觉我有东西掉下来了，所以我在潮湿的隧道中央停了下来，检查我的钱包和手机是否还在，上下班往返的人推搡而过。我还有其他东西吗？钥匙！还有奥妮和霍华德。我感到一阵恐慌。

我急急忙忙往家赶。

我在超市和花店之间的较低出口处离开了车站，我肯定我被跟踪了。登上圣约翰山，路过烤肉店和将官地毯店，左转走入南环路，沿着斯宾塞的几所大房子，我感到颈部有一种刺痛感，就像流过了一股电流。我每走几步就转头观察一番。在第二个拐弯处，一个身着亮黑色羽绒服的红发男人突然停了下来，透过窗户凝视着卖时尚家居的商店。他不是扎克。难道扎克安排了其他人跟踪我？我察觉到了所有吗？我因没进食而变得虚弱，我不能相信我的眼睛。

我跑过了三一路的最后一段，越过人行道，开始转弯。按门铃的时候，我感觉体内肾上腺素澎湃——一股阴冷诡异的感觉袭上心头，回自己家还要按门铃。我等待着，一片寂静，没有脚步声。我透过前窗看去——客厅没有人。我又按了门铃，然后猛敲大门。还是没有人回应。我告诉奥妮如果她出去的话就把钥匙放在花盆里。我把花盆的底座移到一边，一团根紧贴底部，满是潮虫，但就是没有钥匙。

我站了起来，朝着信箱望去，瞥见厨房的后门关着。霍华德没有跑来迎接我，舔我的鼻子。远处，传来嘈杂的汽笛声、嘟嘟的车辆声还有警笛的鸣叫声。

我试着冷静下来，但我仍血脉贲张。我到底在做什么，居然把钥匙给了一个我几乎一无所知的女孩？究竟是什么让我可以信任她？我没有判断力，这是问题所在。她可能已经走了，带着我的钥匙和狗，消失了。车的钥匙也在钥匙环上，我扫视了下街道，我的玛驰还在原来的位置。至少她没有开走它。

我走到马路的尽头，站在角落里等。后面没有传来脚步声。如果那穿着亮色羽绒服的男人在跟踪我的话，他现在应该在等着我，踌躇不前想看看我在做什么。我仔细地听着。监狱今天特别安静。一个老年人正把车倒出狱警停车场。一位穿制服的官员，在门口边打着电话，边从裤袋里掏出一把钥匙串。抬头望去，乌云密布，天色浑浊不清。大滴雨开始下了起来。

我向左转走在垂直对着我家花园的那条路上。我家在下坡的半道上。但我仍竖起耳朵仔细听，以防听到霍华德的叫声或者在灌木丛发出的嗅嗅的声音。我喊着它的名字。没有回应。

我继续走着，穿过莫德林路，转而走入莱福德路，经过我和佩吉以前参加的童子军训练营。那些大而豪华的房子是明星和电视主持人的。刚走过下个路口，我就发现有辆车跟着我，车开得很慢，紧贴着路边。我转头望去。是辆红色福特。车子猛地一颤，停了下来。当我又向前走时，车子就开始加速。我注意到车内有两个人。我加快了步伐，跑了起来。

一眼望去，人行道上没有人。我以最快的速度向前跑去，几乎要喘不过气来。我跑到了公共广场马路另一边的部分，快速藏在一棵树下。那是个死胡同，就在不远处。我看到那辆红色福特向前开去。当它到达没有入口的一边时，挂了空挡。一个男人站在车胎后面；另一个老女人坐在副驾驶的位置上。那个男人似乎在四顾环望，但他没有看到我。车子驶入马路中央，熄火不前了。车子又重新启动，颠簸着前进，最后朝着三点钟的方向驶离了。

原来是位学车的少年和他的妈妈在外练习。我靠在树上，长舒了一口气。

我转向一条狭窄的小道，小道上的树林通向大路。这是块巴掌大小的公共用地，一块被遗弃的“岛屿”，杂草密布，荆棘丛生，树木茂盛，几个垃圾箱，被挖掘过的洞穴，还有一把折坏的雨伞。这个地方很安静，虽然有灌木丛中小鸟偶尔发出沙沙的声音。没有任何人的迹象。

这次我回到家里，坚信奥妮一定在这儿。这就是一场重演。我按门铃，她来开门。我按紧门框，以免霍华德把我扑倒。电壶在烧着，奥妮会夹起电壶倒出些牛奶。这时她应该正吃着面包。（年轻人喜欢吃面包。）我还有时间想象些其他场景——炉子上备着饭菜，一间温馨的厨房，一个暖心的欢迎，就如一两年前扎克住着时一样。

所有东西还是原来的样子。可怜的花盆还是破碎的。今年，我没有做任何园艺上的事情。通常而言，我应该种植冬紫罗兰或者粉色仙客来。现在它们都枯萎了。由于之前我猛推信箱的缘故，它被卡开了一英寸，信箱上的铰链也已生锈。当我敲门时还是没人来开门。

我打电话给查询台要了经济规划处的电话，打了过去，没人接，就给维多利亚·墨菲留了言，表明了身份，并请她给我回个电话。

打完电话后，我坐在房子对面有着一片滴水常春藤的路边石上，用膝盖抵着下巴，等着奥妮。

后来，我回头一想，意识到从开始到结束只有五十分钟——还不足一个小时。当我看清楚奥妮时，她正茫然地沿着路边走，霍华德慢悠悠地跟在她的后面。她拉上了皮夹克的拉链，巧妙地把半卷的头发放在背后。她似乎都没有意识到下雨了。我想喊住她，我想用拳头猛击她。

但是我没有。

“嗨，”我一边说一边站了起来，“你们去哪了啊？”

跟在奥妮后面的霍德华挣脱开来，飞奔向前跳起，舔着我的脸。

奥妮在马路中央停了下来。她的脸颊红扑扑的，眉毛也花了，在颧骨上流出一道紫色条纹。“我过来找你啊，”她说，“毫不夸张地说我从克拉彭车站一直走到这。你说了两点见面，但你没有在那儿。你一定和我走岔开了。”

我仔细检查了霍华德一番，抚摸着它的背部，感觉湿湿的。背上有一块毛缠结成团，肯定在地上滚的时候粘了什么东西。我闻到一股阴湿的池塘味和陌生的香水味。“对不起，”我说，“我回来的时候走了另一条路。”

“你没想过我可能会遇到你吗？”

“没有。”我说，“对不起，我没有考虑到这点。”有时候那些有心理疾病的孩子在学校会对我无礼——因为我没有老师的威信。我在想她怎么可以这么说话——太傲娇或者说太冷漠，或者说两者都有。她在重复着别人对她说话的方式。我尽可能地使自己有耐心一点。我感到很费解，这个下午我更不开心了。

我挣脱开霍华德。“你拿我的钥匙了吗？”

“拿了。”

她把钥匙交还给了我，我打开了前门。霍华德从我腿后面迅速飞奔到厨房。我听到它啧啧的喝水声。奥妮站在我身后的门口徘徊。我没有看她。我把雨衣扔在了栏杆上，并走入厨房陪着霍华德，我打算让她离开。我一头埋进一块干净的茶巾里，擦拭着被打湿的头发以给自己一些准备时间。我确实对她感到抱歉。她显然很困扰，但按我现在的处境，我自己都不知道该怎么解决。我没有勇气或者力量。我得仔细想想今天发生的事。

“嗯，你满意吗？”她在我后面说道，“你喜……喜欢吗？”

“什么？”我从毛巾里探出头。她做了个手势，环顾了房间一周。我看了下四周。今天早上我离开时留下的脏乱——溢出牛奶的池子，一堆谷物碗，未完成的画，卷起的尿布——都已经被清理干净了。表面都被擦洗过了，排水板也是空的。桶和拖把靠在墙上。空气中弥漫着一股浓烈的防腐剂和柠檬的味道。被纸盖着的餐桌也很干净。

“天哪，你太好了，”我说，我既感动又惊讶，笑着对她说，“你都打扫干净了。”

她把我的雨衣放在胳膊上，夷平，甩了甩，环顾四周找了个合适的地方挂了起来。“这里真的太脏了。”她说。

“多么可爱……我着实吃了一惊。”

我看着她，她微抬起下巴，好像刻意拉近我们的距离。“扎克讨厌脏乱，”她说，光从后门照射进来，眉毛弄花的地方好像是擦伤留下的，“他说你是个懒女人。他让我帮做这些事情，我是为他做的。”

我坐在楼上的楼梯台上，背靠着墙。嘴巴里弥漫着类似粉笔灰的味道，脑袋砰砰响。我能听到她在我下面厨房里的动静，柜橱开开合合。我不清楚她在找什么。我一直认为她只是凭空冒出来的而已，但现在我又不知道了。难道她就是我一直在等的纽带？

她不愿主动告诉我真相。我问她什么意思，但是她没有回答。“他什么时候这么说的？你这么说什么意思？你到底在说什么？你为什么在这儿？”

她从我后面偷偷溜开，窝进椅子里尽量使自己不显眼。她说她很抱歉。“我不应该那么说的。我总是一个人。我开始胡思乱想。我总是说些废话。我经常这么做。不要生我的气。”

我想逼迫她说出事实。但她只是个孩子，就她这年龄来说她还太小——不过是个还在上学的女孩，我一直强迫自己记住这个前提。“我不生气。”我说，“你只要告诉我，他什么时候让你打扫厨房的？”

“几年前。”她说。

“你今天‘胡思乱想’了些什么？”

“没什么。”

“但是你刚还说你在胡思乱想的。你见到他了吗？”

“谁？”

我盯着她的眼睛。“就是你刚说的……你说你想到了……”

“好久了，没人在乎过我。”她嘟囔道。

她缩着头，开始拨弄她手指周围的皮肤。

我让她到我这来，并告诉她我可能还需要一些时间才能稍感振作。

她这么做可能没有什么特别的意思。然而出现在我家来证明她有多了解扎克是个很明显的说明。但“懒女人”，他之前这么喊过我，是在员工的聚会之夜上。她用的现在的时态。我想到在崖燕屋行李架上的猎人牌雨靴。她在戈尔斯外走来走去。她一直在监视我。她肯定知道一些事。

后门打开又关上了。我走进浴室，盯着窗外看。她在雨中站着，没有穿她的夹克。她找到了一个网球，扔给了霍华德。霍华德滚进灌木丛又爬出来，到处奔跑。

她抬头看到了我，她苍白的脸反着光。我推开窗户。“你会感冒的！”我喊道。

她没有回答，但是她的身体抖了一下。天哪，她被我弄哭了。

“我要洗个澡。”

我关上窗户，打开水龙头。水快满的时候，楼梯上传来了她的脚步声。我跪着调节水温，想着合适的开场白。“你可以洗了，”我说，“这水够热了。”她没有回答，但我听到她在脱衣服。沾满泥的帆布鞋扔中了浴缸的一边。我听到她沉重的呼吸声。

“毛巾在门后面，”我边说边站了起来，“有什么需要的话喊我一声，我就在楼下。”

关上门，我倚在门上。我心里又暗想，她只不过是个孩子。我不能忘记这一点。

厨房里电话铃响了。我及时接到了电话。

“我是维多利亚·墨菲。”电话的另一头传来声音。

我刚开口说“你……”，就被她打断了。

“你打过电话给我？我不知道我可以帮你什么。”她的声音听上去不怎么友善，好像那些话都是从紧闭的嘴里蹦出来的。我认为她甚至不记得我是谁。

我提示她——我是你少年时期的朋友扎克·霍普金斯的妻子，也就是推迟你们午餐的那个让人讨厌的女人。然后我开始解释这么做的原因。奥妮来看我了。她现在很安全，但一开始和我走丢了；我很害怕她会责怪我，对于让她困扰或者担心我也非常抱歉。

在我不着边际地说着话时，维多利亚一直保持沉默，随后她问了我一些问题。没错，是扎克给了奥妮我的地址，然后她去伦敦找的我。她走了一个小时左右后又回来的。“你可以说得清楚一点吗？你和她失去联系了还是已经找到她了？”她的语气和那位学校里教科学的乔伊斯·帕普林老师很相似——在操场上凶巴巴的，但在教室里又很友善。她思维很敏捷。

“我找到她了。”

“所以她和你在一起？”她大声喊道，“现在，她在你家里？”我解释说她淋雨了，现在在洗澡暖身。我正想暗示维多利亚接走奥妮时，她打断了我的话。她的声音大了起来，变得更有节奏——奥妮是如何不体谅别人，如何让人绝望，把父母给的钱扔到她脸上，一句话都不听，父母为了她操碎了心，帮她转了一个又一个学校，她说不定连自己的药都没带，连那些真心想帮她的医生，她都视若无物。

“她是个很懂事的女孩。”我自言自语，为那些老是搞砸考试，让母亲失望的十八岁女生说出义愤之词。

“我要和她说话，”她直接地说，“请让她接下电话。”

浴室门关着，我轻轻地敲门，用肩膀抵着听筒以掩盖声音。“奥妮。”我轻声喊着。

“请进。”她回道。

窗户开得很大。一阵小狂风吹过。雨打在窗台上，滴入亚麻地板的水坑里。外面的树似乎都向里倾斜了。

我希望奥妮已裹着浴巾或者已经穿戴好了，但是她的衣服还堆在地板上。扎克以前也喜欢这么叠衣服。她仍然躺在浴缸里，苍白起皱的皮肤包裹着她瘦弱不堪的身体。可能是为了保暖，她把四肢都放在水里，手臂紧贴边上，双手藏在斑驳的腿下。

“你母亲的电话。”我说着把电话递了过去。

水荡起一圈圈波纹，奥妮摇摇头。“让她走开。”

“我不能这么做。”我假装热心地说。她盯着我看，皱起鼻子，一副很是不悦的样子，然后伸手拿起电话。浴缸里漾起一层浪，水哗哗下坠。我迅速转身离开，但还是看到了她两个手腕内侧的红色伤疤。

# 扎 克

**2010年9月**

新学期开始了，我想让她辞职。这个暑假过得太开心了。我喜欢我们在一起的日子。美食。花园。做爱。这是幸福的秘密。有人应该把它写在自传书里。

她说她热爱她的工作，因为她的工作能让她认识不同的人：学生，家长，老师。我认为这样是不对的。我应该是她的全部。我也尽全力让她意识到这一点。她继续谈论着新来的孩子：他们穿着大大的校服是多么可爱，拥有日记和铅笔盒他们是多么骄傲。他们不像我那样看待她，他们不理解她。不久他们就会偷偷溜进图书馆玩起手机，脸上挂满笑容。他们知道她不会说什么的。他们只是利用她，利用她的善良。

昨天，她告诉我说她很担心快班的一位新老师。她发现他在书架那哭泣。

“他？”我问。

“对。是他，安格斯。他以前从没教过书。”

我说：“他们没付给你当心理医生的酬劳。事实上，他的工资可能比你还多。”我以为她会退缩，但她只是大笑。“说得太对了，朋友，”她说，“幸好我是义务做这个的。”

“‘太对了，朋友’？”我说，“这就是我们谈论的重点？”

后来那晚这个安格斯一直闪现在我的脑海里，让我焦虑万分。我开始回想起波莉·弥尔顿——她的不忠可没落到什么好下场。我须咬住嘴唇才做到不去警告莉齐不要出轨。中世纪法国所谓的高潮是什么？欲仙欲死。在床上，她靠近我时，我移开了。她的手搭在我的肩膀上时，我已坐到了床边上。我耸耸肩，去了浴室。我听到她在门外轻轻地喊着我的名字，但我没理她。放空自己，我试着想其他女人——画室走廊里织毛衣的那个女的倒是挺性感的，但脑子里老冒出莉齐的脸，她亲吻我时双眼紧闭、微皱，弯卷潮湿的头发衬着红红的脸颊。

当我回到床上，她已经睡着了。

她还没有醒。只有我才辗转反侧，心怀不满。夏洛特在半夜打电话来，但我之前就把电话调成了静音。吃早饭的时候，莉齐拿着报纸喃喃自语好像什么都没发生过。安格斯这个娘娘腔，动不动就哭，莉齐却是对很多事情不上心，这一切都涌进脑子，化成了一个三头喷火怪物。我突然想起来要告诉她一会儿要去戈尔斯——今年夏天我还没怎么去那儿——没有埋怨，也没有哭泣，她却说：“好想法。”她甚至都没放下报纸看我一眼。

我用手指弹了一下报纸。报纸发出噼啪的声音。她微微压低报纸，透过报纸不过能看见前方顶端一点点。我憧憬了如果她放弃工作的话可以和我一起去的生活场景，她反问：“那么谁来付账单？”

“我们可以卖掉房子。”

“这房子还不是我的。它仍属于我母亲。即使她去世后，也应属于佩吉。”

我强压着一腔愤怒。我说：“我们可以种些食物，过着简单的生活。我们还可以生个孩子。”

那一刻，我是认真的。

“我们可以，”她说，她的眼睛亮了起来，为了掩饰，转而又笑了，“你说你想要辆新车，我们也在省钱。你不能靠家里种的蔬菜买软顶汽车吧。”

“我可以卖画。”

她合上了报纸，起身准备离开。“但在我们变成百万富翁之前，你为什么不愿意自己去呢？这对你来说可能是件好事。”

我们才结婚几个月，她不可能希望我离开她的视线。我能感觉到她在我周围走来走去——留意着我的情绪。发生了什么？是那个安格斯让她变了心意？

我觉得我应该试探一下她。“休息几天吧，”我说，“告诉他们你病了。”

她一只脚已经踏到门外，但又只是微笑。她说着晚回家的原因——放学后她有个会议，然后从学校直接去她母亲那。

霍华德突然叫了起来。“对不起，霍华德，”我说，“踩到你的爪子了吗？”

她又折回，检查霍华德是否安然无恙。我假装很懊悔——跪下来抚摸着它的腹部。当我站起来时，她用纤细的胳膊围着我的脖子。“你知道，我爱你。”她说。

我紧紧抓住她牛仔裤的腰带。“我也爱你。”我应着。

“没有你我活不下去。”

我把脸埋进她的头发，用膝盖把狗推开。我的手指紧紧地按着她，都能感受到在我关节下她温暖的皮肤，流动的血液。她使劲挣扎才能挣脱开。“没有你我也活不下去。”

我到了画室。其实去画室只是幌子而已。门被闩着。盖子盖紧的涂料管整齐摆放着。他们遗留的方形餐巾已变皱，但我换了一块干的餐巾。现在平整了。

有一个插座和壁脚板不平行——超出了一英寸。是劣质产品。我尽量不去看它，但我控制不了。

那个斯洛伐克织毛衣的女人听到我进来了，眼神正好与我的交会，她看起来很惊讶。当然我一般都不表露情绪。

我本不应该接莉齐的电话。发痒的眼睛甚是疲惫，我很生她的气。我的防线被攻破了。难道这个困难不可克服？正当所有事都进展顺利的时候。它毁了所有事吗？我真他妈开心。

不，没有什么事是不可克服的。这是一个得仔细思考的问题，我要制订一个计划或者策略。

夏洛特做了次检查。“你可以清楚地看见他的小手掌和小脚丫，”她说，“你在吗？扎克。你还在吗？我一直试着找你。是不是太震惊了？我很抱歉。一百万分之一的机会。我甚至都没想过。你愿意过来看我吗？我请了一个礼拜的假。我知道你需要自己的空间，但如果你想成为孩子生活的一部分……”

孩子生活的一部分？他妈的她在和谁开玩笑呢？

我好不容易插进话，问她是不是我的种，然后她说：“一定是我们上次做爱时我怀上的。”

做爱，去他娘的。

我告诉她，她必须做流产，她开始哭泣。“现在太晚了。我们需要交流一下。你什么时候可以过来？”她认为我为加地夫一个艺术团体工作（“这是绝好的工作机会我没有拒绝”）。我要等到她不再给我打电话，然后写封信告知她我的意见，为此事画上句号。搞定！我可没钱搞这事儿。

“可能周末吧，”我说。“趁休息时间。”

即兴发挥，我擅长这样。随机应变。我只需动动我的大脑。

今晚莉齐会晚点回家。下班后她会看望她的母亲然后“挤出时间”给佩吉的孩子洗澡。事实上那个斯洛伐克的女人注意到我回来还是很好的。下午1点，她会和其他人去厨房煮泡面。我就在那时离开。走廊的窗户已开始腐烂。我来来回回甚至罢工也不会有人注意到。

这比我想象的容易得多。我尽量对此不感到沮丧。

我不知道我在想什么。我都有点恍惚了。

无手术刀输精管切除手术是在局部麻醉的情况下进行的。医生觉得每个输精管都在阴囊的皮肤下，并用一个小夹子把它们固定在一个地方，然后用一种特殊的工具在阴囊的皮肤上打个小孔。一对小手术钳是用来开孔的，也能让外科医生省去了用手术刀切开皮肤就能系管的步骤。

我第一次了解这些是在国民医疗保健系统的网站上。这种手术可以减少出血量，无需缝针。比传统输精管结扎手术痛苦少、并发症发生概率低。

哈里斯是否像他们说的那样手术，我并不清楚，因为整个过程我都是闭着眼睛的。

我其实是个非常小心的人。

# 第11章 莉 齐

奥妮下楼梯时发出砰砰的声音——你想不到一个纤瘦的人可以发出这种声音。健硕的扎克，在家里走路如此轻柔，我常常没意识到他在家里。他会在我发信息时悄悄走来，如果我被吓得跳起来，他会觉得这是心虚的表现。我不得不把信息给他看——“看，这是发给佩吉的，她问我可不可以帮她照顾孩子。”都是缺乏安全感造成的。他告诉我，他走路没声是有技巧的，他从小学出来的，这样他就能少挨点打。

奥妮的脚步声中有股怨气，她想引起我的注意。

“你来了，”当她穿戴整齐来到厨房时，我高兴地对她说，“你洗了头发！你应该喊我的。花洒有个开关。你的头发没好好冲吧。”

“我洗干净了。”

“真的吗？”

“是的。走出浴室，打开脸盆上的龙头，这样连接花洒的水泵就能持续工作了。”

“噢。”我惊讶地盯着她看，“你很聪明。”她耸耸肩，拉着她湿漉漉的头发环放在了脖子上。

“你猜的，还是你家的也是这样的？”

“我不笨，好吗？”

“洗浴系统安装得有点复杂，外人一般搞不懂怎么用。我没有事先考虑到……可能需要示范一下。”

她眉毛轻挑，我不得不强迫自己不要再进一步逼问她。我转身去了烘房。“我煮了些东西。一碗美味的意大利面。好吧，其实我也不知道是否美味。”为了掩饰我的不安，我讲的有点多，“但那是我母亲过去常常说的话。意大利面‘很美味’，就像散步总说是可爱的长途步行，洗澡总说是舒服的热水澡。即使很匆忙，热水澡也不能随便冲冲就算了。”

“随便吧，”她说，她的手腕被她的针织套衫遮住了，她凝视着地板，“我妈妈要来接我了。我现在应该要服用抗抑郁的药，但我放家里了。”

最近我读了一篇有关年轻人反叛最后死亡的文章——以前青少年是如何反抗现状（政治，父母），但是这些愤怒都向内部转化。这也说明了心理问题的激增：抑郁，自我伤害，自杀。我不想想起她手上的那些伤疤。

“也许食物可以让你感觉好些。”

“我不饿。”

“嗯，尽量吃点吧。”

我把碗放在桌上。是意大利面，我比较有限的食物品类的新添品种。扎克是绝对不会把奶油和培根混合在一起的。

我们都稍微吃了点。片刻后，我说：“听我说，之前如果让你不开心了我很抱歉。你帮我打扫好厨房真是太好了。如果我有点咄咄逼人我也很对不起。但是你说的有关扎克的话——让我觉得很困扰。当你说你见过他的时候，我以为你的意思是——今天！”我大笑暗示自己的愚蠢，但我仍仔细地观察她。

她瞥了我一眼。“你的意思是见鬼咯？”

“可能吧。”我有种不祥的预感。她没见过他。她说话没有支支吾吾。在她身上不可能发生这种事，其实我只是字面意思。

她咬着唇：“所有人都觉得我疯了。这也是我一直要看医生的原因。”

“我肯定他们没有这么认为。”

她做了个鬼脸表示谁会在乎呢。

“所有人也认为我疯了，”我说，“所有优秀的人都会遭遇这种事。”

她仔细观察了我一会儿。我能看出她在仔细思考。最后她说：“我不应该说‘懒女人’。这可能不是扎克说的。他也许会说‘有点懒’。”

我微微一笑。“这说法好一点。”

她看向别处，用刀叉转着意大利面。一脸严肃。

“我不想过多地讨论已经知道的事，”我说，“原谅我这个又老又烦的人，但是你能和我解释一下什么时候扎克让你打扫厨房的吗？”

“他没有说过。”

“但你说过是他说的。”

她眼神呆滞躲闪。“那是几年前的事了。”

“在这里说的还是在戈尔斯？”

她看向我又迅速移开目光。“可能是在戈尔斯。”

“好吧。”我叹气道。现在说得通了。可能他是在家里给她上课，那个时候他和我发生了争执——可能因为我错过了火车——他就向她抱怨我有多邋遢。这样的事居然和一个可能只有十六岁的孩子谈论——不过他的脾气确实不怎么好。

“你和他待的时间长吗？”我问，“我指的是那些辅导课程。你们一共有多少次课？”

她耸耸肩。“三四次吧？还是没得到 A。”

“对你有帮助吗？”

“他说我应该看问题看仔细了。”

我点点头。“是的，他很严格，所以我希望你能把它当作赞美。”

“确实。”她把没吃完的意大利面的碗移到一边，抬起头。

我们目光相遇，眼神传递着某些东西。我能观察到她压抑着某种情感，也能感觉到我和她有着某种微秒的联系，让我觉得有些激动。她在意扎克的看法。她看到了扎克的优点。我觉得这就是全部了吧。我只需先确认一些事情。

“他在崖燕屋还是戈尔斯教你？”

她不假思索地回答：“戈尔斯。”

“只是……上个礼拜天我想过去喝一杯，我看到支架上有猎人雨靴，看起来像扎克的。我一直在想他是怎么过去的。”

她的脸颊微微泛红。她噘着嘴，瞪大眼睛，一脸不解的滑稽模样。“你为什么觉得那些雨靴是他的呢？”

“其中有一只雨靴顶部被修补过。那是我补的。你什么都不知道吗？”

“不知道。”

“那天早上我看到你在戈尔斯到处闲逛，只是想要散步？”

“是的。”

“今天又出现在这里？”

“我只是想找个地方待着。”

“好吧。”

我把自己的碗也推开，用肘靠在桌子上，手撑着脸。这是所有谜团的愚蠢答案。我是正确的：她只是凭空冒出来了而已，不相关的人罢了。“太多的问题，”我轻轻地说，“太少的时间。”

她大笑。

“我觉得你不知道在康沃尔还有个叫齐妮娅的人吧？”我随意问了句。

“齐妮娅？”

“我试着弄清楚的另一个谜团。在扎克发生车祸的马路边，有人送了花。百合花。纸条上写着齐妮娅。”

奥妮盯着我看了一会儿，然后又迅速站起来，跑到水槽那给自己倒了杯水。她喝了水，在转身之际，她说：“如果按计划我下个礼拜过来会给你带来不便吗？”说句好听的我想她早已在头脑里构思好了。

我没有看她，开始清理盘子。“哦，奥妮，那个时间对我来说不大合适。不好意思，我想我会拒绝。”

“我以为你会说可以的。”

“我认为我不会这么做。”

她移开身以让我走到水池旁。我能感觉到她很不情愿。她推门进入房间，转个圈一屁股坐到椅子上。“要是我告诉你我知道齐妮娅是谁呢？”她屏住呼吸。

“齐妮娅？你知道齐妮娅？”

“或许我知道。”

我也坐下了。“或许？”

“是的。不，我确实知道。我只是最近没看到过她。”

“她是你的朋友吗？”

“不算是。我希望我什么都没说。”

“看在上帝的分上，奥妮，求你了。”

我提高了音量。她站了起来。“我得先和她联系一下。”

“至少你可以先告诉我她是谁吗？”

门铃响了。我盯着奥妮看，但她看向了别处。门铃又响了。

维多利亚·墨菲身着黑色夹克，黑色牛仔裤，手挎黑色皮制手提包站在前面的台阶上。“我不知道谁控制了她。”她说。她的语气听上去都是我的错一样。

“非常抱歉，”我说，“我不应该……”不应该什么呢？我根本想不出我到底哪里做错了。“抱歉。”我又来了句。

“她在里面吗？”她不耐烦地问道，朝房子里望去。

她梳着马尾辫，双手往后拉紧了头发，脸颊的肌肉咬紧又松开。她很紧张，像要发球的网球运动员。她的鞋子后跟很高——让她站着就像踮起脚尖，要撒腿开跑。

一个垃圾桶的盖子噼里啪啦从人行道上滚了过去。雨洒落在台阶上。

“你不进来吗？”

“不了，谢谢。”她说，“如果我可以要回我女儿的话。”

我回到厨房，奥妮正穿上她的皮夹克。“谢谢你的晚餐。”她说。

“你没吃什么东西。”

“我真的不太喜欢鸡蛋。”

“扎克也不喜欢。鸡蛋也很干，不是吗？很抱歉。”她的视线从拉链转向了我。“你说了太多的抱歉了。”

“是的。扎克以前也让我别这么做。”

“他以前责怪我老是说‘嗯’。他说我用这个词来表示停顿，会表述不清。”

我们眼神再次交会。“他比较严厉。”我说。

“他认为人们所说的话是他们头脑的反映。”

“并非总是如此。”

“你出来了吗？”维多利亚的声音听上去很激动。

“奥妮，”我喊道，“我需要知道齐妮娅是谁，请告诉我吧。”

“我会打电话给你的。”

我快速把电话号码写在一张报纸上，她把它卷起来放进牛仔裤后面的口袋里。

“该死的，怎么回事？”维多利亚突然叫起来。

我们走出房间。前门开着，雨泼洒进了大厅。维多利亚站在花园小路的半道上。

街上一辆引擎盖上有冲下的箭头的红色 MINI 车，响着喇叭，轰着油门，催促着。维多利亚怒得手臂向上一挥：“这他妈过的什么生活。”在 MINI 车里的男人摇下车窗，大喊大叫，但他的声音被淹没在风雨里。维多利亚移开了她占着道的越野车。

她甚至都忘记了我的存在。“奥妮，快点。”她大喊着，准备离开。

这时候去看望母亲太晚了。现在我又是一个人了，无聊又不安。街上充斥着断断续续的哀嚎声和喋喋不休地说话声，死气沉沉的街道似乎有了生机。花园里，灌木猛烈摇摆。

我告诉自己要放松，今晚我无论做什么都不会有什么改变。

我上楼去书房折叠起之前我给佩吉孩子拉出来的沙发床，但是当我站在书房门口时我发现它已经被放好了。沙发蹲坐整齐，垫子也摆放有序，床单和毯子整洁地堆成一堆。

沿着大墙的书架也看起来不一样了。我跨入房间。今年我一直都没整理过这里。我一直都是把书随意摆放的，也是对扎克有序编码的小小放肆吧。但是脏乱已被处理了。当我凑近一看时，我发现它们已经按字母摆放好了。

我猛地坐在了椅子上，书桌也被清理了——钢笔平行放置，一边朝下，纸张也被堆放好。书桌的中央放着扎克的电脑。

是奥妮做的，或者我的猜想是对的？他在这？她看到他了吗？或者听到他了吗？什么东西警示了她——我知道肯定是这样。

如果他在这为什么不带走他的电脑呢？插着插头是为了暗示我？他想让我在上面找到什么？我打开电脑。输入密码的提示语闪烁着。你想从我身上得到什么？我写道。

密码错误。

我关上电脑，一把推开。

桌子下是一盒照片。扎克不喜欢拍照。他说拍照会让他不自然，在他的记忆里很多次他因为拍照不笑而被父亲敲打。但我抓拍到了一些镜头：在康沃尔的一个岬角里，他的头发吹打在脸上，笑着要抢照相机。另一张是很普通的场景，他跪下来，手紧围着霍华德的脖子。但我最喜欢的一张照片是婚礼那天在旺兹沃斯市政厅的台阶上拍的。扎克穿着我们第一次见面时的西装。他试着弯腰把头靠在我的肩膀上。我大笑着，由于自身的重量他的身子几乎向后倾覆，他也咧着嘴笑——笑得如此开怀和真诚，眼神里发射出如此纯粹的幸福。他告诉我说，那是他人生中最开心的一天。

我跪了下来，开始找照片。如果可以找到那张照片，那就可以证明一些东西——他爱我，那时我们是幸福的，他给我的折磨是有原因的。

我把盒子里的东西都倒在地板上开始找，但是，那张照片不见了。

# 扎 克

**2010年11月**

就不该放松。我这种人松懈不得。我们有可能游离出约束常人的藩篱，但我们也一直生活在另一种束缚之下。偶尔有人将手伸出藩篱来拽我们，我们的脸蹭到藩篱上，血肉模糊。

听到莉齐在打电话时我在浴室里。她的声音听上去热情而轻快。我猜想是安格斯，真让人恶心。那个下贱的新老师。但是不对——她说着截然不同的问题。不是她的手机，是我的。我放在厨房了，所以她接了电话。我让她侥幸太多次了。

她告诉我说是皮特打来的。他和内尔准备从维多利亚坐火车——昨晚他们已经参加了一个聚会——知道我在伦敦就“碰碰运气”给我打电话。莉齐已经邀请他们过来，也给了他们地址。

“这儿的地址？”

“来这里吃午餐。”她说，“我觉得你会很高兴的，因为他们没能来参加我们的婚礼。我迫不及待想见他们了。我说我会去接他们的。”

她穿着时髦的牛仔裤和我给她在诺斯科特路时装店买的伯顿修身T恤。才刚买几周，牛仔裤的膝盖处已经弄脏了，腰的位置有了一些小洞，一片针尖大小的洞，仿佛一块皮疹。她朝着我盯着的方向看去。“我知道，”她说，朝下一瞥，“我不知道怎么成这样了。我是不是太蠢了？”

“是的，”我看着她的脸，“你知道我花了多长时间挑选哪个最好，弄清楚你适合什么式样吗？”

“对不起。”她说。

“你知道它有多贵吗？”

但她并没有像我想的那样灰溜溜地走开。她抬头看向我，骄傲地抬起下巴。“我当然知道它有多贵，”她说，“是我付的钱。如果你不想皮特和内尔到这来的话，没关系，我理解。我们可以去意大利。但话说在前头，别对其他事情挑刺。”

她的话让我措手不及，我说：“我不喜欢别人接我的电话。我需要……”

“好啊，”她坚定地说道，“我明白了。那等你正常一点自己给他们回电话吧！”

奇怪的是，我们一到餐馆，我就不担心了。如果我需要的话，我似乎可以摆脱任何困境。人们的好奇心要比你想象的小得多。他们常常都不愿挖掘自己的回忆。莉齐很快就知晓了其实我并没有邀请他们去我们的婚礼。“结婚了吗？”皮特拍着我的背问道，“你动作也太快了，伙计！”但莉齐对我眨了下眼，好像表示这没有关系。

罗丁公学毕业，自命不凡，衣着光鲜，刚“嗨”过的内尔正偷偷打量着莉齐。但莉齐赢得了他们的喜欢。她可能很风趣，但你第一次见她的时候不会这么想。她讲述了培训为一名图书管理员的有趣故事——员工神经短路把所有借书单冲进了厕所；旺兹沃斯的一个图书馆内部某个秘密的地方须经“特别许可”才能借到书。她还谈及了她母亲，以及她母亲在比切斯养老院受到妥善照顾后逐渐恢复健康的事。“这事我必须感谢扎克。”她笑着看着我说。真的很讽刺——我关心的从来不是她母亲的健康——但我很开心，因为这能让她快乐。

内尔抑制不了好奇心，问道：“你们什么时候相识的？”

“一年……”莉齐刚开始回答，我就先打断了：“我们一开始只是朋友，对吧？很长一段时间后才改变关系。”

莉齐笑了——她觉得我这样回答很体贴，一来敷衍了她前期的保守，二来掩盖她上网征友的糗事。

内尔说：“但是扎克，你到底什么时候离开布赖顿的？”

“你就那么消失了，伙计！”皮特补充说。

我拉过莉齐的手，向他们道了歉。我撒了谎，告诉他们是5月份离开的。实际上是在6月底，但是莉齐以为那时我已经在戈尔斯，而且这个时间可以掩盖我……好吧，无论他们怎么说吧。我就说那时候我心头有事，我……我意味深长地看了他们一眼，希望他们不要提及夏洛特。

内尔点点头好像表示她放心了，好像我把某事解释清楚了。

她转向莉齐坦率地问道，你们是否在考虑生孩子。一些女人总觉得自己可以插手别人的生育问题。有趣的是，莉齐脸红了。她现在很渴望有孩子，因为我注意到她在买特殊的排卵工具包。内尔没管莉齐的反应，继续追问。“我希望我能怀孕。我们已为怀孕做准备，我现在一直有点腹痛，但不是经期痛，不过……不管怎样，我还没做过检查。”

我和皮特相视一望，心照不宣。

他们表面正常，暗地里我感觉到毒蛇在逼近——皮特的手抖了一下，内尔眼中一闪而过的亮光。他们不是简单地看看我这老无赖扎克·霍普金斯的近况如何。他们此行是有目的的。

趁莉齐上厕所（她称之为“卫生间”）的空当，我用心观察了皮特和内尔的表情，内尔的笑容中有些高人一等的味道。

“很抱歉，”内尔说，“我们不知道你是否听说。我们想自己告诉你。我不想在你可爱的新婚妻子面前提起——她很贴心——但是……”

我不停地问：“死了？夏洛特，死了？”似乎假装不知道会好一点。事实上，吉姆已经打电话告诉我了。他担心因那些药物——安定和阿普唑仑——其他人会追查到他。那我有没有在公寓遗留什么？

“我很抱歉，伙计。”皮特看上去越发不自在。

“怎么会这样？自杀吗？我知道她情绪很不稳定。”（我也问过吉姆同样的问题。“精神失常。”这是吉姆的说法。）

“一场可怕的事故。”内尔回答说，她似乎很享受这个时刻，“她从楼梯上滑下来。你知道那些楼梯有多高。海草地地毯很滑——当她去年重新装修时，我就告诉过她，楼梯很不安全。她一直酗酒。警察说她服用了一些药。她不是自杀，也没有遗书。在她公寓里警察发现了很多卷着的纸巾，好像得了重感冒……或者她一直在哭。”

我继续说：“我不相信这是真的。我不相信。什么时候的事？”

“上个月吧。”内尔说，“我想打电话告诉你的，但我们觉得还是当面告诉你比较好。”当然她做到了：享受到了传递坏消息的乐趣。

“谢谢你。”

有趣的是他们并没有提及她怀孕的事。他们不知道吗？

“你们最后一次见她是什么时候？”我又问道。

“不久前吧。”内尔摇摇头，“我觉得她情绪不太好。你离开后她很不开心，之后我和她出去喝过几杯，我知道的也就这些了……”

看到了吧，根本没人在意她。每个人只能靠自己。夏洛特需要内尔的时候，她并没有陪伴她。夏洛特就像被遗弃的下水道，内尔就像扔一张纸巾那样甩开了她。

“我无法相信。”我又说了一遍。

“无法相信什么？”

我们都没察觉莉齐从厕所出来了。

我把她拉过来坐在我的膝盖上。“我不能相信我有这么长时间没见他们俩了。以后不能再这样了。”她搂着我的脖子，下巴搁在我的头上，轻声地在我耳边说道：“邀请他们去我们的小屋喝杯咖啡，你觉得怎么样？”

“我觉得他们应该有时间。”我大声说。

“噢……”莉齐突然记起了某事，“我们的新墙！”她转身回到餐桌旁，“是借鉴来的。我们把楼下刷成了华丽的亮灰色，实际上我们还得感谢你们呢。扎克说你们在爱丁堡的公寓也涂成了这个颜色。”

紧张的情绪慢慢渗入，使得我只能乖乖呆坐在凳子上，任凭心跳加速了。我怎么会漏了这个细节呢？

皮特皱皱眉。“亮灰色。对的。我们涂的也是这个颜色。Farrow &Ball的。我和我高贵的艺术生的风格。”他说，“但是扎克，你没来过爱丁堡的公寓吧？我们不知道我们在装修的时候你还回来过。”

“伙计，你之前肯定和我说过。”我说。

“他非常重视颜色的选择，”内尔告诉莉齐，“他骨子里是个平面设计者。”

“这不是摆架子，内尔。颜色决定画作的质量，也许你们不明白，但我喜欢这样。”

总算挺过去了，警报解除。就像我偷偷进他们利斯的公寓，没被人发现那般轻松，其实我是对他们的室友感兴趣。她的名字叫什么来着的？玛戈特？我甚至对内尔和皮特没什么印象。现在回想起来有种奇怪的感觉。当我进入公寓时，我湿漉漉的手指沾到了厨房餐桌上的早餐留下的碎屑，我把脸埋进弄皱的被褥，我发现了内尔放在抽屉里的避孕帽。用掉一半的罐装颜料放在了走廊。我拍击了一下门框，只是想看看颜料滴在地板的样子。

我们过去常称它为墓碑效应——那感觉就像从一个高耸的壁岸跳入索伦特海峡。激增的肾上腺素，浪涌的空气，扎入水中那一瞬涌起的波涛，还有浮出水面时释放的感觉：再没什么能与之相比了。正是它的风险才让它更具价值。隐藏的岩石，意想不到的浅滩——一不小心，你的脖子会受伤。

# 第12章 莉 齐

周四夜晚，暴雪侵袭花园。第二天早上，我站着看向草地，里面撒满了破败的细枝，零星的残骸，园艺棚旁边的苹果树枝丫摇摇欲坠，像一个大树枝被肢解了。我应该一整天都待在那，收拾整理，施肥，给它补充养料。一年前我的第一反应可能会像那样，但现在我的本能反应已经变了，我远离了那扇窗户，不再对此上心。

期中假最后三天的大部分时间里，我都是一个人度过的。对一个寡妇来说，周末无疑最难熬，别人往往会和家人或心爱的人在一起，而我却尽量不去打扰他们。周六清晨，坐在厨房的饭桌旁，我就在想：要是扎克和我有个孩子的话，那，这一切该多么的不同啊。

我去探望了母亲，照看了佩吉的孩子，然后在超市里买了食物，逼着自己吃。我每天都这样干，但脑子里一直转个不停，老在想，我要去哪里找扎克呢，该怎么找呢。周六早上，我徘徊于门厅里，开着前门，和来自北康沃尔的房地产经纪人大声地讲着话。他问我说："市场现在不景气，你还能等到开春的时候吗？"

我走到门口，嘴里说着："也不一定要等，我想尽快卖掉戈尔斯的房子，没准可能拍卖？我也不是那么在意价格。"

应我之邀，当地的一位房地产经纪人前来拜访，对我母亲的房子也进行了估价，我用抵押贷款的方式来付比切斯养老院的费用，但毕竟不是长久之计。本金都快用完了，我也知道佩吉暂不谈这个事情，她尽量留时间给我，让我感受悲伤。

我和这个刚剃光胡须的西装男人站在街道上，谈论着房子的额外收益和平方尺寸。而他正在用手机拍照片。

"你要买房子吗？"他问道。

"不，我打算租一间，短期的那种，我不知道我什么时候会离开。"

夜晚，我精心地用腮红和唇膏给自己化了一个美美的妆，穿上他最爱的那身衣服：紧身牛仔裤搭配那顶丝绸般顺滑的帽子，我已经用精致的线修补了它。我回想到，我是在我们结婚六个月的纪念日晚上，第一次穿上这身衣服。那天，我们在位于泰晤士河南岸的一个水上餐厅共进晚餐。伦敦的夜光在我们脚下熠熠生辉。我们陶醉于精美的菜单，美食被服务员花哨地端上桌，有好多种配料（一段段清脆嘎吱的扁葱、一滴滴小牛肉酱汁），多到数都数不过来，扎克还点了香槟。在回家的出租车上，我的头依偎在他的肩上，任由他的呼吸声在我发际洋溢，我从来没有像那样幸福过。

如今，我踮着脚尖站在卧室窗户边，凝视着那被蹂躏过的花园。

我试着对周围的一切不那么敏感，我的身体是自由的，没有哪个人可以占据，心头也没有挥之不去的情感。我几乎无时无刻不在情绪的变化中。一会儿，我好像残疾了，习惯于一种自我保护的感觉，俯身弯曲。一会儿，我又想握住双臂，蜷成球，封闭起来。我想要冲破砖缝，奔向世界，惊呼老天，振臂舒展，袒露我心。

我既害怕会发生什么，又失望于什么也没发生。

我不明白他到底是想爱我还是要杀掉我。

星期天，我去旺兹沃斯广场遛狗，通过一条偏僻小道走到了杜丁广场，杜丁广场延伸到更南方，比旺兹沃斯广场更荒僻。两个广场也都遭受周四暴雪的袭击，许多路都不通行了。这一趟五英里的往返旅行很愉快，回来的时候，我全身都湿透了，脚也很酸。霍华德蜷缩在篮子里，我坐在厨房饭桌旁。房间一片凌乱，报纸堆在水池边，针线篮大敞着躺在地板上，牛奶也被我忽视了。

我查看了一下手机。

奥妮没有打电话过来。

我从床底下拿出笔记本电脑，登录脸书，搜索“奥妮·墨菲”，在她的相册里，我看到她噘嘴的模样，头发像模糊的窗帘布，就只是一个普通的十几岁女孩而已。她的私密设置让我不能访问她的时间轴，或者她的好友列表。我慢慢缩回手指，心里想着，大概自己不应该这么做。我不应该鼓励她，我不需要她出现在我的生活里，齐妮娅最好也跟我不相干。但我就是想知道点东西，所以，我点击了“添加好友”。

好友请求已发送。

在屏幕的一角，我看到一个未读消息通知，接着我点开了它。

是弗瑞德·劳斯发来的，他写道：你好，陌生人。同时附上了号码好让我打过去。

我朝后靠向椅背。

弗瑞德是我以前的上司，也是扎克曾经的校友。我们上次见面还是好些年前，关系进展得很随意，就这样，我让他渐渐地消失在我的生活里。我在学校找到了一份工作，他搬去达拉谟，在大学图书馆寻得了一官半职，扎克对再次见到弗瑞德没什么兴趣，而且我知道他也不想我再见他。他控制欲很强，这样显得他特别愚蠢，他被最不可能的人威胁着：罗布，也就是佩吉的丈夫。这个男人在我结婚前提及我的时候，总会把我看作是“佩吉的老处女图书管理员姐妹”，哪怕他只是夸了我新发型几句，扎克也觉得他是在挑逗我，想跟我上床。“那个虚伪的狗杂种，他眼睛一直盯着你，从没离开过。”扎克在从他们家回来的路上骂道。我笑着告诉他，弗瑞德太愚蠢了。那晚，我亲吻了他一整夜，好让他心情平复下来。也许，我本该多在意一些，然后抵抗斗争。

一个小孩接了我的电话，话筒里传来放电话的嚓嚓声，我听到小孩尖声喊道：“爸爸，爸爸。”

听着房子里低沉的笨重脚步声，我向花园方向走去，即使树顶之上，风在呼啸，但感觉起来并不是那么强烈。

“你好，小孩很淘气，抱歉。我是弗瑞德·劳斯。”

“你好，弗瑞德·劳斯。”我说道，然而我说话的声音并没有像我希望的那样传得很远。

“莉齐！”

我们互相问了三次对方过得怎么样，以此来化解说话的尴尬，最后，我机智地说道：“你有孩子了！”接着他结结巴巴地和我说起他跟佩妮的事情，听得出，现在他的口吃比以往更明显了。三年前，他们在图书馆相遇，她是个研究生，“各方面都很优秀，就是年龄稍微有点小，但这丝毫不影响”。我可以看到他说话的同时，手指在空中舞动着，扎克肯定认为这太浮夸了，但我觉得这很让人快意。我也已经忘记他是怎么让我有如此感受的：年轻，充满希望，充满各种可能性。

“天哪，听到你的声音真是太美妙了。”我说。

“我一直遐想着你可以来我的婚礼，我们发给你请柬，但是我相当能理解你为什么没有出席，对你来说，拖着身体过来路途太遥远了。”

“请柬？有吗？多棒啊，但我从未收到过。”

“该死的邮政，我知道我本该打电话过去，后续跟进一下，不过，我真的没打电话吗？我真的没留口信吗？”

“天哪，弗瑞德，不，”荚蒾花里传来沙沙的声音。我能辨认出那是霍华德深色的样子，在咀嚼着草，它警觉地抬起头，一阵风吹过，我手臂突然间感觉很冷。“我真的没有收到。”

“该死。”

“如果我收到请柬的话，我一定会去的，很抱歉我没能参加婚礼。”

“操蛋。”

我咯咯笑了。他发誓时的滑稽模样我都快忘了，有点出人意料。“都为人父母了，还会说‘该死’‘操蛋’啊？”

“会偷偷说。”

我又笑了，霍华德冲进荚蒾花探寻去了。

“有孩子了吗，莉齐？”他问道。

“没有。”因为听上去太干脆，我又补了一句，“目前还没有。”

“冒昧问一句，有男朋友吗？”

“呃……弗瑞德……”我倚向花园里的台桌，把我的手浸在落满雨滴的金属盖里，解释道，是的，我确实遇到了他，也确实结婚了，不过是很小的婚礼。让人难过的是，他发生了车祸。弗瑞德试图开口说些类似于“多么让人伤心，我可怜的莉齐，如果可以，他会……”的话。但我一直在讲，因为我想讲完它，我有点发抖，讲出的最后一句话是：“我以为你小时候认识他。”

“哦，莉齐，对不起，希望我以前听到过。叫什么名字？”

“扎克，扎克·霍普金斯。”

片刻后。“杰克？”

“扎克。”

“哦哦哦，我当然知道你说的是谁啦。”

我一直屏住呼吸，突然间松了一口气，吐出一句：“唔，太好了。”

“他住乡下，小地方的人。”我等着弗瑞德回归他前面的询问，以一种肯定的口气说“他是个好男人”，但是没有，他的声音听起来很勉强。

“我觉得他的童年过得很艰难。他父亲对他母亲简直是难以想象的残暴。”我说。

“是吗？我不是很了解他，你知道的，对我而言，他就只是附近的一个人而已。”弗瑞德的口气听起来很不确定。

“再问个唐突问题：你对齐妮娅这个名字有印象吗？”

“齐妮娅？我不认识他的朋友。”他沉默了一会儿。

“你还和学校的其他人保持联系吗？比如谁可能知道的，或者我还应该告诉的人……”我说。

“没有，没有，我想没有。”

从他的话音里透露出不可更改的意味，让人感到冷漠，我不由得颤栗起来。斑驳的云朵穿越天空，我在桌子上擦拭着手掌跟，舀雨水洒到地面上，然后我回到屋子里。当我和弗瑞德感觉到生分和尴尬之时，我开始打扫厨房，之后聊得稍微多了点，约定好不能再这么让时光匆匆流过，要一直保持联系，随后，我便挂上了电话。

之后，怀着懊悔和羞怯的心情，我收拾了厨房。我把报纸放进要回收的包里，合上针线篮，然后清洗盘子，清空冰箱，还仔细地把它给擦干净了，并检查了冰箱的角落里溢出的牛奶有没有过期。扎克最讨厌馊牛奶的味道了，以前老说馊牛奶污染了空气，然后渗透到毛孔里。我把胡萝卜干净地堆到原来的地方。

# 扎克

## 2011年3月

她今晚又回来迟了，我早早地喝起酒来。

大多数时候我跟着她去学校，我一般都是守在外面，待在树下。我看着她拉上图书馆窗户上的帘子，休息时带着孩子们去草地上。我喜欢知道她精确的位置，托着她的脸，感受微微一笑，定格在我的记忆里。

以前对波莉也是这样的感觉。我觉得她在对我撒谎，我一直不相信她和新老师安格斯的关系，我看到她经过门口的时候都会朝他投以笑容，他那一小撮红头发简直愚蠢至极，和粉红色的脸颊一点都不搭。而她老会说："他只是一个小孩而已。"她自以为比我聪明，真让我受不了。学校里有那么多门窗紧闭的房间，我忍不住想象，他把她推上墙壁，她两腿缠绕在他腰间。如果被我逮到我要杀了他。但这段时间我还比较冷静，因为到目前为止，她说的话都得到了印证。她昨天确实送那个穿着拖鞋来学校的男孩去了伯爵运动场，她也确实和那个漂亮的冰岛代表去滑铁卢参加了会议。一旦出现纰漏，她知道我不会原谅她。这是我们之间进行的一场游戏，依我看，她乐在其中。

今晚，她要帮着佩吉哄宝宝入睡，我很想不通，为什么还会有人需要这种帮助？你把他们丢在婴儿床上，然后扔个球给他们玩，这样不就完事了吗？我站在那个造作的月桂树装饰品后面，俯视地下厨房。佩吉正坐在厨房的餐桌旁，浏览着杂志，莉齐坐在沙发上给宝宝读故事，灯光照到她那热情、充满爱意的脸上时，我几乎激动得喘不过气来。她从脏兮兮小孩那里看到了一些我察觉不到的东西。佩吉嘛，她纵情欢乐，自然而然，我每次看到她都会说，她看起来好性感，真是一个可口的妈咪，我想给她一个拥抱（但她似乎没腰）。

周末，我和罗布去南丁格尔（或者格尔，因为罗布喜欢这样亲切地叫它，好吸引女孩们前往）喝酒。他就是这样一个马屁精，我能看得出，他想要莉齐。他努力讨好我，以为这样一来，我就注意不到他好色的眼神。他掌控不好一夫一妻的状态。比约翰·史密斯稍微高强一点。他告诉我说，他很享受在班级聚会上和其他学校的人打情骂俏。我“表扬”他：“你个下贱小人，真是。”为此，他也确实沾沾自喜。他对着吧台上的镜子看眼睛，抹平眉毛，丝毫未曾察觉我心里对他的轻蔑，如果我知道佩吉不是为了钱和他结婚的话，我会替她感到惋惜。我的人都不忠诚，都太没有品位了，人类想象力的匮乏从来不会让我吃惊，他们都是平庸之辈。

我在想，该怎样和莉齐分享这个消息，该什么时候丢下这枚炸弹。当然了，她会在电话里跟佩吉直接讲明，就像佩吉老说的，她们会把一切都告诉对方。这是场权力游戏，每一个只有她们自己才会懂的笑话，每一个关怀的拥抱，这都在暗示我，莉齐会选佩吉而不是我。就像每一句调情的话，每一次手指掠过我的身体，都传达着隐秘的信息——我们都知道，如果可以的话，我宁愿和她在一起。而在她心里，母亲排名第一，所有男人都靠后站。佩吉永远不会想到，我宁愿往自己的眼睛里插别针，也不愿出卖莉齐。看到这样的场景让我发笑，佩吉自以为她什么都知道。距离真相多远，到底有多远，事实是，就是这么远。

我不藏着掖着，罗布的这个消息可派大用场。平时他们总一副居高临下的样子，这个消息起码可以慰藉我的一些小刺痛。这消息会毁了佩吉，当然也会毁了莉齐。我会好好保密，需要的时候再用它，耐心等待时机：如此一来，它才会发挥出它该有的价值。如果快速地引燃导火线，你也会因为离得太近而欣赏不到烟火的壮丽。

我已经检查过了楼上楼下所有的一切，房子里井然有序，表面看起来很清晰，灯座也都在一条线上，我将莉齐所有的书都按字母排上了序号。几个月前发生了一场灾祸，她竟然没有告诉我一声，就找人把前门给粉刷成了红色，不过现在已经换掉了，她因为沮丧而哭得很伤心，说道："我放弃了，我做不到，你选吧，我的品位太蹩脚了。"

不是她品位的问题，是红色本身的问题，对于红色，我已经颇为不悦了。现在它在我的心底燃烧、变化，让我心烦意乱，使我的神经处于紧绷状态。我和她之间关于水壶的较量持续进行中，她喜欢水壶离水槽近一点，但蒸汽使新油漆开始起皱，于是我动了动它，结果她又把它给移回去了，我以为她在逗我，她不可能那么愚蠢。不过只要我最终获胜就好了。

她马上就回到家了，我和狗儿等待着。它的头靠在我的脚上，它知道我讨厌它。它慢慢喜欢上了我，真让人不舒服。它像一条消瘦的猎犬，它的命在我的手上。我做过研究，鸡骨头是最简便的方法，一个尖片会留在动物的喉咙里、食管里，或者是体内的器官里。肠上的一个刺痕会导致腹膜炎，甚至是死亡。要不然就是麻醉剂、毒品，如果我能有的话，也是个不错的选择。

我轻抚它脖子后面。她爱它，虽然我很不情愿承认这一点，不过，就是这一点让它还活着。

我已经加大了阿普唑仑的剂量，试着减小网上购买的曲马多剂量。我正在寻找药物，那种可以让我的神经不再紧张，让我的心脏不再因害怕而紧张跳动的药物，不过还没找到。

今天早上我第一个起床，我喜欢抢在莉齐之前去拿邮件。今天有一个厚实的白色信封是寄给她的，我撕开信封，在浴室里锁上门看了内容，原来是婚礼邀请函，里面写着：弗瑞德里克·帕西沃·劳斯先生和佩妮洛浦·奥利维亚·德·比尤乌女士。好好好，谁能想到他竟然也找到跟他同床共枕的人了。我把信放进我的包里带到工作室来了。硬硬的卡片，凸出的佩尔佩图阿斜体字，透着自大的意味，让我浑身不舒服。我在工作室的厨房里给它泼上了沸水，用洗刷器把上面的文字擦得一干二净。

# 第13章 莉 齐

站在旺德尔学院，跃入眼前的是铁道桥的另一边，一个改装过的蜡烛工厂，里面堆着淡黄色砖块，布满脚手架（一片为六年级学生准备的校区正在建造之中）。如果说旺兹沃斯监狱是邪恶和腐败的象征，那学校的正面，闪闪发光的窗户便是希望的化身。

周一早上，我和霍华德走向学校，被一连串穿着旺德尔校服，骑着自行车或小型摩托车的孩子们席卷而过。我穿着自己学校的制服——靴子、紧身裤和耐穿衬衫，这一身也是为了能及时到学校，出门前努力打造的。我很心烦，不情愿把心思放在工作中那些琐屑却又不得不做的小事上。我本该打电话说我生病了，要不是因为去年请了那么多假，我早就这样做了。

学校没有正式的教员室，这是它创立的理念之一：学生和老师没有界限。但是，楼下有个小厨房，在艺术教室和办公室之间有一条走廊，老师往往都是在那聚集的。当简叫我的时候，我加快了脚步，希望悄悄地走上楼。

我短暂地停留了一会儿。

“要喝速溶咖啡吗？”她说道。

“我也不确定……”

“来一杯吧。”她拉我进厨房，山姆·维尔汉姆正靠在柜台上，我们的打招呼略显尴尬，他让霍华德紧张不安起来。简按下水壶开关，清洗了一些带有手柄的大杯子。

周末过后，我问她干了什么——她去了索尔福德看望公公婆婆，她回忆了她去看的那部电影里的细节，是一部有关腐败航空飞行员的恐怖片，影片太棒了，她一直在回想。山姆伸伸懒腰，在胸前有规律地打响手指，说：“听起来很有趣。”他又打起呵欠来，应该算是半呵欠，说，“你想改天去看看吗？”

简在他后面睁大眼睛，静静地指挥着，让我点头同意。看在上帝的分上，我从她的眼睛读出：就只是部电影而已，我又不是叫你去跟他结婚。可是我是如此的恐慌，我不知道自己该怎么办，我能感觉我的脸在变红，冰箱也发出令人惊恐的响声。

“我不知该怎么说好。”我咕哝道，“我不大喜欢看电影”。

“别放心上了，那就下次吧。”山姆咧着嘴笑。我知道他这个人不错，皱皱的脸，头发修剪得整整齐齐，干巴巴的淡褐色眼睛，外表很粗糙，粗糙到你会以为他是19世纪70年代情景喜剧里的男人。对于他，没什么可让我害怕和感到危机。如果他两周前问我，我没准会同意，但现在，这个想法太不可思议了。

我已经不打算喝咖啡了。当走到楼梯一半时，我碰到了班主任桑德拉，她下楼时高跟鞋啪嗒啪嗒地响。“莉齐，我还准备发邮件给你呢，但现在正好遇见了……教育局会随时派遣指导员来视察，所以……”说着便看向霍华德，“把狗放在家里差不多一个礼拜，可以做到吗？”

“当然可以。”

霍华德摇晃着尾巴，在新粉刷的白墙上留下了印记。

“不过今天不影响。”她走下去时回头说了一句，“他们要到明天才会来，他们给我一天的时间通知下去。”

我继续爬楼梯，尽量保持镇静，我可以把霍华德放在家里，但一天太漫长了，我知道我一直将它带在身边是很幸运，这个习惯开始于某个盛大节庆日里，我很感激一位特殊助理，因为她注意到霍华德对孩子们注意力不集中和感官问题很有帮助作用，所以狗狗在学校就有了待的地方，还配备了地毯。我绞尽脑汁，我想我可以问一问佩吉，让她帮帮我，我会尽快地打电话给她。

上了楼，学生不在，学校显得安静、整洁。他们随时可能到来，涌满走廊，大声喊叫。个子较高的男生跳将起来去触摸天花板，似乎不用助跑也能够着。我打开图书馆的门，走进黑暗的房间，摸索了好一会儿才开了灯，拉开了窗帘。窗外，一片灰白、空旷的景象——空地四周长着树木，我仔细看了中间的空地和树木下的阴影处。没有人影。

桌子旁的一大盒子书等着我去盖章，密封，贴上安全标签，编目分类。我坐下来，盯着这些书，这些工作都等着我做，一成不变，而这连续的一系列活动我只要用一半的脑子就可以做好。霍华德蜷缩在角落的篮子里，这个礼拜它精神不太好，但是它还是安静地躺在那，哪怕它平时不这样。

在铃声响起，学生们陆续离校之前，我还有时间打电话给佩吉，留个口信给她。我开始工作了，我打开包裹，挑选出新书。我正在引进一个简化的编目系统（英国大多数博物馆使用的杜威分类法比较复杂，尤其是对那些可能不太理解小数的孩子们来说）。我挑选出新书，看了看邮箱，一个妈妈在跟我抱怨，因为我给她的女儿推荐了本图画书。她的实际年龄虽然只有十二岁，但阅读年龄已经十六点八岁了。帕特里克·奈斯的《恶魔呼唤》是一本有关疾病、悲伤、不幸的小说。吉姆·凯的插图很出彩。她可能还太小了，不能读这本书。我在下面开始回复，但最后我只说了很抱歉，告诉她，让她带着女儿去挑些其他的看看。会来咨询的总是一些中产阶级的父母，他们也只是需要安抚。

在休息之前，我的阅读小组掌管功课，我们在读马库斯·苏萨克的《偷书贼》。康纳没穿袜子，西装口袋又开线了。过一会儿，我会找机会从他那儿拿到衣服，带回家，修补好。

午饭时间，天空开始下起毛毛细雨，单调阴沉的雨拦住了孩子们回家的路，他们只能待在拱门下，门廊里。一群七年级的女孩，赶着来看有没有什么可以帮上忙的。明年，书的反面会被粘上口香糖，社会科学书上也会被写上秘密的话，但现在她们很纯真，很乐于助人。其中，埃莉和格蕾斯·塞缪尔在桌子旁徘徊，埃莉拿着一个用蓝色鸟儿的纸包着的方形包裹，说："这是我妈妈给的。"

我小心地拆开它，里面是本书，书名叫《人过花开》，正面有一个回形针夹住的便条，写着：我看过这本书，我希望会有帮助，附上最好的祝愿，苏。

我谢过女孩们，告诉她们晚上的时候我会写信给她们的妈妈。"你们是多么的善良。"我说道，想着刚刚丧失亲人的人反倒经常要费尽心思去关照他人的情绪。

我一个人待着的时候会随手翻页，自从佩吉去年给我同样的书之后，我慢慢意识到和她之间越来越疏远。第一次看的时候，每一章节都让我大为恼火，作者怎么会知晓我的感受？就连那种字体都显得那样的伪善。

现在我感觉，我已经脱离了书的内容，就好像一个导游去了一个虚构的国家，而这个国家根本不存在，只活在他们的脑子里。

“你有时间去俱乐部的，对吧？”

简等在前门，待我要离开的时候拦住了我。

“不见得，我拿了康纳·贝克的外套要去缝补。”说着我打开纸袋给她看。

“你可以之后再补。”她说。说着就顺手牵起霍华德，狗绳从我的手中滑走，落到她的手臂上。

“不，老实说，不是这样的，我确实没时间。”

“你有，我很确定你有。来吧，帕特被她丈夫遗弃了，她需要振作起来，我们要团结一致，互相支持。”

她满怀期望地看着我，正当我要抗议的时候，她打断了我：“你总该要答应山姆了吧，莉齐，都一年了，你也不能一辈子都藏着吧。”

我的内心慢慢起了变化，也越来越坚强。她不知道我这礼拜发现了什么，或者我在藏着什么，没有藏什么。我没有告诉她我去了布赖顿，也就是去看望了奥妮。她不应该把我和山姆搅和在一起，我跟他之间根本不可能。

“十分钟，有什么大碍吗？”她拉着我说。

她是我的朋友，相处最久的朋友，我知道她爱扎克。我的心头洋溢起对往事的怀念之情，那时候一切都很简单，那时候我知道最纯粹的自己是什么样的。

“那就十分钟吧。”我说。

在路的尽头，有另一个名叫鸟语林的不正式教员室——一个老式的俱乐部，地区的中产阶级化被保留下来了，里面有木头椅子，漩涡形的地毯，菜油的甜香和溢出的啤酒。大多数的晚上，一群旺德尔老师都会待在那里。不过，自从我加入他们，也有好长时间了。

帕特在后面的一个大桌子上好像开庭的模样，摇动着手中的一品脱啤酒，她半站着，大喊道：“莉齐，你以为你已经够不幸了吗？至少你的丈夫没有抛弃你，至少他没有和一个差不多小你年纪一半的女人私奔。”

“这倒是真的，至少他没有那样做。”

我不假思索地在第一张空椅子上坐了下来，坐我旁边的那个人清了清喉咙，我转头一看，原来是山姆。“死亡还是离婚，”他轻声地说，“很棘手的选择，不过，很明显你得到了更好的交易。”

“就像你看到的。”我说。

简去拿喝的了，我为找话说而伤神。现在我在这里，我必须要坚强。我记得他好像住在杜丁广场的另一边，也就是我前几天遛狗的地方。我们友好而又快意地谈论着周四晚上的暴雪，两人都努力活跃气氛，斯特里特姆高速路旁的树倒了，所有的公交车都转向了，瓦片也从山姆的房顶脱落。但幸运的是，楼里的新房客正好有个梯子。我告诉他，我的院子现在一团糟。

简拿了几个杯子和一瓶葡萄酒过来，在我的另一边坐下了，加入了我们的谈话。桌子的另一端，几个人在安慰帕特，我们则开始聊期中假见闻。简把身体稍稍往前一探，告诉山姆和教英语的佩妮我遇见了他们最讨厌的人，一堆人闹着要听细节。我便跟他们讲了我的崖燕屋之行，墨菲走路没有声音的“得力干将”和表情、动作夸张的墨菲本人。简讲了墨菲做的一个有关教育“三事实——事实、事实、事实”的重要演讲，大家都愤愤地发出了嘘声。“还有他老婆维多利亚·墨菲。”佩妮接着说道，“有没有看她在《旁观者》上的专栏？她大赞婚姻的圣洁，对同性恋深恶痛绝。她说孩子的成长环境应该安全，爸爸妈妈得起好的榜样作用。真是个极端分子。”

“就只因为我是一个脑子里有一些对他具有挑战性想法的成熟女人。”帕特插话进来，“他应付不了。哦，不。”

山姆的手靠在我的椅子后背上，简又给我新添了酒，酒温暖着我的血管，滑过我的脖颈，谈话在我周围激情地上演。我听见自己的笑声，我和他们聊着天，我们在房间的最后面，离窗户只有几步之遥，离门最远。俱乐部里挤满人，人们站着等在吧台旁。要是你不仔细观察的话，就发现不了我坐在那，隐匿在那。你要穿越人海才能找到我。

低下头，我在想，到底会造成什么伤害？只不过稍微偏离了生活轨道而已，根本没必要想太多。

后口袋里电话响了，是佩吉打来的，我仰到椅背上，好听见她的声音。她整天都和发了疯一样，真让人觉得羞愧。不过她明天不能带霍华德了，她要和朋友去吃午饭，而且百分之一百一确定他们的小女儿对狗过敏。

“那没关系，不用担心，真没什么，谢谢你还回电话来表示关心。”我说。

“你妹妹真自私，你以为她会为你不辞辛劳一次。”我的椅子突然倒了，似乎隐约听见扎克响亮的声音，就好像他就蹲在我旁边，“你为她付出了一切。”他站在背后支持我，他一直都是这样，总是发自心底地维护我的利益，而我到底在干什么，竟然认为他不在了，我就可以得到解脱，可以遗忘那一切？

我一仰脖把杯里的酒喝掉，牵起霍华德，拿上我的东西就走。

我想到上次来这儿的时候，扎克就等候在外面，他还说："我以为我会让你很惊喜，不过都一把年纪了，你还瞎折腾什么呢？"

"就喝喝酒咯。"

"喝了多少？"

声音里满含关怀，又有点惊慌。我知道，他忍受不了别人喝酒，他父亲以前伤害他的记忆折磨着他。

"也没多少。你该来和我们一起玩。"

"我不想毁了你们的美妙夜晚。"

我吻了他的脸："你不用这样的。下次我们一起去俱乐部。走了。"

"那就下次吧。"他回吻了我，"别走嘛。"

我向在场的人道别。我亲帕特的时候，她抱住我，试图留住我，我扭动身体想挣脱。我现在很着急，我想尽快离开这个地方。我胃很疼，就像得了流感，也像食物中毒一样抽搐。我就像没事人一样一直坐在这儿，背叛让人无法忍受。他会以为我已经忘了，而且也根本不放在心上。

外面，雨仍在下——伦敦郊区，湿润的平缓溪流显得很突兀，俱乐部的雨棚在滴水。曾经也有过一个像这样独特的夜晚，扎克跟着我到博林布鲁克格罗夫，把我按到灯柱上，他把手伸进我的无袖连衣裙里，扯掉了内衣，我试着推开他，他的手指在乳头上抚摸着，嘴巴狠狠地吻着我的脖子。但，我之前心里的震惊、狂怒都在慢慢流逝，扭转，骤然熄灭，变成了其他情感。我回吻他，抽出手摸他的头发，裸露的皮肤感受到了雨的魅力。

很难承认的一个事实就是，我喜欢他的痴迷，陶醉于他占有的欲望。我希望这欲望一直持续下去，他的嫉妒心让我有被爱和被需要的感觉。

“这天气真让人讨厌，你都淋湿了。”身后传来一个声音。

我转过身。是山姆。心中腾起一股怒气，他一定是跟着我出来了。他呵呵笑了几声，有些尴尬的意味。我深吸了一口气。他离我太近了，我闻到了肥皂、铅笔刨花和啤酒的味道。

“我没事的。”我说得很干脆。

“来吧，到我伞下来。让我帮你，你拿的东西太多了。”

“嗯，好吧。”

“这是什么？要送去干洗的吗？”

“呃……是康纳・贝克的衣服，我拿回去补补。”我有些慌乱。

“走吧，我送你回去。”

今晚这已是我的手臂第二次被人挽了，我是不情愿的。这不是我的错，我控制不了。我不想待在那，但我不知道该怎么逃脱。我把头埋在伞里，这样就没人会看到我的脸了。所有的这些人，包括山姆、简、帕特，他们都阻挡着我，不让我沉浸于过去。要脱身于一个从最开始就不是我能控制的境况，我感到有些不适，也有点畏惧。我喜欢这样，但是扎克一直要我反抗。我和别人相处，他们说什么我做什么，而不是做我自己想做的。“要维护自己的权利。”他以前坚持这一点。现在他在等我那样做吗？

“可怜的帕特。”山姆边说边绕开脚下的水坑，“她现在处于孤独低潮期，对吗？”

“嗯，是的。”我不愿多说。

“感觉她社交和情感上好像都有些失控。我跟我妻子分开的时候也那样。动不动就跟人倾诉。有些甚至是刚认识的人。真的是一种难以忍受的痛，全部的心思都在那上面。听众呢？即使是你最要好的朋友，对你们分手的细节也没什么兴趣。”

我小声地问他是不是离婚很长时间了，他说，四年了，准确说来，应该是五年。

“离婚也不错。”我瞥了瞥身后，只有人行道，并没有人跟着。

“好在哪呢？”

“因为你不会记得。”

“这是你从一个好的方面来看的。”

我们走到博林布鲁克小树林，穿过广场的小道，小道在低矮的灯光下闪耀，山姆住在位于相反方向的斯特里特姆。我想我现在终于可以摆脱他了，但他仍然抓着我的手臂，手指紧抓着我的胳膊肘。他送我到广场的路上，我让他不要再走近了，已经离得够近了，但他却说，他想看到我恢复正常的状态。

黑暗的大风天，我不知道在俱乐部待了多久，看了下手表，8点，好长时间了，感觉不出到底是在下雨还是树上被风刮落的水落到身上。我飞快地扫了一眼周围，在一段空广场上，足球柱就像哨兵般挺立。牵着一只黑色拉布拉多犬的女人走来，从我们身边经过，两个骑自行车的小孩在前面遥遥领先。山姆尽力打破沉默，逗我笑，他讲道，有一个男孩每次上课之前都会把正在嚼的口香糖粘在耳朵后，然后说：“我以后再吃，老师。”他把伞撑得给人一种校长的感觉，走得相当威严。

“你都淋湿了。”我说。

他用手擦了擦头，说：“头发少有个好处，干得快，像鸭子一样。”

“鸭子的毛干得快但不难看，你现在这个样子，对鸭子有点不公平。”

他哈哈笑了。

铁路的另一边，我们碰上了从车站回家的上班族，水滴进男人们的西装里，女人们的嗒嗒高跟鞋里。他们一股脑涌过来，就像汽车通过交通灯一样，我看着一张张闪过的脸。雨已经变小了——你得看向橘黄色的街灯，才能判断出有没有在下雨。

多尔科特路拐角，我们在等绿灯。我前面已松掉了霍华德的狗绳，但它还是待在我身边。现在，它躺了下来，把头放在了我的脚背上。

“乖乖，你还好吧？”山姆对它说，弯腰下去摸它的脖子。他又对我说：“它有点不舒服，是吗？”

“是的，肯定吃坏肚子了，我要带它回家了。”

“听着，如果我先前有让你尴尬的地方，我很抱歉，是简让我那么做的。如果你真的不想跟我‘去看电影’，我也理解的。”山姆轻触我的手臂，还在我胳膊上停留了一会儿。

我转过脸，想缩回手。扎克过去总会嘲笑我要当个世界环游者，如果我去小河另一边的超市买东西的话，他就会说：“哟，今天不走更远了？我们的世界环游者不敢去哈默史密斯了？”

“我不想你觉得我是在纠缠你。如果你以后想出去喝酒，那我会陪着你。如果不想，那也很好，但我不会孤注一掷。呃，我就是……”

我不能自已，他的样子真的很滑稽，满怀希望，又自惭形秽，我不由哈哈一笑。

“伞你拿着吧。”

“不用。我没事的。”

我们拉扯了一会儿，他没有多加阻拦，我很轻易地就离开了。要拐弯的时候，为了防止之前太粗鲁，我就转头挥了挥手，但他已经走了。

房子里漆黑一片，我走进去，打开了门厅的灯，设计很经典。

扎克说他刚买回来的时候，样子有点像洋百合，在墙的映衬下还有个手型图案，我放下包，拿起邮件——有一个给扎克的扬声器产品目录。

突然，从楼上传来冲马桶的声音。

更诡异的是，浴室的门开了，一片方形的灯光照到地面。

霍华德狂吠。一次。两次。它颈背的毛竖起来了。

一个黑影。是个人。他/她的影子被栏杆遮挡成一道道纹。那人向我走来，越来越近。我感觉房子要塌陷了。楼梯的顶端在颤动。

我几乎喘不过气来，脑子在旋转。

“你回来啦。”奥妮说。

我渐渐看清楚了。她走到楼梯的中间位置了，手扶着栏杆。“我没想到你会回来得这么晚。”

我盯着她，她穿着破洞牛仔裤和长袖T恤，脚露在外面。我好不容易才说出：“奥妮，你怎么进来的？”

“你上礼拜借我钥匙的时候，我配了一把。”

“你竟然配了我的钥匙？！”

“又没什么关系，不是吗？”她笑着咬起嘴唇说。

“你配我的钥匙？”我感到很震惊，这也太让人心烦了，但我只能这样回应，其实心里寒了一下。

“我觉得很合乎情理啊，只是为了以防万一而已。事实证明我做对了，因为你这么晚才回来，我以为你会比这早得多呢。”她说道，还帮我脱下外套，用手理理顺。

“我不知道你要来，还等你的电话呢，我们事先都没约定好。说实话，我很介意钥匙的事，你真的不该问都不问，就直接这样做，太冒失了。”我说，顺势挣脱了她。

“是吗？该死，真不好意思，我妈妈总是会给建筑工人、清洁人员和来花园的人额外的钥匙。我上礼拜本该跟你说一声的，但我妈妈来接我，我就忘记了。你说过你的备用钥匙没了，我打算把它给你的，我还以为我帮上忙了呢。”她走过来，脸红着说。

“我知道了。”

她把我的外套挂在栏杆上，说：“那是没关系了吗？还是你依旧这么容易动怒？”

我无力地笑了笑，从她身边走过去进入厨房，拿水和食物给霍华德吃，而它只嗅了嗅，然后就蜷缩在它自己的地盘上了，还弄出了点动静来。我尽力回忆和奥妮之间，关于留在这里的最后讲话内容。我很确定我没说过她可以来，但是也太模糊了，我记不清了。这种事以往都是扎克经手的，我不擅长表达出我想说的话，所以别人都可以欺负我、无视我。

“听着，你不能待这，如果我给了你错误的暗示，那我感到很抱歉，这段时间对我来说很艰难。”我说。

“什么？但是你说过我可以的。”她已经走到我身边了，浓浓的眼线脏兮兮地耷拉在眼皮上，眼睛看起来大了不少，眼白显得特别突出，就好像眼含泪水。

“我根本没说过。”

“可你在脸书上加我好友了啊！”

“那是因为……”我欲言又止，“不好意思。”

她皱了皱鼻子，用手做了个绝望的姿势，说：“但我告诉我妈我在这里，这是她让我去做谢尔比品克之类事情的唯一理由。”

她看着她摊开的手掌，我知道她不敢看我的眼睛，因为她在撒谎。对我来说，事情也太复杂了。如果我不考虑齐妮娅的话，我会让她立即打包行李走人。我双手穿过头发，试图让自己镇定。“我们喝杯咖啡吧。”我说。“既然你已经在这了。”

我转身拿起水壶，水壶不应该放在这里的，它被人从架子下给移到了冰箱旁，以前扎克很喜欢那个地方，现在放的地方让我不寒而栗。“你把水壶移了个地方。”

“不，我没有。”

“呵，你看。”说着我手指向水壶在的地方。

“之前不是在那儿吗？”她说着身体滑向桌旁的椅子上。

“不是。”

她轻微地皱了皱眉，说：“好吧，我可能想也没想就那样做了，但放在冰箱旁更合适，不是吗？”

“您是有品位的人。”我刻薄地说，不过刚说完就有点后悔了，笑了两声，又继续说，“不像我，扎克以前就老说我把家具和东西都放错位置了，他说我天生没有格调。”

她双手交叉胸前，坐在那边，似乎在等着我做决定。

“你前几天给我的书按字母编序了吗？”我突然问。

“是啊，我编了。”她抬头看着我说，“还好吗？还是那样也冒犯到你了？”

她比我想象的要机敏得多，或者说对蔑视很敏感。扎克也这样。

我跟他说过他太能想象了，他就盯着这个说法不放，甚至忘了我所犯的大错——和学校的一个老师调情。“这也是我想象出来的吗？”我挣脱他怀抱时他问道。“这还是我想象出来的？”他边说边拂去我的眼泪。

我咬着嘴唇。一定是水壶让我又那样的。

“不，你费心了。”我说。

我泡了一壶茶，打开冰箱看了看有什么可以吃的，在厨房里慢悠悠地晃，好慢慢想。我发现了一条面包和一些起司，然后把它们放到盘子里，端到桌子上。我倒了两杯茶。

“你多少岁？”奥妮突然问。

“四十一。”

“你比扎克要大吗？”

“没有。”

“他看起来更年轻，你觉得他比你显小吗？”我能感觉到，她的眼睛在我身上打量。

“没有。”我弯下腰去摸摸狗。

“你们相遇的时候，你已经老得生不出孩子了吗？”

“不是，”我又说了一遍，手扯了扯衣服，我希望她没有看到我发红的脸，“你想吃点东西吗？”

“不用。”

“女孩总是要吃点东西的。”我轻声地说，在她的对面坐下。我觉得她不是非要这么粗鲁的，她不太会替人着想，有些话说得很不得体，但是也许她只是想聊聊天。我切了两块面包，放一个在面前的盘子里：“那么跟我讲讲谢尔比品克吧。”

她摇了摇头发说：“超多人想当实习医生，他们从上百个人中挑选出我，自从……以后，这是我遇到的唯一的好事了。”

“自从什么时候？”

她看向远方，说：“自从我被瑞士淑女学堂开除后。”

“淑女学堂不错，你应该为你自己感到骄傲。”我把起司往她面前推了推。

她看都没看，茶也没喝。“把那个告诉我的父母吧，我就是这么让他们失望，他们只对我的哥哥汤姆上心，他在牛津上学，而我都没考进切尔滕纳姆女子学院。我在学校也不参加任何的球队，我只参加过一个比赛，结果他们都懒得来看。”

发泄完了，她慢慢地深呼吸着，食指摩挲着眉毛，就像一个笨拙的小孩面对杂乱时无奈的样子。

“他们都很忙，要工作还要忙其他的，但这并不代表他们不以你为傲。”我说。

奥妮翻了一下白眼，说：“他们觉得我是个傻子，因为我阅读有障碍，然后我考试就考得很差，不过我一次性通过了驾照考试，理论和实践都是一次过，我根本不傻。”

“你都拿到了那份实习工作！”

她搓动着双手，殷切地看着我。“我可以在这儿住吗？至少今晚？拜托。”

我掰了块面包，蘸着起司吃了。我打算让她留下来。其他的想法也不大可能，天太晚了，加上外面下着雨，我也没有发现齐妮娅的身影，而且她看起来好可怜，孤零零地坐那儿，没有足够的能力应付生活，从积极反抗到逐渐妥协，令人心生怜悯。我不能像别人一样将她拒之门外。

“你今晚可以待这。”我说。

我以为她会跳起来，说“好哇，太好了”，稍微表现得开心一些，但她只是很小心地点了点头，说了一句：“嗯，那就好。”

我心一紧。“你能联系上齐妮娅吗？你帮我问问她，是否有空跟我聊聊？”

她眼睛斜了一下，抬起下巴说：“不能，不过我会尽力的。我明天就找她的号码，行吧？”

我仔细地看着她，就像她曾看我那样。

“她怎么认识扎克的？”

奥妮伸了伸懒腰。“在康沃尔认识的。”

“那你又是怎么认识她的？”

“通过身边的人啊。”

“这些人是你朋友吗？跟你差不多大？还是比你大？”

“差不多大。”

我尽力挤出一丝笑容，说：“你还要跟我多讲一些吗？”

她慢慢地闭上眼睛又睁开，我心思都放在齐妮娅的鲜花上。我觉得有很大的可能性，就是他有外遇了。奥妮握响指关节，一个接着一个。

“如果我让你尴尬了，我很抱歉。”我说。

“你对扎克忠诚吗？”她平静地问道。

我感觉体内有什么东西被猛地一拽，陡然坠落。“是的，我很忠诚。”

“因为你爱他？”

“是的。”边说心里边想着：她这是在以她笨拙的方式暗示我，扎克并不爱我吗？

她歪了歪头，说：“那今天晚上的那个男人是谁？”

我很不解地看着她：“什么男人？”

“和你在广场上的那个男人，我看到你了。”

我笑了笑，心里吓了一跳。“只是学校里的同事。大家一块儿出去喝个酒而已。”

“那他不是你的新男友咯？”

“山姆·维尔汉姆？不！他才不是我的新男友，他只是送我回家，他住在街角。”

我站起来把盘子收拾掉，自己的放入洗碗机里，刮掉她盘子里的食物，倒到垃圾箱内，收起圆筒形有柄大杯，把她杯里剩下的冷茶倒入水池里。不过我手有点发抖——有关齐妮娅的暗示和她问的关于扎克的问题都让我很紧张，不小心把茶滴到了地板上。

我听见奥妮站起来，之后便打开橱柜，里面有厨用纸巾，她拆开一包，拿了两张，然后用手蹭了蹭我的肩膀，示意我让开。她弯下腰擦掉了洒出的水，然后把厨用手巾放入橱柜里，说：“他不想你看别的男人。”

“他想让我快乐。”我说。

她打开垃圾箱，扔掉了湿纸巾，里面已经满了，磨蹭了一会儿，她才把旧袋子弄出来，旋转合上，然后把垃圾箱放去后门那，最后打开放有备用袋的抽屉，摊开另一个放进去——这一连串的举动显得她多么能干，多么了解我家。她的脸埋在头发里，当她轻弹垃圾桶时，紧紧抿住了嘴巴。

“他不想你快乐，没有他你也不会快乐，你自己知道这一点，你知道他是什么样的。”

# 扎克

## 2011年5月

我在康沃尔，莉齐说她周五会过来找我，还说：“多点时间一个人待着对你有好处。”我一直在想，她是什么意思呢？为什么我需要一个人待着？还是说她觉得离我远点比较好？我一句一句想，揣度其中的含意。

她总是说戈尔斯是我钟爱之地，太好了，我有个可以安心工作的地方。太讽刺了，我终于找到一个我愿意带来分享这里的人，但她却不愿来。

天气暖和。海面上薄雾笼罩。这几天我在车库里画画，门上了闩，威尼斯产的窗帘也拉上了。起初有阳光倾泻进来，后来我去村里买了遮光胶带把裂缝给贴上了。我在里面完成了五张小画——两张抽象画，再加上《酞青蓝》、《灯影黑》和《锌银白》。我打电话告诉莉齐时，她说“这是一个系列，要卖得一起卖。”

库伦介绍了一个叫约翰·哈维的老朋友给我，他在布里斯托尔开了一间画廊。我给了他名片，他9月份会开一个盛大的画展——水上之光，他离开村庄的时候顺便来看了一下我的作品，我们同路，他说，如果我能在黑色调上进行创作，稍微再涂上点颜色，那他真的会对我展现给他看的东西感兴趣。“真的特别感兴趣。”他说。这话听起来像敷衍之词，也像是承诺。

大多数夜晚，我都会去蓝湖。库伦去柬埔寨度假去了，带回来一行李箱的处方药：“那儿的药房更像糖果店，我玩纸牌赢了一些氧可酮药片，可以用来换安定药。”他说。他可以从纽基见到的美国大学生那里买到安非他命缓释剂，这很不错。吃了这药，我可以工作一整晚。他说，我的气色要比他之前来看我的时候轻松得多。“婚姻生活很适合你。”他说。

昨晚来了个女孩，进来时走路已经有点飘了，她直接坐到了我们桌子上。她说：“我认识你们。”我们好不容易才让她坐好。奥妮，维多利亚和墨菲的女儿，一个住海边的可怜女孩。跟去年相比，她变了很多。去年脸上还有粉刺，穿的是黑色粗麻衣，现在画了眼线，眼圈黑黑的，梳着长发绺。一副二十五岁的模样，实则不超过十六岁。我有些同情她。她告诉我她因网络暴力和喝酒被比达尔学校开除了，爸妈觉得丢尽了面子，便把她一个人扔在了康尔沃。人呐，就那么虚伪。我想跟她讲讲，她几杯酒下肚后便人事不知放浪形骸，游艇俱乐部的男孩子都叫她“托利小浪猫”。可怜的小东西，一个人住在那幢孤零零的房子里，身边就一个来自中欧的交流生看着她，也难怪来了酒馆就那么放纵。

她不能走路，所以我就开车送她回家，我有点超速了，但我放下软车顶，享受在乡间小路上驰骋的兴奋感。卖车的人说：“你会像一个意大利人一样开着它。”油门，离合器，飞离的绿篱，急转弯时的令人不快——所有的一切都充满乐趣。她告诉我，安妮和奥妮差不多意思，是爱尔兰名，念“安雅”，是异教徒的财富和夏季神。去他妈的。“安妮”又可以回学校参加普通中等教育证书考试了。“我他妈肯定通不过，纯粹浪费时间。”

我们在她住处外停了下来，那个互惠生正坐在窗前用手提电脑敲打着什么，显然在焦急地等待她的看护对象——这个在陌生人面前喝得酩酊大醉的野丫头。我探过身去为她开门，“安妮”毫无避闪，仍旧坐在座位上喋喋不休地讲她的考试——年轻人无聊的自我中心主义。（“我学的是两门自然科学，不是三门，真是开玩笑。”）她唯一在意的东西就是艺术，我告诉她：“越努力越强大，什么天赋全是胡说八道，都是胡说。”我回忆起过往的辛酸。

“你觉得我能通过考试吗？我爸爸说我不能。”她问。

“当然了。”

她扑到了我身上，确切地说是骑到了我身上，头靠在我的肩上。

我拿她的画作选集翻了翻，正好借机脱身——这是我能想到的唯一让她下车的方式。

我熬夜完成了莉齐的素描画，一次又一次地修饰着她的眼睛，想要看起来美观。

莉齐打电话过来问我，可不可以礼拜六过来，正好给她时间去照顾一下佩吉的孩子，顺便探望妈妈。可以吗？

我沉默了一会儿，我估计那一会儿她肯定又在胡思乱想。“你还在吗？”她问。

最后的几天过去了，我等着见到她，抚摸她。我已经计算好，大概需要多久她就会进入我的怀抱，就算只迟一点点，我都想拳撞墙壁。

“我想要你尽快来。”我欲言又止。

“你很孤单吗？”她说。

孤单？有库伦和安定药的陪伴，我怎么会孤单？更别提我还和“安妮”有共处的时光呢。孤单不是问题，但乏味的感觉我受不了。她要让我失望了，就像所有其他人一样，我还以为她跟别人不一样呢，不过我还在奢望。

我记得她的例假。“11号，”我说，“正好是你的排卵期，我们抓住机会吧。”

她叹了口气，同意在礼拜五过来。“我们很快乐，不是吗？”她说。口气更像是在提问，而不是陈述。我告诉她，我不想再和医生打交道了，总有做不完的测试，命里有的总会有。她试着接受。

“如果我们不试试的话，怎么能知道会有多快乐呢？”我说。

奥妮又在这度过了一天，一直玩弄着颜料盒和素描册，她的方案付诸实践，我给她建议：让她也注意身体力量方面的图片，残忍的暴力，拼贴起来展露本质。她给了我她妈妈的电话号码，想让我打电话过去，谈一谈她的进步，所以我就放她一个人待着，自己走去花园打电话。

我能感觉出来，维多利亚不是很高兴——她不想她的小宝贝和我这样的人瞎搅和在一起。“我会付你报酬，对了，她学好之后就让她回来吧，她还有其他事要做呢。”她说。

两小时一到，奥妮还不想离开，我尽力专心工作，但她一直在画室转悠，翻翻弄弄。“我们不能进屋吗？你就不能带我参观参观吗？”她说。

我拒绝了，我正在画水平线之上的海景画——我的脖子触及她的下巴，她湿润的嘴唇吮吸我的脸，乳房挤压我的后背。

口袋里的电话响了：维多利亚打电话监督她宝贝女儿。“拜托，我婚后生活很快乐。”我说，同时用手肘避开奥妮。

好不容易才控制住。我对自己这样说，莉齐这下应该能意识到我为她做的牺牲有多大了吧。

她错过了火车，一再耽搁。安格斯？我可能知道的任何男人？开玩笑，光是想想别的男人抚摸她的场景，就让我阵阵恶心。

她赶上了下一班车次，午夜之前到达，车没到时，我不安地来回踱步。一下月台她就跑向我，拖着身后的那条杂毛狗，冲上来一把抱住我。我强忍着情感，从车站回去戈尔斯的一路上都在微笑。“累吗？这礼拜很忙吗？亲爱的。”我想把她拥进我的怀抱里，我想起了波莉。

最后一程的时候，她睡着了，就像晚睡的小孩一样，睡得很香甜。我坐了很久，车停在了平房外，我盯着她，手乱动她膝盖上的贴身衬衣，她头发微微地垂在上嘴唇，眼睫毛隐藏于蓝色的眼影之下。

我们的头顶上方，有一只仓谷猫头鹰在尖叫。脑子里也不知从哪里冒出来几句诗，可能是奥妮的嘟囔发出的吧。我的语言也就中等水平。奥赛罗：要是我现在死去，那才是最幸福的。

宴会明天晚上举行——“就只是喝喝酒。”跟往常的不一样，维多利亚说。我觉得自己愚蠢至极，不过我不会让莉齐离开我的。

我不想让她卷入这一切，我不想跟她谈及奥妮，我也不想跟她说起宴会的事，我要自己一个人占有她，要不然我精心呵护的一切都要付之东流。

# 第14章 莉 齐

铺好书房的沙发床后，我对奥妮说我累了，打算早点休息。我坐在床边，缝补康纳的夹克，针刺进布料又从另一面穿出，在此过程中，我努力使自己平静一些。我听见她在屋子里走动的声音，她在浴室待了好一会儿，我听见水管的咕咕声，水龙头的哗哗声。听见厨房里她对霍华德的低语，以及从书房传来的细小的嘎吱声和咔嗒声。但最终她安静下来。卧室周围的光线暗了，我知道她关了灯。

他不会想要我开心的——没他在，便不许。她说的对，我知道的。我学会绝不在他听力范围内跟电话另一边的人说笑。每当佩吉提到我们小时候的海边或者露天游乐场之旅，他就会变得一言不发。我会很快地换个话题，或者把话题转移到别的事情上——从华尔兹舞会上带着我们旋转的黑发男孩转移到在回家路上吃的那个难吃的热狗上去。但通常为时已晚，周围没人时他就会盘问我：“那么每年都会这样是吗？去那个蒸汽游乐场？总是同一批男孩？他们爱上你了？你允许他们亲吻你了？”我会试着开个玩笑结束这个话题，安抚他。他郁郁地长大成人，缺乏安全感。他反应如此都是我的错。我本该让他感到生活充满爱和安宁的，但我没有做到。

那次他没有回来接着盘问我，我一直记得。他不会忘记这样的事。所以我需要知道他在计划着什么。在一切结束之前我需要等待。

窗户外面，云层奔走聚拢。

我的手机在夜里响了两次——“私人号码”——当我接起时对方却挂断了。

我看了下钟，时间显示的是上午 8 点。我一直清醒着，到了凌晨才不知不觉地睡过去。我掀开了被子。屋子里很安静。我想要知道奥妮是否已经起床，然后在没有吵醒我的情况下，蹑手蹑脚地出去了。但书房里黑漆漆的，并且沙发床上有人。我进去摇了摇她，弄翻了她堆叠着的衣服。她咕哝着，无意地挥了下手臂。“别管我。”她说。

我拉开窗帘，一点微弱的光爬进室内。桌上端放着一只空马克杯，杯子旁边，扎克的手提电脑仍开着。

轻敲了下键盘。显示屏变亮——是斯戴普波恩特的背景和输入密码的请求。她还是没有动，虽然面朝向我，但是眼睛还闭着。手指轻轻地滑过键盘，我快速地连试两个密码：

崖燕屋

奥妮

密码错误。

奥妮动了动，打着哈欠。我啪一下合上手提电脑。

“是时候起床啦。”我一边说一边拿起马克杯。

“我不打算去了，”她说，还在半醒的状态，“你不能强迫我。”

我笑了笑。“它不是学校，它是谢尔比品克！来吧，快起床吧。”

我扔下她去梳洗。已经没有时间吃早餐了，但我仍迅速地泡了杯茶，在茶泡开的那段时间里我把狗放了出去。它摇摇晃晃地进入花园，抬起一条腿抵住门边的罐子往里面撒尿，然后折了回来，笨拙地撞上了桌子，最终瘫倒在它的窝里。它的食物还是一点没动。

我蹲下轻轻摇了摇它。可怜的老伙计。我一点也没注意到。我最近太分神了。我托起它的头，察看它的眼球。这次跟之前的症状一样——精神不振，步伐不稳，缺乏食欲。上次的血液检查说得很清楚。我思忖这次也会没事。正如兽医常说的那句：狗是看起来最严重的疑似病症患者。但仍然，我要开始做点什么。我得以最快的速度预约一个挂号。

奥妮穿着内裤和昨晚的长袖 T 恤进了厨房，头发没梳，灰头土脸的。

“还没洗漱？”我问道。

她把手机放在桌上。“我想今天不去了。”她说。

“什么？我还以为你挺喜欢那儿的。”

“我是挺喜欢的。”

“你告诉过我这是一个多棒的机会，很多人申请都被拒绝了。”

“只是，这样，真的有点不舒服，都没人跟我讲话。”

“明白了。”我站起来，尽量露出一个十分同情的微笑，“我知道作为一个新人的感受。你感到浑身不自在，是不是？你对一切都不熟悉，什么都要请教别人。你总觉得大家都在看你，所以有时候你明明无事可做，却仍要努力摆出一副忙碌的样子，于是你只好再整理一遍你的桌子。”

“我甚至不知道我应该做什么，”她摊开双手，“我得，比如，就为了找一片能跟某个色卡参照相配的蕾丝布料，要打遍所有供应商的号码。我甚至都不知道我要的东西是什么。我只好先把它写在纸上，然后在电话里读出来。”

我失笑。

“而且，都没薪水。”

“经历比钱重要。”我开始穿外套，又检查了包里的钱包和钥匙，“工作有时候的确无聊，除非你很幸运地做了你喜欢做的，但即便如此，你也有应当承担的责任。”

“像扎克那样的自由职业者除外。他不用对任何人负责。他很自由。”

“是的，但他没有收入。”

“那个重要吗？”

“很重要，如果你想活在现实世界里的话。他是有很多关于自给自足的伟大想法，但说是一回事，做又是另一回事。我想说的是，如果你有这样的机会，一个能够使你得到锻炼的优先权，那你就不应该让它从你身边溜走。”

她用一只手的指尖摩挲另一只手的手背，专心致志，似乎在做一件重要的事情，假装没有听到我的话。

“不管怎样，”我迈出一只脚，说道，“为了不迟到，我现在要去上班了。”我跑上楼拿已经补好的康纳的夹克，又下了楼。她还没离开厨房。我希望她能跟我一同离开，但那似乎不太可能。“走的时候能把前门锁上，把钥匙插入信箱吗，奥妮？”

她抬起了一直黏在手上的目光。

“跟齐妮娅联系上后请给我来电话。”

“好的。”

走到走廊中间的时候我听见她自言自语：“我也许只要走出这里，就可以消失，然后永远不回来。谁也不会注意到。”

我脚步顿住了，瞬间怒火中烧。我差点大喊：“走啊，奥妮，我觉得你不敢。”但我没有。我把包和康纳的夹克扔作一团丢在客厅里，返身进了厨房。她低着头，正在用脚一下一下地踢着桌腿——十几岁的人了，举止却像个幼稚的孩子。我蹲下，伸手从侧面抱住了她。“不要犯傻，想想你的父母，还有你的朋友们，如果他们发现你不知所踪了，该有多难过。”

“我没有朋友。”她试图推开我，“他们甚至不会注意。我告诉过你，家里没有人会关心我做什么。”

“我相信他们会的，”我好声好气地劝道，“我肯定他们是担心你的。”

她苦涩地笑笑。“我在这里的时候有人给我打过电话吗？”她拿起手机又再次扔下，“他们才不关心我。”她脸转向我，她的眼睛不大，嘴巴痛苦地紧抿着，“他们只会担心拍照的时候我是不是又要让他们蒙羞。只有当媒体围绕着，我父亲才会搭理我。”

“这肯定不是真的。”

“你怎么知道？你对我一无所知。你甚至不愿意我在这里，但你为什么又收留我？你讨厌我我也不会说你什么。”

“我不讨厌你，我究竟为什么要讨厌你呢？你现在有点犯傻了，振作点。”我来回抚了抚她的肩膀，顺了顺她的头发，拿出她头发里藏的一根羽绒，“一切都会好起来的。”

“你为什么对我这么好？”

“我对你不好。我只是……我觉得……”我弯下腰以便能看见她的脸，“你该调整一下你的情绪，然后去谢尔比品克。你今天会觉得好一点的，也会更加自信。”

“我做不到。”她揉了揉眼睛，“我现在真的很难过。”

一阵阵无力感席卷而来。“那你就回家吧，看看电视，见见朋友。”

躺在小窝里的霍华德微微颤抖了一下。我向后探探手，碰了碰它的鼻子，很干。“你也不太痛快啊，”低叹一句，我站了起来，“奥妮，我真的很抱歉，但我得走了。我快迟到了，今天事情挺多的，午餐时间我还得带我的狗去看一下兽医，所以……”我装出一副开心的样子，“那么，再见咯。”

“我知道了！”她说。

我已到了门口。“知道什么了？”

“今天让我来照顾霍华德，我会时刻关注它的。如果你愿意，我可以替你带它去看兽医。”

“不用了，真的。还好啦。”

霍华德卧的姿势很奇怪，头垂得很低，四肢瑟瑟发抖。我把视线从它身上转向奥妮，她已经不哭了。“你去上班吧，让我来，”她热切地要求道，“一旦霍华德好点了我就去谢尔比品克。但请让我照看它。”

“它只是吃坏了东西，”我说，“情况就是这样。”

“但是万一不是呢？万一更加严重怎么办？请把那个兽医的号码给我，我会搞定的。”

不知是因为担心霍华德的病情还是出于对奥妮的歉意，尽管我知道最好不让她去，但还是勉强同意了。

学校发生了什么事，一进学校我就感觉到了异样。校长室的门关着，而教务秘书米歇尔正在门厅跟一位年轻男子交谈，我路过的时候也没有跟我打招呼。厨房传来轻轻的交谈声。简和帕特在冰箱旁走来走去。帕特正用手捂着嘴巴。简的双眼看起来又红又肿。

“你听说了吗？”简看向我，问道。

“没有，怎么了？”

“山姆。”

心里一阵不安。“山姆怎么了？”

帕特往前倾了倾身子。“他在医院。出了点事故。”

“什么事故？”

“被人打了，”简说，“打得很严重，伤了头部，现在还昏迷不醒。”

“他在圣乔治医院。”帕特接着说道，“他前妻在陪他。是她昨晚给桑德拉打电话的。”

“情况严重吗？”

“是的，我想是的。”简点了点头，继而又点了一次，像是在安抚自己，“早上米歇尔打电话的时候他还没有恢复意识。”

内心的猜疑在加重。“什么时候的事儿？”

“他离开酒吧后不久。”帕特说，“刚过 9 点的时候，几个青少年在公地上发现了他，就在桥的另一头，靠近池塘的那里。他走的时候跟我们说他要直接回家，但是……”

“他送我回家了。”我说，“他有伞，当时在下雨。我跟他说了我不需要的。”

简直直地盯着我。

“你应该把这个情况告诉警察。”帕特说，“你有可能是最后一个见他的人。”

# 扎 克

## 2011年6月

今晚她游泳了，就在那个只有退潮了才会出现的小海湾里。

我们本来正沿着代嵋湾的悬崖慢慢往回走，碰巧跟从另一条路过来的维多利亚、墨菲不期而遇。我惴惴不安了好一会儿，生怕他们提到帮奥妮辅导的事。我实在无需多虑。维多利亚，年少的时候经常把普通人称为“凡人”，把游客叫作“外界入侵怪”，此刻正埋头忙着跟莉齐说话，絮絮叨叨地扩大聊天话题。“那晚你没能来，真可惜。”她说。

“我们玩得开心极了。”墨菲赞同道，他还故意说成“开森”，因为他觉得自己完全融入了年轻人的世界。

“多么友好的人啊。”莉齐在他们离开后说道。接着，似乎是为了缓解他们在场时引起的紧张气氛，她拖着我走向通海的那条路。

那边的环境非常幽静，风也似累了般寂静无声。她甩掉衣服奔跑起来，尖叫着，最后没入大片的泡沫里。几条海藻攀上了她的大腿。她像一尾海豚沉入水里，又噗噗浮了上来。白净的皮肤，苍白的肢体，发亮的湿漉漉的头发。她多么普通，我心想，多么平凡无奇，然而她俘获了我的心。我意识到，如果她曾和别人睡过，我会杀了她。

还有那个男的。

# 第15章 莉 齐

我站在图书馆里，目光越过边窗外公地上的灰色条痕和南伦敦地区的红屋顶，在远处凝住。我将前额抵在冰冷的玻璃上。渐渐苏醒的罪恶感在心底漫开，张开它的手指——紧紧抓住恐惧和害怕和某些别的东西。身体不由得滑低，一阵羞耻感袭来，我几乎想要将头摔上玻璃，嘴唇被我咬出了血。

我把他引出来了，逼他动了手。他果然上钩了，虽然山姆吃了苦头。

我听见汉娜·莫罗的声音在走廊响起。“可怜可怜我吧，这些楼梯。”她抱怨道，“你在这儿工作连去健身房都免了。”

“非把你的膝盖爬断不可。”米歇尔回应道。

汉娜慢悠悠地直接进来了。她今天穿了警服——狗牙领带加有V形臂章图案的帽子。一边走路，一边嘴巴也不停。当学生们起身并鱼贯而出的时候，我才发现有个人跟她一起来了。一个高高的、阴郁的男人，穿着牛仔裤和一件脏脏的打过蜡的皮夹克，是佩里维尔探长，她的上司。他正倚着走廊另一边的墙，双臂合抱。他走进来时，点了下头，没有坐下。反而站在“小说，A–H”书架的旁边，做出一副研究它们的样子。他的头侧到一边，手托着下颌并来回轻抚，仿佛陷入了沉思。

米歇尔问大家是否要用点茶、咖啡或者一杯水。汉娜，新剪的波波头用蓝布发圈扎成一个细短的马尾，用几个发卡固定好，回应道：“噢，去吧，我要一杯咖啡亲爱的。”

佩里维尔还是背对着我们，一言不发。米歇尔苦着脸等待着——她忘了他的名字——在她出去之前，她不知道怎样才能引起他的注意。

汉娜之前来过这里，就在出事的后一天的早上，继我之后。但她现在却在窗边徘徊，闲谈着景色：“那是水晶宫吗？天哪，不知道的还以为那是埃菲尔铁搭呢。”她今天讲话格外轻快，好像需要证明佩里维尔的在场对她没有一点威慑作用。大家等着米歇尔返回，心照不宣地想打破这尴尬的气氛，但我却需要这种安静的氛围。在扎克有任何别的动作之前，在我出手，或者想到，或者感觉到别的某些事情之前，必须有人阻止他。

米歇尔托着托盘推门进来了，我把书摞起来，给她的托盘腾出空间。“请吃饼干。”她说道。

汉娜在桌旁坐下，自顾自地吃了起来。“噢，不要这么失礼。”米歇尔叫道。

佩里维尔轻轻地关上了米歇尔身后的门，坐在我的位置上加入了我们。他先把旋转椅转了一圈然后才往后一坐，下巴搁在吧台上。这种姿态，我想，要么是属于那种喜欢一切尽在掌控之中的人，要么来自一个试图打破周围环境感到无聊透顶的人。他的裤脚没有完全放下，脚上穿的是棕色的皮鞋，鞋的一边已经磨破了。

“是这样的，”他舒了口气说，这是一个例行查访，他想要结束它，他用手捋了捋他那平直黯淡的头发，“莫罗探员说昨天晚上你是最后一个见到山姆·维尔汉姆的人。”

我述说那晚的情况，他做着笔录。他的眉毛凌乱不羁，头发里夹着细小的头皮屑。我尽量如实地描述，回忆相关细节，那天的天气，火车站往返的车流，我们在多尔科特路的拐角停留的几分钟。“我们聊了会儿我家生病的狗。”我说，“我们在伞的问题上起了争执。他想把伞让给我。”

“那你拿了吗？”汉娜问道。

“没有。伞是他的。我跟他说他比我更需要这把伞，我那时就快到家了。”

佩里维尔翻阅着他的笔记本，以一种机械般生硬的语调问出了一连串的问题：“你有没有在某个时刻看见某个举止可疑的人？有没有发现有人跟踪？”

“都是些行人，没有人举止可疑。”

“维尔汉姆先生跟你道别时有没有说他要去哪里？”

“回家吧，我估计。”

“你有没有看到他带了什么值钱的东西？”

“没看到。就是手机和钱包吧，我觉得。这两样被歹徒抢走了吗？”

“没有。”他回答道，“他们没有拿走他的手机和钱包。除非我们遗漏了某些重要信息，不然这看起来更像是一场偶发性的暴行。”

“偶发性的？”我问道。

佩里维尔看起来似乎并不打算立即回答这个问题。他眯起双眼，聊天似的问道："你跟维尔汉姆先生熟吗？"

"不，不，不是很熟，"我回答得结结巴巴，"他今年才来的这里。"

佩里维尔抓住椅背，他的手肘从某个角度突了出来，像一位正在做着开车准备的司机。"那你知道为什么有人想要伤害他吗？"

我瞥了一眼汉娜，真希望她是一个人来的。这本是我告知她真相的大好机会。心跳开始加速。我回看着佩里维尔。后者摆出一副洞悉一切却又沉默是金的样子。

"不知道。"我支吾了一下。

"好的，那么，"他站了起来，将椅子在空中飞快地转了一圈又放回到地面上，"我想这样就可以了。"他对莫罗说。

莫罗擦了擦嘴角的饼干碎屑，也跟着站了起来。佩里维尔双臂垂在身体两侧，脚跟并拢，再次朝我点了点头。这回更加正式，像一名即将退下的侍臣，随即阔步走出了图书馆。他在走廊里停住了，高声讲着电话。

再努力一把吧，我的时间不多了。如果我现在告诉汉娜真相，她就能在扎克再有所动作之前把他抓住。

"他这个人蛮好玩儿的。"莫罗悄声说道，"哪天我真要去见见他的妻子，看看她是怎么受得了他的。"她又问道，"话说回来，你还好吗？"

"老实说，不好。"我回答道，我的呼吸困难，声音听起来很紧张，眼泪几乎流了出来，大声地说出真相让我难以承受，"我得跟你谈谈扎克。我认为扎克他难逃罪责。我……"

她脸上闪现出一种表情，虽一纵即逝，但我捕捉到了。那不是她平日里所带的满含关切的表情，而是厌烦，带着轻微的恼怒。

佩里维尔仍在讲着电话。我听见很大一声的关门声——是对面上课的乔伊斯·帕普林正在表达不满。还有几分钟下堂课的上课铃声就要响了。

“难逃什么罪责？”莫罗问，这次她那长了雀斑的鼻子同情地皱了起来，她摆出侧耳倾听的姿势。

我的心跳得很快，口袋里的手——没有人看得到——紧紧攥成了拳头。“我查出他的上一个女友死了，”我说，“就在他们分手后不久。死于事故。”

“什么样的事故？”

“我不知道。我也希望我知道。”

“她叫什么名字？”她坐回了身后的桌子边沿上。

“瑞德。夏洛特·瑞德。生前住在布赖顿。”

“我好了，莫罗探员。”佩里维尔返回到门口，“要我拖你走吗，我们得去一趟医院。”

“什么事？发生了什么事吗？”

佩里维尔瞪了我一眼，颇不耐烦。他对我的问题置之不理，扭头对莫罗说：“今天或者本周的某个时间去，你有别的安排就算了。”

“听你差遣。”她回答道，一边脚着了地，“有进展了？”

“电话是医生打来的。我们去做个笔录。”

我好一会儿才明白过来。

“他醒过来了？”我问。

“似乎是的。”佩里维尔回答道。

心一下子放松了，腿也跟着发软。我坐到在椅子上。此时无言胜有言。是该结束这个游戏了。这是唯一的途径。

佩里维尔正注视着我，用一只手摩挲着脸颊。

“随时待命。”他突然说道。

“什么？”

“随时待命。随：随身携带包和手机。时：如果你怀疑有人跟踪你，过马路，随时再过一次。发现的确被跟踪了，就去公共场所。待：待在人多灯亮的街道。最后，命：如果有人凑过来，不要喊‘救命’，喊‘着火啦’，后者更有用。”

“噢，谢谢你。”

“只是防止你心血来潮去幽暗的公地附近散步。”

“我会谨记在心的。谢谢。”

莫罗走了过来，然后他们一起朝楼梯走去。

# 扎 克

## 2011年8月

真是垃圾，浪费空间，所有工夫都白费了。

这根本算不上美术馆，海报商店还差不多，隐匿在布里斯托尔的一条小巷，被一家鞋店和一家法式蛋糕房夹在中间。约翰·哈维，库伦的朋友，已经忘记我们是预约过的了。他慢慢地翻看这些画，一边摩挲着下巴，一边若有所思地点头。趣味，勇气，原始，他给出评价。“我看得出你想表达的东西很多，但是……”

他这类人说话永远带个“但是”，毫无悬念，一板一眼。不是他的顾客们所期待的东西，太阴暗了，他说。他很想玩一把赌博，但是……他没有钞票，但是……但是，但是，但是，但是。

我默不作声地站着，看着他耍滑推脱。活像一只被大头针钉住的蜘蛛，窄臀，轻骨，稀疏的胡须，牛仔裤，耶稣凉鞋。他说我要价太高，他根本付不起。从一开始他就在耍我，只是在讨好库伦而已。冲动战胜了理智，我的拳头挥向了他的下巴。他躺在地板上，捂住嘴巴，血从指缝间溢出。我蹲下，“如果，”我在他耳边警告，“如果让我再看见你这张脸，我会揍得你明白‘太阴暗’的真正含义。”

我直接开车回了伦敦。我一心想的只有莉齐，想看看她，抱抱她。但家里没人，只有那只狗——我抬脚就踢，直到它呜咽着躲进桌子底下才罢休。随后我不停地给她打电话，直到她接，总共打了十次。她在学校，她说之前跟我提过，问我是不是忘记了，她去学校帮助一群想要推迟大学入学申请的高三学生。我开车直奔那里。进学校的门锁住了，我把门敲得邦邦响——但是没人应我。我只好坐在人行道边上等她。

最终，穿着一双平底鞋的她终于从楼梯上下来了，一看见我，她的脸就红到了耳根。她掩饰得很好，一会儿我会让她更红的。她跑过来，用她细细的胳膊挽住我，吻了吻我青肿的手背（我告诉她是在车门上碰的）。我解释了一遍发生的事——当然只有前半部分——她让我不必自责，说我有的是才华，“格外有天赋”，那个家伙目光短浅。她说着激励我的话。她还不太擅长隐藏她内心的真正想法，我能透过她的眼睛明白一切。

那是我不能承受的：失望，信念的逐渐枯竭。她本应当救赎我。她是我认定的那个人。她就是我的一切。然而，当我回家时，她却不在。她不能让她的学生们失望，却让我失望了一次又一次。她必须明白她有多需要我。这是一切得以向前的唯一途径。她最终会明白，我才是唯一。我只需想出方法来证明。

我本不应该给奥妮我的地址，真是一时疏忽。不过，就算我没给，那个不知廉耻的轻佻姑娘也会跟踪我。

她掌握了天时地利。一，莉齐早上出去了——她母亲病了；二，她敲门时我恰好在家。这周我还不能工作，不是因为去了布里斯托尔的原因。事实上，我已经把大部分画作给扔掉了——倒进了灰狗体育馆后面附近的大型滚轮垃圾箱里了。她出现在门边的时候我正在避开那只狗散步。她号啕大哭，抽抽搭搭地，有一阵子没法讲话。

“结果……”最终她成功哭诉。我想了一会儿才知道她指的是什么，她的考试，普通中等教育毕业考试。三个E，两个D，一个C和一个B。“美术是哪个？”我问。

她趴在我的肩上擦了擦鼻子。拜阶梯所赐，她整个人都伏在我身上。

“C的那个，”她回答道，“对不起，B的那个是宗教学。鬼知道我是怎么得到的。”

我推开她：“培养培养，兴许能成为一个牧师。”老实说，妈的，我那么卖力辅导她美术考试，所有花在她的写生簿里的精力，所有画在纸上的想法，只是一个C。这说明我的天赋怎样？

她求我让她进来。我讨厌一个人待着，天知道莉齐什么时候愿意回来。所以，我挥了挥手做了个进来的手势。“进来吧。”我说。

我在厨房给她泡了一杯咖啡。厨房很干净——我清理了被莉齐弄得脏乱的地方。我告诉奥妮我的妻子是多么的不爱干净——“她实际上非常邋遢，几乎超越了我的底线。”

“我不喜欢乱糟糟的。”奥妮说。

“是的，我也是。”

那狗嗅来嗅去，我把它赶去花园并且关上了门。“下贱的东西。”我低咒了一句。

“我讨厌狗。”奥妮应道。

“我也是。”

"我不懂大家能从它们身上看到什么。"

"我也不懂。"

我们哈哈大笑。

我的手机响了——是莉齐。她已经带她母亲去医院了，但还在急诊室等待检查。她不确定什么时候能回家。又一个背叛接踵而来。如果她熟悉我的语气，她就能敏感地知道什么时候我需要她而直接回家，然后一切都会圆满。"你会好好的吗？"她问，"会给自己弄点吃的吗？"一整个星期她都这样跟我讲话，好像我还是个孩子。我不需要她的怜悯。

因此——如果我跟奥妮有什么，是我的错。她在渴望，这个年纪的女孩都这样。我不得不看向她——那样缠绵悱恻的一瞥，那种嘴角微微勾起的表情——她正在脱下她的衣服，把自己像礼物一样打开。我们在起居室的地板上发生关系，然后在楼梯上，在我和莉齐的床上。娇嫩的肌肤，年轻的乳房，私处的阴毛仅留了中间一道。近距离的，我看见她的鼻子两侧有雀斑。她的头发干燥而粗糙。我又让她摆出一个被动的姿势，我在她背后，她在等我指示她该怎么做：果然还年轻。

这让我心情变好了？这场小小的胜利？整个过程中我一直想着莉齐，想象她的脸庞，她身体柔软的触感。所以，没有，一点也没有。我觉得自己很恶心，对她逼我所做的一切感到恐惧。关于复仇这回事，人们都理解错了，它并不总是快意的。

# 第16章　莉　齐

我打开前门，屋子里一片宁静，空气中弥漫着家具光亮剂的味道。廊灯的光亮中，细小的灰尘颗粒在缓缓转动。没有音乐声，没有电视声，也没有霍华德的趾甲发出的咔嗒咔嗒的声音。

看见我走进厨房，它抬起了头，但并没有站起来。

我俯身蹲了下去，前前后后地抚摸它。午餐的时候，奥妮告诉我它已经好些了，也已经带它去看过兽医了，医生并没有发现什么不对劲儿的地方——“你是对的，也许它只是吃坏了肚子”。但是现在，它呼吸急促，眼睛看上去浑浊不清。它举着前爪站立起来，让我替它揉一揉胃。“不幸的老家伙，你是不是感觉不舒服啊？”它嘴下的胡须夹杂着些许白色。它有多大了——九岁？十岁？这并不是年龄的问题。“是吗？”我问自己。“不是。”它的脑袋耷拉在篮子边。“我们会让你好过些的，”我一边说着，手一边顺着它的头侧轻抚，“会吧？”

“没了它你会怎样？”

奥妮正站在我的上方，她的语气平板，又透出些诡异。

“天哪！你吓了我一跳。”

“刚刚我在客厅里面打瞌睡，听到你的声音了。”

她裸着双腿，上身罩了件针织套衫，两边的袖子被拉下来覆在手上，正侧过脸蹭着肩上的羊毛。那是件浅蓝色的套衫，柔软舒适，绣着一只野鸡。

“你穿了扎克的套衫。”我说。

捧起它，我仍然能闻到帕尔玛之水浓郁的气味。闭上眼，我会不禁想起他温热的肌肤。现在，我可以感觉到他的气息了。

“你介意吗？”她用那种小女孩的声音问我，“希望你不会，我只是因为觉得冷。”

我真想一把扯下衣服扔她头上。“当然，这没什么。”我尽量使自己听上去愉快些，“抱歉，我把暖气定成了一天两次。屋子里肯定很冷，对不住。”

“我把暖气调成恒温了。”她说。

“噢，这么说那你是找到定时器了？”

“是的——在你衣橱里找到的。”

我在心里盘算了片刻——控制板隐藏在架子的后面，架子前面还挡着些衣服。要找到它，她得搜遍整个屋子。我又将注意力转向霍华德。“兽医真的说它没事吗？它现在看起来不太好啊。”

“天……它没事的。兽医说没什么问题。我们回来时走了不少路，我想它只是累了吧。”

“你找的是哪位兽医？”

她耸耸肩表示：“我没注意他们的名字。”

“男的还是女的？”

“男的。”

我仔细打量了下她，然后又低头看向霍华德。“他们真的没跟你要我的社保卡号码？”

“真的，我告诉过你，我们很快就出来了。”

“好，谢谢你。”我又看向霍华德。它正在舔身侧的一块皮肤，一直在舔同一块地方，看上去非常难受。我几乎可以肯定她在撒谎。我可以揭穿她，但要是她说的是事实，是我自己反应过度，那精神错乱的人就是我了。我得瞒着她给兽医打个电话，先查证一下才行。我站起来伸了个懒腰，再想了想。

奥妮似乎并没有察觉要发生什么。她正坐在流理台上，晃动着两条裸露的腿。“人们对宠物的态度真是好笑。我没法儿理解。”她攀谈着说道，“去年 11 月份，有个男人死在了康沃尔郡。他跳进河里去救他的狗，结果狗活了下来，那人却溺死了。”

“这种事儿很常见。我或许会做同样的事情。不管是爬上悬崖还是跳进河里。在那种时候，我认为你不会给自己思考的时间。”

“真遗憾你没有孩子。”她说，扎克的套衫被拉到她的膝盖，“你会是个好妈妈的。太可惜了，对吧，难道你不会吗？”

我转过脸——尽量忽视这种不经意的残忍，伸手去拿水壶。然而水壶并不在原来的地方，却在冰箱后面，显然她又移动了它。我咔嗒一声，提起了水壶。

她突然一跃而起。“我今天做了很多清洁整理工作。”她说着，猛地一下拉开了放餐具的抽屉，刀叉相撞发出刺耳的“嚓拉”声。

我心中涌起一股新的怨恨。如果她做了所有这一切却没有带霍华德去看兽医，她就不仅是无药可救，简直是丧心病狂了。

“还有呢，跟我来！”她滑下流理台，朝门厅走去，双臂上还戴着很特别的饰物。我跟了过去，她突然打开了客厅的门。“我根据风水调整了家具的摆放。”她说。

我扫了眼室内，发现她真的移动了家具。沙发不再靠窗而是被移到壁炉对面的墙边。桌子又被放到隔间里，上面摆了盏台灯。

“地毯呢？”

“我很抱歉。我不小心泼了杯咖啡在上面，怎么擦也没用，反而越浸越深，越弄越糟糕。我把它卷起来放沙发后面了。打磨光滑的地板很不错是不是？你喜欢我所做的吗，或者说我是不是有些冒昧了？我只是觉得这样会更好些，你不这样觉得吗？”

扎克的套衫从她的一侧肩头滑落。看到那细腻光滑的肌肤以及皮肤下的筋骨，我不禁愣了愣。

我的小腿后部传来莫名的刺痛感。

走到楼梯平台的时候，奥妮喊住了我。“等等！”她说，“稍等一下，有惊喜哦。”

卧室的门关着，我推开它又从身后关上。靠在木门上，我闻到旧时熟悉的气味——帕尔玛之水，浓郁型而不是清新型。并非那种绵长的气味而是刚刚喷出时那种浓烈、微苦的味道。扎克今天是肯定没进过卧室的，但是奥妮进来过。她进来找恒温器，还穿上了扎克的套衫、抹了他的须后水。我思索着有关她的问题、她刺探我的方式以及她对于扎克的了解。我内心最深、最暗的角落，忽然炸出一个声音，那是黑暗到我不愿去查证的猜测。

我快步穿过房间打开壁橱。我的那边一如既往地乱，但是扎克的那边已经被整理过了。他的衬衫挂在衣架上，以颜色为顺序排好，牛仔裤和西服被分开放置。毛衣、T恤衫和内衣物被整齐地叠放在架子上，袜子也一双双卷好。底层的行李架已被清扫干净，那些还留有他双脚痕迹的鞋——一双棕色绒面革绑带鞋，褪色的匡威，旧运动鞋——被排放整齐、擦拭光亮。

她的双手触碰过这一切，这些曾穿在他身上的衣物。她将它们分类并爱抚它们。我从衣架上扯下一条牛仔裤摔在地上。我把一件保罗史密斯牌衬衫揪到自己面前，使劲儿扯上面的珍珠纽扣。我想到奥妮说过的关于扎克的事、扎克的性格。他向我隐瞒了辅导奥妮这件事。为什么他要这样做呢？除非有什么不可告人的秘密。

我呆坐在床边，直到脑袋恢复清醒才下楼回到厨房。奥妮正抱膝坐在桌子上，下巴抵着膝盖，一动不动。看见我的时候，她转过了脸。我看到了希望？脆弱？我也不清楚。

“谢谢你做的整理工作。”我说，“虽然很抱歉，但我还是要说，我更希望你没碰过我的东西，或是扎克的。”

她移开了视线。“我只是想尽量帮些忙。”

“但这只会让人觉得唐突。”

她挠着自己的手心，低下了头。“抱歉。”她最终说，但似乎并不心甘情愿。

我顿时想让她离开，随便她说什么都不能动摇我。几分钟后，她会离开我的房子，我就可以独处。我不再需要去应付她的古怪，也没必要觉得自己能力不足、多疑或是易怒。意识到这些，我的心情好多了，也更加积极乐观。

“你能告诉我齐妮娅在哪儿工作吗？她是你的朋友吗？或者你说认识她根本是在撒谎？”

她的脸色就像打翻了调色盘似的，嘴巴艰难地张着。“不是的。”她轻声说。

“‘不是’是什么意思？”我不是在欺负人，我只是坚定而清晰地表达出自己的意思。我很清楚自己此刻的姿态，双腿叉开，双臂交叉。

“不，我没说谎。”她仍然不肯看我，但她的手指突然重重地擦了下眼睛下方，“无论如何，”她哑着嗓子说，“我是真心想把事情做好。”

“什么？”

她抬头注视我，深蓝色的双眸里满是泪水。原来她刚刚擦拭的是眼泪。“整理工作。我做这些是想补偿你，向你赎罪。”

“为了什么呢？”

她的手冲我猛地一挥，后来看到了我的神色，就把手落到了自己头上。“我好想他。”她颤着声说，“我无法相信他不在了。”

我不为所动。

“扎克对你来说，应该不只是导师吧？”我问着她，字字句句，如鲠在喉。

她没有回答。

“不只是朋友？”我努力控制情绪，那只是她的迷恋，仅此而已。她迷上了他，对他念念不忘——他的确很有魅力，对我来说也是如此。但即使在他情绪最低落的时候，扎克也从来不会利用这一点。不，她现在还年轻。他去世的时候她还只是个孩子啊。

她缩着脖子，透过睫毛用另一种表情看着我。那种沧桑的神情，让我不禁想从她的脸上抹去。

“对，他的确很有魅力。”沉默片刻之后，我接着说道。“当然，也比你大很多。”

“我不在乎。”

她几乎脱口而出。我无法看到她的神情，因为她始终低着头，我想也没这个必要。我的五脏六腑都在灼烧，肩膀也传来一阵剧痛，就好像有人在背后靠着我。我觉得自己快要晕过去了。扎克和奥妮。他总是认为自己可以随心所欲做任何事。他怎么能这样？

“我们之间有特殊的关系。”她说。

“你们有关系？你是指你们做过爱了？”

她警惕地笑了一声，似乎是我的话让她觉得惊愕。她麻木又自负，还在担心父母是否爱她这种琐事，清楚地知道自己和我的丈夫保持着不正当关系，这样的她，怎么还敢擅自闯入我的厨房？和我的丈夫上床，这简直让人忍无可忍！

“好吧。”我看起来很平静，她没有了主意，“我猜到这一点了，你们是什么时候开始的？”

她开始用那种小女孩尖细的嗓音说话，如果她这样做是为了让我对她感到抱歉，根本没用。“2011 年 8 月份，我知道自己中考成绩的那天。”

“你们是在哪里发生关系的？”

“你这是什么意思？”

“你们在哪里做爱的？”

她神情一变，伸了伸下巴。

“在这儿？在我家？”

她点了点头。原来如此，这就从另一个角度说明了她为什么这么熟悉四周的环境：管道系统的运作、供暖控制器的位置、厨房烟囱的方位。

“好吧，那你们的这种关系保持了多久？”

“我们只做过几次，他是因为你才结束关系的，他跟我说过他爱你，我发誓。”

“那以后你见过他几次？”我几乎不能控制自己语气中的酸涩。

“你什么意思？几次？从那以后我自然是见不到他了。”她皱着眉，对我摇了摇头。

我站了起来，我不应该丝毫没有察觉，是我疏忽了。

“你到底什么意思？”她再次说，“为什么他的东西会在我的衣橱里面？你说他的时候用的都是现在时态，好像他还在这里生活一样。”

霍华德站了起来，在自己窝里转了个圈，然后哼唧两声又啪地趴倒了。

“你有带霍华德去看兽医吗？”我问，“或者说这件事你也撒了谎？”

她捂住脸，透过张开的指缝看我。

“很好，去死吧，奥妮。”

她又哭了，但这一次安静许多。“我把事情都搞砸了，”她说，“这就是为什么都没人爱我。”

我不想继续这个话题了，我不想自己萌生对不起她的想法。我太愤怒，太伤心了，我的脑子里已经没有空间去装别的事情。她怎么敢？他怎么敢？他对我的所有谴责、怀疑，一直以来他才是不忠诚的那一个啊。不是我，是他啊。

我意识到自己正攥紧了手，扭动着嘴，而奥妮正在看着。她看起来很害怕，突然瑟缩了一下，好像不知道我接下来要做什么似的。她的肩膀在颤抖，她修长的腿上起了一层鸡皮疙瘩。我确实觉得对不起她，我不住地这样想。其实并不是她的错。不是她在掌控局面，而是他。这一切都是他做的。他引导你向前一直到无路可走。你能依靠的只有他。她了解他并深爱着他。她和我一样迷恋他。她是除我之外唯一一个了解这种感受的人。我站在大概两步远的距离尴尬地拥抱了下她。

我没有听清楚她小声说了些什么。

“你在说什么？”

她抬头，双手往我一挥。“我有时会割伤自己。那种感觉（对他的思念）越来越强烈，后来我都割伤自己来平抑。他死后，情况越来越糟糕。”

我抓过她的手腕查看那些伤口。“你得找人帮帮你。”我说。

“我看过医生了。新医生给了我抗抑郁剂，但根本不起作用。我父母也曾这样做过——花钱求助。”

“那么，你应该要开始帮助你自己了。找到生命中想做的事，然后去实现它。你能够从数百人中脱颖而出获得了在谢尔比品克公司实习的机会，足以说明你不仅年轻而且很有能力。”

她趴在桌子上说：“你很善良。”

“不，我并不善良。”

“我想我不可以再待下去了，你都知道了。”

我想大声喊叫，当然，你当然该离开了。但我没有，只是摇了摇头。

奥妮点点头。

她站起来，上楼收拾行李。我在前门等着她，她下来的时候，双臂紧抱着一个帆布背包。

“好吧，你知道去车站的路对吧？”

“是的。”

“你会好好的，对吧？”

“是的。”

要离开的时候，她用左手食指快速地点了几下眉心，这个动作我以前见过。我把一只手搭在她的袖子上。“很抱歉。”我说。

“为什么道歉？”

“为了扎克，为他对你造成的伤害。”

她朝我仰起那张小巧美丽的面庞。“我想要弄明白他喜欢你什么，这也是我来这儿的原因。”

“你找到答案了吗？”我问道，但她已经转过身走向街道。找没找到又如何呢，答案已经不重要了。

那天夜里，我躺在床上，思绪飘得很远。她的头发散落在他的脸上，他的双手抚摸着她的身体。她喜欢他对她做的事吗？他的深吻？他带她逾越欲望边缘，跌入了恐怖的深渊吗？

我早有预感，不是吗？圣诞节前一周，我从学校回到家，发现水槽里有两只用过的威士忌酒杯。我记得自己盯着它们，整个人毛骨悚然。水龙头还在滴水，水滴“嘭”一声滴落，就像细小的液体烟花。这一个月来他都很奇怪，越加频繁地洗手、喝酒。我在他枕头底下发现了更多的药片，白天给他打电话他也不接。

他坐在桌子旁，烦躁地敲击着电脑——为一幅画作注解，这他告诉过我。“你是不是有外遇了？”我问。

他反过来谴责我，说我有妄想症，这就是我罪行的证据。“你他妈的是谁啊？”他说。

我为自己的质疑感到羞愧。

那个时候他应该告诉我这些的。一切还不算太晚，哪怕知道这些后我心里仅有一丝懊悔，我都会原谅他。我会承认自己的过错——我没能照顾好他。那时候我该和他一起的。他的双手总是会让我无助而软弱。他只需要触碰我我就会失控。

噢，现在我明白了。他是一直在等我发现吗？奥妮说因为我，他结束了和她的关系。而当时我却对他说我要离开他——并非为了某个第三者，而是他不够好，或者说是他做得不对。我心头涌上一阵强烈的埋怨和内疚。现在，我遭到他报复了，得来处理这样的一个烂摊子。

一个窗帘钩松了，窗帘下坠了些。我下了床，站在椅子上伸手去重新固定，手臂暴露在外面，花园里、旁边的屋子里，或许会有人看到这一幕吧。

# 扎克

### 2011年10月

奥妮说我是上天赐予她最好的礼物。她现在本应该在伊舍学院参加补考，但没有人会注意她是否在那儿。她几乎每天都来画室。我不能说她造成了多大的干扰。我已经好几周没有工作了。香草性事——感觉不赖。

我是她“梦想中的男人”。

我还是不太能接受这种陈词滥调。我一直在试着喊停。莉齐已经起疑了。我在恐慌和暴怒间摇摆不定。要是她能理解该有多好。如果她能做好准备放弃那些逢场作戏就好了。我清楚她想在那所学校里追求些什么，这追求因为性而更加火热。搬去康沃尔郡的话，我们会幸福的。如果她能给我想要的安全感，那么我随时可以离开奥妮。我会尽我所能成为最好的人——那个她眼中英俊、善良而性感的男人，在情况最好的时候。然而其他人毁了这一切。我们不得不离开。莉齐现在还不，又或是永远不会明白。我和奥妮的午间幽会——对，这全是莉齐的错。她不能放弃她的工作，或是离开她妈妈——真是荒谬。她早就不清醒了，那次肺炎发作后，她甚至认不出自己的女儿们。她说佩吉也需要她，因为她又怀孕了。他们他妈的究竟想要多少孩子啊？

莉齐想要个孩子。我们正在努力。我强迫自己装成很担忧的样子，仔细地研究排卵棒。那个时候，我真正想要做的却是紧紧抓住她的肩膀摇晃她。“为什么我对你来说还不够？”我该质问她，“孩子又能给现在的我们什么呢？”然而，我并没有。她需要为自己得出一个结论——这纯粹是在测试她的爱。我已经告诉过她就让一切顺其自然。我在等她意识到自己所犯的错误，意识到幸福其实就在她手中，那么情况会好转的。如果她怀孕了——那是另一种形式的证据，总有人会为此付出代价。如果她不放弃怀孕、不愿意接受我们原本的生活，那么，这就是她要离开的证明。

现在，那只狗得消失了。她还没意识到它是个多大的麻烦，自己又被它占据了多少注意力。长期服用两种安定的混合物是可以致死的（我查证过了），这狗杂种也真够蠢的，每天贪婪地吃香肠就好像没有就不能活似的。现在，它只是昏昏欲睡，脚有些发抖，但我很确信，药物日积月累，又难以觉察，这总比突发的事故要好。她会慢慢习惯没有它的生活，甚至察觉不了它会何时离开。

奥妮刚打来电话。

“我愿意为你做任何事，”她这么说，“只要你吩咐。”

# 第17章 莉 齐

第二天，我驱车带霍华德去看兽医。候诊室里真是喧闹到令人厌恶。狗在到处狂吠，篮子里的猫在摆弄着“迷你骨头”这种狗小食和“欢乐家猫”牌用猫薄荷填充的玩具老鼠。对于没睡好的我来说，这一切就像现实世界的卡通版本。

兽医也不清楚它究竟怎么了。他做了一些血液检查，给它打了一剂维生素，然后告诉我要让它排尿。“可能是小虫子，”他说，“或者是它吃的某个东西。”他轻轻擦了下霍华德的耳朵，“专业兽医称之为感染性肠胃炎。”

送狗回家再赶到学校已经迟了，但似乎并没有人在意。巡视员不在，大楼里弥漫着一种严阵以待的气氛。厨房里的窃窃私语也比平时少了。大多数老师似乎正全神贯注于整理他们的教室或者调整教学方案。米歇尔为山姆组织了一场募捐，他现在已经不需要重症特别护理了。花已经订好了，还发了卡片让我们轮流写祝福语。

午餐的时候，我在小卖部买了三明治，在图书馆里拉了张椅子靠窗坐下。这是个老习惯了。以前，扎克偶尔会在外面的树下等我。外面正在上一节拳击课——一排穿着莱卡健身衣的女人，腿正弯成一定的角度。还有一排来自本地幼儿园的戴着条纹围兜的小孩子，正乱哄哄地涌向操场。远处那排美国梧桐的阴影下，一对夫妇正手牵着手大步走着。我感到很诧异，原来一切都在照常运转。

我尽早离开学校，回家途中去了妈妈那儿。她现在情绪暴躁还不肯吃东西，要说服她尝一口农家馅饼真的是非常不容易。她问了三次我是谁。“我有个女儿，”她很是轻蔑地摇着头说，“你不是她。”

有个护工告诉我说佩吉周一来过。“她带来了您可爱的宝贝外孙女儿不是吗？她又叫什么？”

妈妈害羞地笑了笑，没有回答。

“克洛伊。”我说，“她叫克洛伊不是吗？年纪稍长的两个叫阿尔菲和格西。”

这其实没什么，但我有点儿伤心了。妈妈想要看电视了，我慢慢推她到卧室，打开了我们买给她的那台小电视机。她漫无目的地坐在椅子上，眼睛狂热地盯着电视。生病之前，她是讨厌看智力竞赛类节目的，我没由来地想到了艾丽斯·默多克看天线宝宝。我轻抚了一会儿她的头发，然后倒了杯红茶，轻轻放在她的手边。

我在屋子里四处走动，最后停在了架子前。这儿本来有多少科尔波特瓷屋的？我数了四个，本来有六个的。有一个不见了，这我是知道的，但现在只有四个了。那个白色六角形的，还带个覆着苔藓的花园的瓷房子，有着伞状屋顶的，已经不见了。我仔仔细细地检查着楼层，为了防止它被放在窗台上，我还拉开窗帘看了看。没有。

扎克讨厌这些房子，觉得它们花里胡哨的。我告诉过他，它们使我想起童年时光。他跟我说念旧会使人脆弱，我应该从中解脱出来。如果是他一个一个地将它们拿走，他试图告诉我什么呢？

我又检查了下架子，防止它摔在地上或是倒在她的书后面——乔吉特·海尔的书，生病之前她很爱读。

但很显然，它不见了。

# 扎 克

## 2011年11月

我经常感到头锤击般的痛。我又失眠了，尽管增加了药量，也无济于事。我仍然很不安，处在崩溃的边缘，情绪也很不稳定。我无法集中精神。我觉得这是吃了羟基安定的缘故，我从库伦那儿得到它们，但并不确定是否应该服用。拿画笔的时候我的手会不由自主地颤抖。我没有力气，眼睛也在抽搐。我能想象在画布上涂上颜料，但因为害怕使一切更糟糕，不敢妄动。因此，我只是坐着，或者站起来走几步，或是在奥妮来的时候和她做爱。

“你的画怎么样了？”莉齐昨晚问我，用那种你们说“那重病的可怜的孩子如何了？还在做透析吗？”类似的话的时候用的语气。说这话的时候，头还转向另一边。过去，她常常主动要求看我的作品，会恳求我带她参观画室。她觉得我是个天才，是伟人。现在，她完全不相信我的能力，也不清楚我的生活中发生着什么。

她是不是有别的男人了？她提到过安格斯和帕特。我已经解决安格斯了。他妈的帕特又是谁?

趁着她工作的时候我查看过她的电脑。她的浏览记录上什么也没有。没有情感外露的电子邮件。我甚至怀疑她是不是在学校里有另外一个账户。我打开她所有的邮件并且定期检查她的包，没有发现任何线索。她太聪明了。

昨晚，她又晚归了。我心里好像有火苗往上蹿，又好像有一条蛇在舔我的喉咙。我假装一切顺利，让她出去工作，尽管这会使我不安。晚饭的时候，她突然起身，端起盘子离开了。

我坚持数到六十才去找她。

她正坐在客厅的桌子旁——在凸窗那边，是我把桌子搬过去的。她的盘子空了，那只狗趴在桌子下面，注视着她。

我问她在做什么。她笑了下然后说她在故意激怒我，因为她发现每次她咀嚼食物的时候，我都会避开。但是她吃东西的声音不可能更小了，所以她搬到别的地方吃。

我感觉自己陷入了一种困境中，努力想要挣脱。我不禁破口大骂。我告诉她，她对自己外貌的浑不在意令我感到羞耻。大多数妻子不会在她们的丈夫面前用牙线清洁牙齿。她们会刮腿毛、使用化妆品和发蜡。画室里的女人都会戴假睫毛。我告诉她，她额头上有颗痣，或许她自己觉得已经清除了附近的毛发，但其实那颗痣周围还是有杂草般的毛发。

“帕特是谁？告诉我他是谁！”

“你喝酒了。”她说，“你什么时候开始喝的？你喝了多少？”

我吼她。谁会因为我喝了些奇怪的饮料、忍受着我不得不忍受的一切而指责我？比我强的男人也早已崩溃。站在她的角度，我是她的第一个合适的爱人，这难道不让人吃惊吗？她觉得她能成为怎样的妈妈？她坐在那儿，沉默不语。一滴泪落在桌面上，她直接用羊毛衫的袖子擦去。

那是件新的、开司米羊毛衫，我买给她的。目睹她这样糟蹋它，我所能想到的全部就是她真的是一点儿也不尊重我啊。我花了点时间整理壁炉台上的相片，擦了擦电视上的灰尘，又摆正了她随意搁在碟子里的刀叉，然后看向她。她正努力想要停止哭泣。我探过身想要轻抚她的脸，却并没有这么做，只是用力拧她的鼻子，很用力。

之后，她来到我的身边，坐在床垫的边缘，不想碰到我，但最后，她还是靠了过来。她试图说话，我吻上她的唇阻止了她。我亲吻着她，脱去她的衣物，承诺再也不这样做了。我的童年。我的过去。我们为彼此而生。只有我们两个，这是一个其他人永远不会明白的特殊的约定。“永远不要离开我。”我在她的耳边轻声说。

“如果你离开我，我不知道自己会做出什么事情。”

楼下，那只被关在厨房里的狗，还在吠。

# 第18章 莉 齐

房子空荡荡的——我感到解脱却又失望。如果奥妮妨碍了扎克的计划，我想是时候他该现身了。或许门阶上会出现陶器的残片，或是又一扇窗户被撞碎，又一只鸟死在我家里，再或是任何迹象。然而什么也没有。

霍华德来到门口，它身体渐好，起码已经可以起身了。我摸摸它，它摆了摆尾巴，然后跟着我在房子里巡视了一圈。我首先检查了客厅，那里还是奥妮走时的样子，我竭尽全力把房间搞得杂乱不堪。我重新摆放了家具，把靠垫散了一地，碰倒了一把椅子也就让它横在那里。接着，又重新铺上那条奇丑无比的红蓝色地毯。房间里没有咖啡斑渍，她肯定根本不爱喝咖啡。

我把厨房里的水壶收回架子底下，我更喜欢它摆在那儿。接着，给自己倒了点酒，然后上楼进了书房，希望奥妮走前能把那里收拾干净，然而她并没有。被单和毯子皱在地板上，上面还堆着枕头，我一一捡起来，床单塞进洗衣机，再把折叠床收回沙发里。等这一切都忙完，我才终于有时间在书桌旁坐下，酌点红酒，再试一遍扎克的密码。

但当我看到眼前的情景后，好久才反应过来。桌上空了。

我看过地面，又检查了书架，然后一一打开每个抽屉。

我是不是疯了？难道一切都纯粹是我的幻想？先是瓷房子现在又是手提电脑。从一开始我就不断在延误时机吗？我查看了卧室、床底，检查了楼下又回到楼上，再次看了下桌底。

电脑在消失前是在墙插里充电。

是扎克来过了吗？是他拿走了电脑？

心念电转间，这个念头浮现出来，充斥着我的头脑。但马上我就想起奥妮走时的情景——她攥着个沉甸甸的帆布背包，紧紧地抱在胸前。

我抓起手机打给她，被接入语音信箱。我留言道："我知道你带走了扎克的手提电脑，马上给我还回来。"

我挂断电话，双手不停地抖。

一阵声响传来，我支起脑袋。有人在门口，没有按门铃，而是敲了门，信箱发出咯咯的响声。

我跑下楼去。

佩里维尔探长站在外面。他离门只有几英尺远，两腿开立，双手插在牛仔裤口袋里。

"卡特夫人。"他说，"打扰您了吗？"

我迟疑了一下："不，并没有。"

他把一撮头发捋至耳后。他的两侧嘴角上两道犹如笔尖刻出的深皱纹，似伤疤一般。"可以简短地和您聊一聊吗？"

我打开门。他进到门厅，然后俯了下身，尽管没有这个必要。

接着，他脱下沾着湿冷和药物气味的夹克，我伸手接过，尽可能镇静地挂在挂衣杆上，然后和他一起走进前室。

我捡起地上的靠垫重新排放在沙发上，扶起被我撞倒的椅子坐下，并示意他坐在桌对面。

佩里维尔坐下，环顾了一圈房间后看向我。“装饰得真不错，”他说，“很简约。”

“是的。”

“这颜色有意思。”他敲敲墙壁，“我正考虑要重新装修。这是什么颜色来着？米白色？浅蓝色？”

“这是一种浅灰色，名字叫‘虚幻之光’。”

他往下扯了扯嘴角，一副使劲记忆的样子。“我一定要记住这个名字。”

“您住在附近吗？”我问，思忖着他来干什么。

“不远。”他说，“我住在巴特西，克拉彭车站的另一头。确切地来说，就在温斯坦利庄园。”

“在我小时候我们就住那儿。”我告诉他。

“真的？我听说那地段在升值呢。总之……”他双手合十，仿佛在祈祷，“……我很抱歉前来叨扰您。没什么大事，一件小事而已，如果您想知道的话。”

一件小事？

“昨天您拜托莫罗调查一位年轻女性的死因。夏洛特·瑞德。”

“对，您知道发生了什么吗？她遭遇了场事故，是车祸吗？”

“我会查清楚的。”他用指尖一路揩着桌面，然后敲了三下木质的桌板，抬头望向天花板，“2011 年 12 月 25 号，也就是圣诞节，那天是星期天。警方收到你们这块的报案，说是有骚乱。有位邻居听到巨大的声响，犬吠和尖叫声。埃文斯警员到场后，被问话的女性声称是她摔下了楼梯。”

“是这样。”

片刻过后，他说了句：“好的。”

“好的。”我重复道。

他的目光巡视了一圈房间，视线扫过每一处，唯独没有看我。我努力凝视着他，目光逼人。我才不打算向他透露这事，我答应过扎克。这只会让事情变得复杂，佩里维尔指的那晚……这原本是我和扎克之间的事，现在倒关系到我和他了。

“今年我被派去上了很多课，真是件苦差事。我在处理最近一桩案子时反倒不如该有的那么高效了，我的直觉被证明是错的。”他的眉毛抽动了一下，下嘴唇向外努着，“这些课，应用犯罪学、专业枪械、高级数据库使用，统统是浪费时间。反而，我在性别平等课上听到的一小段关于家庭暴力的插曲倒很引人入胜。每次听说一对凌虐关系，我总会想，这些我设想的大多数人中，为什么那个女性或者男性受害者不直接脱离关系呢？您说呢？”

“什么？”

“您也这样想吧？”

“也许吧。”

“我来告诉您为什么他们不肯脱离关系。因为他们通常有这种错觉，觉得这种关系不知怎的很‘特殊’。这一方也许自己就沦为了虐待关系中的受害者，而且受害人会为施暴者辩解，觉得自己对对方负有责任。”

“我理解。”

“受害者可能也不想暴力升级，但他们在意识到以前就沦陷了。

他们甚至会觉得自己活该，好像自己和施暴者是一体的。而首先要注意到的是，施暴者最先施加的威胁不一定是肉体上的，有可能是心理上的、情感上的、经济上的，或在性方面。”

“看得出这段课程很有用。”

“但最后还是会完完全全成为我们所熟知的暴力。”

现在，我希望他闭嘴了，我听够了。我笑道：“不知道这跟我有什么关系？”

“没有。”他缓慢地眨着眼，“好吧。”

“这就是您要跟我聊的事吗？”我侧过身子来释放我的双手。街上传来阵阵笑声和汽车的鸣笛声。

“不。”他仔细地审视着我，“那么——夏洛特·瑞德，验尸官推断她是失足滑落。她踩到了一块松动的地毯，也可能不是地毯，防滑垫之类的。她住在公寓顶层，那里的楼梯陡得很，她就一头栽了下来。死亡原因是：颅脑损伤。真是不幸，她当时一个人在楼里，要是她的邻居没去度假，要是她早点被人发现的话……”

我摇了摇头。

“她还怀着身孕。”他无意间提到。

我简直说不出话来，抠紧桌子以免身体滑下来。

“不是扎克的。”我最终喃喃道，“孩子不是扎克的。”

“对，也许不是。他在那段时间并不是她的伴侣。”

“我不知道您是从哪里得知这些的。”

他向后甩了下头，接着鼻头皱起，眼睛也眯成一条缝。然后，他将整个身体再次收拢，探身支撑在桌上：“我这样想对吗，您告诉莫罗警员您认为您的丈夫伪造了自己的死亡，他还活着？”

我尽量保持声线平稳：“有时我是这样想的，对。”

"您怕他？"

怕？多么简单粗暴的词。"我觉得这和你没有任何关系。"

"行。"他站起身，假装伸了个懒腰。我在他之前走到门厅，把他的夹克递给他。他从我手中接过，耸着肩套上，然后理了理下摆，安上拉头。

"您逃过一劫。您从楼梯上摔下来那次，我指的是。"

"我也这么想，是的。"

他在门口转过身来。"请见谅。"他又假模假样地恭恭敬敬鞠了一躬，"我想也许我能消除您的幻想，就是这样。"

# 扎克

**2011年12月**

我真是个十恶不赦的人吗？过去我是做过错事，但我从未想要伤害波莉，或夏洛特。我开始觉得这种阴暗的特质的确伏藏在我的体内，使我有可能变成另一个人。但也许为时已晚，想太多也是惘然。考虑到这一层时，我已经分不清现实与虚幻了。但愿我能超脱。

去年，我们在戈尔斯过的圣诞节。现在想想，我不得不态度强硬她才肯去，她总是有这样那样的借口。那里成了我的“庇护所”，我猜她当时已经在跟别人幽会了。今年我答应待在伦敦，看看我有多好——多么宽宏大量，多么通情达理，看在老天的分上。我终于下定决心和佩吉和罗布一起过圣诞节，这本该是属于我们两人的假期，可以说，应该是我们俩的特殊时刻。这一年我们过得不容易，为怀孕做了各种努力，加上我工作上的压力，等等。我们可以换上睡衣，生好炉火，盘腿坐在一起，将除我们之外的一切都抛诸脑后。

她答应得很勉强。之后，她花了很长时间和简出去遛狗——可以趁机从头到尾痛痛快快地抱怨我。在给身怀六甲的佩吉打电话时，她做出一副痛心疾首的样子，许诺和她一起做圣诞夜弥撒，在节礼日喝热红酒。“这样可以吗？”她最终挂电话时冒出这一句。噢，我可以自己找乐子，我可以不待在她身边，我还是可以笑容满面的。我可以混在孩子们堆里玩（“是扎克叔叔”；“扎克叔叔会踢足球”；“问扎克叔叔”）。我会在走廊里搂着佩吉向她投以微笑，享受她依依不舍的表情。再和罗布聊聊橄榄球，假装我还真他妈在乎。但莉齐随后就会为自己的行为付出代价，她会尝到冷落的滋味，别想从我这得到什么性好处（你得噘着嘴说这话）。她会来苦苦求我，她会意识到得到我是有多幸运。

## 圣诞节早晨

我醒来时，她已经起来梳妆打扮了。她说她正要去遛狗，问我要不要同去。不，我才不想去。我试图把她拽回被窝，但被她溜走了。

换作平时，我可能会生气，但今天可是圣诞节。我在她离开的时候煮了壶咖啡，然后摆好桌子，在一对盘子里盛上熏鲑鱼，将吐司涂好黄油。等她回来时早餐已经准备好了，她对此很惊喜。她很担心她的狗，说它“安静得不正常”。我告诉她是她多想了。“它没事。”我解下她的围巾，帮她脱去大衣，引导她在椅子上坐下。然后开了一瓶香槟，两人一起推出木塞。我们放声大笑起来（“一个人走进一家酒吧？……哎哟！”），嘴唇贴在了一起。

我要放霍华德一天假，我决定了，就当是圣诞节的美好愿望。

我们回到床上，我拉上窗帘，半明半暗中，摸索着她的身体，从脚趾往上，我还没抚摸到大腿，她就等不及了，而我不紧不慢，停留在那，直到我感觉她在我指尖下情不自禁。我慢慢享受着缠绵，玩弄着她的身体，带着玩味在她身上扭动。甚至是她的呼吸，或急或缓，都让我兴奋不已，当她碰到我的阳具时，我立刻来劲了。

直到下午3点左右我们才享用了中餐，没吃火鸡（我不喜欢火鸡的口感），而是吃了普通的鸡肉，不浇肉汁，作为内馅的烤马铃薯和豆子没有塞进鸡的腹腔，而是放在托盘里单独烹调。她用 iPod 放了《再见，这残酷的世界》，然后我们就在厨房里随着埃尔维斯·科斯特洛的歌声舞起来。我从来都不会跳舞，在老家时，疯保罗常常对着我的舞姿捧腹大笑，他说我看上去就像一只便秘的驴子。但和莉齐在一起这都无所谓了，我可以尽情做我自己，没有顾虑。我告诉她我爱她，从没有像爱她这样爱过一个人。

到了很晚我们才想起礼物的事。我在礼物上费了不少心思：一条刻有我们名字首字母组合的金项链，一方奥兰凯利的印花丝巾，一套漂亮的内衣——天知道她有多需要它。我希望她先拆礼物，简直都等不及了。我很激动，期待着看到她的反应。她戴上项链，围上丝巾，把内衣提在空中看了一圈，答应“待会儿来一场时装秀”。

我很开心，我忘了还有这事。

她吻了我。

然后说：“你用不着花这么多钱。”

后来，她上楼到书房来找我道歉：“我不是那个意思。刚刚我太粗鲁了。但你误会了，我的意思是——整整三件礼物！太多了，而我只给你准备了一件。”

我假装看书，喝着午餐剩下的香槟和在她遛狗时打翻的威士忌，胸中的怒火即刻便快溢出。我不是在为自己狡辩，但接下来发生的事确实不是我的错，我只是为自己解释一下。“你是没别的意思，你只是看不起我而已。”我说话时眼睛盯着书页，“你不用表现得这么明显。”

“我的就是你的，这都是我们共享的，不是问题。今天可是圣诞节，别这样，这一天我们过得多开心呀。这是我给你的礼物，打开吧，瞧你这坏脾气。”

她用手臂环住我的脖子，挠着我下巴试着逗我笑，佩吉的大儿子要发作时她就会这样逗他。但我可不是什么被宠坏的小孩，我不吃这套，所以没有转身。

我听着她离开房间，踩着楼梯窄小的步级下楼到浴室。她把礼物留在我身边，那是一个小巧却颇有分量的圆柱体，用单薄的红底礼品纸包扎着，纸上印着圣诞老人爬烟囱的图案，看着挺廉价，我数了数，一共二十二个印花。

打开包装纸里面是只黄色的盒子，是须后水，我最喜欢的那种。这是我的标志性香调，帕尔马之水。有那么稍纵即逝的一瞬我惊喜了一下。浴室里的那瓶快用完了，莉齐肯定发现我为了汲取瓶底的残液不断地按压喷头。但这瓶是克罗尼亚清新古龙水，错了，完全错了，我用的可是克罗尼亚浓郁古龙水。我看重的是她的心思，而事实是她根本没花心思，她只是从货架上匆匆抓一瓶就完事了。就连包装也这么自以为是，这种包装纸只有送小孩礼物时才会用到，该死的小孩。

我从椅子里起身，没走两步就碰到她从浴室出来。我注意到她脸上的不安，真希望能撕下这副表情。我一把掐住她的脖子把她按在墙上，告诉她她并不爱我，她使劲推开我，膝盖抵到了我的下体，我躲开她的攻击。她尖叫起来，我和她的腿纠缠在一起，然后我还没弄清楚怎么回事，她就摔下了楼梯。她整个人跌了下去，没有头朝下，而是侧着身滚了下去。她用胳膊挡着脸，手在空中徒劳地乱抓，一直滚到楼梯最后一级。

当警察赶来时，我们一起坐在楼梯底下，两个人连动的力气都没有了。我抱着她的脑袋，在她耳边一个劲地道歉。狗趴在她脚边，喘着粗气，它努力扑救莉齐，几乎筋疲力尽。

对讲机发出的声响在黑夜中显得空洞无力。我能依稀感受到留在路边尚未熄火的警车发出的震动，跳闪的红蓝警灯映射在门厅的墙上。

门铃响了。

她没有动弹，甚至还没有看过我一眼。“你需要帮助。”她说，“我不知道是酗酒的原因，还是我发现的那些药片，但是你有必要去看一下医生。”

“我知道。”

她颤颤巍巍站起来。“我是认真的，扎克。”

“我会的。”

她把手放在门闩上：“你保证？”

门铃又响了，磨砂玻璃上印出一张凑近的人脸。

我点头。“那不是我。”我说，“我不会再这样。”

她盯住我，千言万语却也只是沉默。一个不言而明的契约达成后，她开了门。

# 第19章　莉　齐

怀孕了，夏洛特怀孕了。是扎克的吗？这可能吗？只有日期能说明一切。

2011年的圣诞节。

他为我做了早餐，我们过得很开心，还开了一瓶香槟，大半个上午都黏在被窝里。我仍处于防御状态——随时都可能打破现在的快乐，上一刻的狂热下一刻就被迎头的冰水浇熄。我永远也猜不透他什么时候会爆发——他脸上的肌肉会扭曲，瞳孔瞪得扩散开来。他发脾气就像发病，说来就来，反复无常，但我知道该怎么应对。我会保持冷静，做出漠不关心的样子，静静地做任何事，证明是他先挑起的事端。这是我造的孽，由我来解决。

那天却不一样。并不仅仅是我的偏执导致的爆发，而是我看见他眼里的那种漠然，就像他已经忘记我是谁一样。我已经记不得当时的情景了——只记得世界褪成了黑白，天旋地转，直到我眩晕不止，头痛欲裂。

事后，他异常痛苦，为自己的所作所为备受折磨。他说，那不是他，而是潜藏在他身体里的另一个自己——是他孩童时期所受的痛苦与药物所致。他愿意做任何事来挽回我，他会去看医生，会戒酒，然后情况就会不同了，他的心魔不会再挣脱枷锁。他只想我保证不会离他而去。

“我保证。”我流着泪答应了他。

学期开始时，我的喉咙还是疼得难以吞咽，淤青则用长袖来遮盖。简留意到我崩溃的神情。“最近熬夜太多。”我这样告诉她。

他开始把我的生活搅得支离破碎。我觉得应该为他的幸福和清醒负责，所以一下班就直接从学校回家陪他，姐姐和朋友想和我见一面也都被一一回绝了。我唯一做的就是遛狗，而现在只要扎克加入，霍华德就情绪低落。我去母亲那探访的次数也远远不达标，每每深感惭愧时，我只好使劲摆脱这种念头。现在扎克才是最需要我的。

学期开始不久，我的感冒恶化成了流感，扎克给学校致电帮我请了假。他把柠檬和蜂蜜送到我的床边，还做了煎蛋吐司。他也会念书给我听，用自己的 iPod 给我听歌，照料房子和霍华德，还从博姿买了维他命：双重维他命 C 加锌和备孕维生素叶酸——“为备孕的你专门定制。”

“你要保持健康。”他说，“你的身体才会准备好。”

一周的离职假延长到两周。一天下午简来看我，我听到他们在门外台阶上对话，可他却一个人回来了，原来他告诉简我正睡着。“可我没有啊。”我说，“能见到她不是很好？”

他看上去很受伤，像是被我质疑了能力。“你需要休息。”他皱眉不悦。

我想看医生，扎克劝我不要去：只是病毒感染而已，干吗要浪费医生们的时间，还要冒着风险在满是细菌的等候室里待诊。他会照料我，靠自己我也能痊愈。

我头晕晕的，四肢疼痛不已，但他还是想和我做爱，他动作很轻，尽管这是有原因的。

我们谈到我们将来的孩子——会是男孩还是女孩，长得像他还是我，有我们俩谁的头脑。扎克琢磨出一列名字，还查看了伦敦南郊的幼儿园和小学。然后，他像往常一样开始谈康沃尔郡，我打着盹儿，耳朵贴在他的肩窝处，可以感觉到他说话时喉咙里的振动。他描述着孩子们在浪花中追逐的场景，壁炉中探出的微光和村子里的学塾，编织出一幅我们生活的美好景象，令我心驰神往。

我在 1 月底回校工作后，就递出了辞呈。桑德拉问我是否决意离开，我向她确认，但由于当时还尚未告知我的妹妹和朋友，所以希望她能暂时为我保密。我正“一步一步地来”，就像扎克跟我讲的那样。

在这以后，我晚归了几次——不能说特别晚，只是比我答应的时间晚点，但还没到 6 点。扎克在家里规律地来回踱步。他已经关掉了插座里所有的插头，手红红的，肯定用热水洗过。他抛下我置之不理，匆匆地敲着笔记本的键盘，记笔记，写邮件，无论做什么，都愤愤地敲击着。霍华德躺在桌下，仍旧恹恹不振的。我看见扎克踢了它一脚。

我试图解释。贾斯敏，一名八年级的问题少女，在明天就要被领养了。她进到图书馆时就闷闷不乐的。后来，她开始把书架上的书摔在地上，一边践踏，一边骂骂咧咧，大喊大叫。“我费了点力气才把她安抚下来，我只好一直和她交谈，告诉她一切都会好起来的，直到社工来了我才能走。”

我站在水池边向扎克解释，用滔滔不绝的言语以及各种细节描述来掩饰我的不安。他向后挪动椅子，然后起身穿过房间，站在我面前，他离我这么近，几乎要踩上我的脚趾。他直勾勾地盯住我的脸，伸出手掌像要抚上来，但他却抓住了我的头发，猛地向后扯我的脑袋。他用尽全力打开水龙头，冷水涌出冲在我的脸上，灌进我的鼻子里、嘴里。我惊恐地挣扎着——我想我完了，他可能会把水阀调到热水——但他马上就松了手，我一下子瘫软在地。

我会因此离开他吗？也许还不至于。他满是悔恨，这是当然，而我也怪自己不事先给他打电话，毕竟我原以为可以尽快离开，在他发觉前就到家。再后来我在跟他解释的时候，也应该更加轻松，更加自然。如果他认为我很自责，那是因为我的确心存愧疚。

接下来的事发生在 2 月的第二个星期。这段时间我们都在为生育做努力。佩吉曾告诉我在决定一件事前要先等上六个月。我知道扎克想顺其自然，但去看看全科医生也无伤大雅，我是这么认为。我能看看我们有什么选择，万一有什么可以着手的可以加紧完成。于是，我在一天午餐时间做了预约。

那个礼拜扎克心情很好，他在埃克塞特的温布尔登画室里认识了一个新的经销商，他对扎克的作品很有兴趣——风景画——也许还想要买入更多。对扎克来说，这是一个新的开始，这个机遇能让他摆脱在布里斯托尔时的失败。他正打算见见这位新交的朋友，然后在戈尔斯待些时日，在我们过去前打点打点。我们迟早要搬去戈尔斯，但这样也不错，不是吗？只是桑德拉什么时候才会放我走？

“她得先找到接替我的人。”我告诉他。

他眉头紧锁，面露难色。“不是谁都离不了你。”他回答说。

谈话结束后我就离开了房间，去床上躺着。没什么事，我告诉他，只是头疼而已，他完全不知道自己说错了什么。我躺在那儿，深感不安，我真想搬去康沃尔吗？我怎么可以就这样抛下我的母亲、我的妹妹、我的朋友？他们都需要我，学校里的一些孩子也需要我。我想到了贾斯敏，她现在开始会在午餐时间来图书馆，还有康纳——他可能还没意识到我在关注他，但我确实一直都留意着他。扎克错了。大家确实离不开我，除了他。

我试着不去想这些。扎克总是心意不定，老是把伦敦挂在嘴边，伦敦，令我们相识的伦敦。也许我只是在等着他改主意，也可能在怀孕后我就不这么想了。

我把预约提前到扎克出发的前一天。我找的那位医生刚刚涉足外科，看上去也比其他上过六年制医学院的医生年轻不少——她一头金发，长相迷人，笑容明媚。她不像别的医生那样坐着等患者去敲门，而是在诊室外见了我。这肯定是种新的指令吧，我记得我这样想。

我坐在椅子上，告诉她也许我就不该来这趟，但如果怀不上孩子我肯定会耿耿于怀，我想知道这样跟人谈谈有没有用。

她在电脑上调出我的档案，询问我们试了多长时间，是不是每月都算准时间；据我所知，我的丈夫有没有任何健康问题。

“没有。”我回答，“他非常健康，只是在服用一些抗焦虑的药物，但这不是问题。”

“好的，您丈夫也姓卡特？”

“不是，他姓霍普金斯。扎克·霍普金斯。”

她点点头，然后继续看屏幕，又敲了几下键盘。接着她面露困惑：“您丈夫也和您一样想要孩子吗？”她问得很直接。

“是的。”我回答说，“他渴望能有个小孩，把他抚养长大，他还没有真正当过父亲。”

她点点头然后将十指交叉。“好的。”她说，“这个嘛，这也不是世界末日。因为人的念头常常是会变的，想法都是可逆的。把他带来我们一起聊聊。”

我完全没听懂她的话。“可逆？什么意思？”我问。

“他做过输精管切除手术。这儿——”她把电脑屏幕转过来，“他在 2010 年 9 月 2 日来过，并提到了李斯特诊所，一家私人医院。他在七天后，也就是 9 月 9 日做了手术，恢复得很快，但……”她微笑道，“我们发现一旦男人决定做这种手术，他们都会努力过这一关的。”

“输精管切除手术？”我笑了，“您肯定看错档案了。我丈夫叫扎克·霍普金斯。”

她目不转睛地盯了我一会儿然后移开视线。“嗯，”她说，“也许您该叫他一起来，再做个预约，双人预约，我们一起谈谈。”

我不知道自己是怎么走出诊所的，仿佛肚子上挨了一拳。她没说错，我记得 9 月里——他是如何百般推辞不和我亲热，还有他走路时微跛的样子，他说是自己下自行车时扭伤了腹股沟。他不想要孩子，也要不了孩子了，他嫉妒我的狗，想要完完全全霸占着我。他把我当成他的玩物，自顾自地玩弄，为所欲为。

我没有回学校，打电话给办公室说我病了，然后整个下午都在街上游荡，思索着该怎么办。如果跟他搬去康沃尔，他会毁了我的。我坐在咖啡店给他写了封信，言辞镇定而冷漠。信中丝毫没有涉及我自己的感受。

那晚，我用简给我的菜谱做了晚餐。我心不在焉的，在酱汁里加了蘑菇，他拒绝吃我烧的菜，连碰都不想碰。我尽量像平常那样往嘴里送着饭，刀叉每次都擦出刺耳的声响。我沉默地咀嚼着，他注视着我把饭菜塞进嘴里，每次在我吞咽时就皱次眉。整顿饭下来我们没说一句话，而我的暴怒也消失殆尽。我仍旧可以面对他，给他解释的机会，而他只是撇嘴鄙夷地评论了几句。

巨浪卷来时，你要么选择逃跑要么随它沉没。我决定逃跑。

我去寄信时，他正在浴室洗手。这不是什么惊天动地的事，不过是把信封塞进马路尽头的信筒里就结束了。这也代表不了什么，没有东西坠落或是焚毁，至少那时还没有。

# 扎 克

**2012年1月**

现在她是我的了，我能感觉到。不像生病时的那种神志不清，她是完全沉醉于热恋中了。我很开心，每天对我们来说都像一种恩赐。家里很清静，以后也会这么清静，没人来接近我们（除了简，但我打发了她）。我替她保管了手机，没有情人试图联系她——除非他已经开始谨慎行事了。我事先帮她放好洗澡水，在她洗澡时检查了枕头底下，可并没有备用手机，我觉得她讲的是实话。等她洗完澡，我用浴巾围住她的身体，擦干，然后送她回床上。她躺在那儿，仍然很虚弱，对我对她的照顾满是感激。我轻抚着她的头发、她的脸颊，用被子把她紧紧裹起来，然后试探性地跟她讲了我的计划——断绝我们在这儿的所有联系，搬去康沃尔重新开始。

“好的，亲爱的。”她懒洋洋地说，“如果这会使你高兴的话，就这样吧。”

棒极了。

至于奥妮，我对此很羞愧，我已经不再和她有联系，她总是让我心神不定。坦白说，我甚至都不喜欢她，更不用说对她动情了。我在电话里和她断了关系，她的父母已经发现她没去伊舍，罚她去康沃尔郡重新上了所由一群蹩脚的互惠工赞助的垃圾六年制大学——目的是让她远离所有的干扰（不知道这样是否合了我的心意，我必须为自己想想办法）。她在电话那头抽泣，不知道是不是做错了什么，是不是她太胖了。

“你当然不胖。”

“那是为什么？”

“没什么。”

“是不是因为你的妻子？”她迟疑道。

“是的。”我脱口而出，“就是这样。”

我的妻子。我的莉齐。

# 第20章 莉 齐

星期四是这些天中不见日光的一天。天色低沉，好像舞台上的幕布挂在了天上。我呵斥十一年级的学生瞎摆弄电脑，把十二年级嚼口香糖的学生赶了出去，每次图书馆门打开时，我都腾地站起来。

人们会用那些“假如的事”折磨自己。我不该再写那愚蠢虚假的信，我应该直面扎克，这样才是成熟的做法，也意味着那场面肯定好不了。他可能矢口否认甚至歪曲事实，说我的不是，但充其量也就到这个地步。我可能知道扎克这么做的原因，和夏洛特有关吗？因为她怀了扎克的孩子？她出事故这一悲剧让他下了这个决定吗？还是因为他与奥妮的婚外情？会不会是因为齐妮娅？或仅仅是他的成长阴影——对家人间的龌龊事的恐惧？我无从得知因为我不曾问过扎克。我把自己藏了起来，变回了以前的老样子，为一个简简单单的生活，让凶手逃之夭夭。

当看到她站在屋外时，我停住了脚步，几乎要转身折回去。

但她还是看见了我。她手捧鲜花，一束脆弱的蓝色海葵花——单色的。

“求你了！求你了！求你了！”她边说边把花塞给我，“真的很抱歉，我知道这种事是错的，但请你听我解释，求你了！”

我一言不发从她身边走过，把钥匙插进锁芯。“我不需要花，”我说，“我只想要那个笔记本电脑。”

“好的，我知道的，真的对不起。”她把背在肩上的背包取下放在地上，开始翻找。几件衣物——一条围巾，一件黑色背心散落在小路旁。

终于，她取出笔记本电脑递给我，人还蹲在地上。

“谢谢。”我接过电脑，准备在她面前关门。如果她站起来，我会很轻易地把门关上。从情理上来说，我不想让她这样趴在我脚边。

她抬头看着我。她眼睛很宽，画着黑色眼线，像是一种奇怪的林地生物。“求你了！”她又说了一遍。海葵花放在地上，“我知道的比你想象的要多得多，我能帮助你，我们应该一起做这件事。”

“做什么事？”

她站起来，说：“当然是找到扎克啊。”

十分钟后奥妮又坐在房间前的沙发上。她已经哭了一会儿，鼻涕眼泪像是真的，告诉我她有多么抱歉。这是她头脑一热做出的决定。当时她坐在桌旁，看见了手提电脑，认为稍微花点时间就能破解密码，结果并没有。现在她得知我也无能为力。“我们应该一起破解密码，人多力量大。”她说，“我们不是敌人，我们应成为朋友，一起努力。我们必须一起来弄清他会选什么重要的东西做密码。”

我站在壁炉旁，把电脑捧在胸前，没多说什么。

"我听说过你，"她说，"你离开崖燕屋的时候来吃过午饭。"

"我没去吃过午饭。"

"好吧，那时你没有吃过午饭。我离开众人从画室出来上了楼。我听到你一边喃喃自语一边跑出房屋。我一直不太明白为何你一定要找到扎克。但从前几天你说的所有事的语气和你谈及扎克的神情来看，我现在明白了。"

"你明白什么？"

"他还活着，是吗？"

我没有直接回答。

"这怎么可能呢？"我最后说道。

"我昨天一整天都在想这件事，只想弄个清楚，他肯定伪造了那个车祸。"

"这不可能。"我小心地说，声音低沉，以老师的口吻，"这场车祸牵涉了很多人。打电话报警的农民；站在马路中间阻止车辆前进的阿斯达公司运货司机；还有牵引车上清理车辆残骸的三个人；目击者，验尸官，两个不同的警察队伍。这是件大事，奥妮。"

"你听说过乔利恩·哈里森吗？你知道他是谁吗？"

"这名字很耳熟。"

"他失踪了。正好是扎克出车祸的那周在康沃尔郡不见了踪影。你不觉得这很奇怪吗？"

我感到心脏狂跳，胸前发紧，但嘴上却说："巧合而已。"

"最后一个看到扎克的人在比德。库伦说那个人那天一直待在酒吧里。"

"扎克那晚在酒吧？"

"是啊，我就在酒吧里找到他的。"

我看着她身后的窗外，崭新的窗格玻璃折射出不同的光彩，玻璃表面也不怎么凹凸，平整多了。我猜他那晚在埃克塞特，但如果他那时在康沃尔郡说明什么？我研究这些玻璃试图让自己冷静下来。

“扎克很聪明，他肯定会做得天衣无缝。他和乔里恩可能是一起上车的，但扎克及时下了车——当汽车着火的时候他打开车门跳出来滚进了沟里，他决定就这样走了或者他根本没在车里。是乔里恩一直在开车所以乔里恩死了。扎克从此便了无音讯。他在等待，等到一切安全时他就会回来。”

我试探着对她说：“但一个人不可能像什么都没发生一样伪装死亡啊，需要文件、驾驶证、护照以及国家保险号码，还有一些基本的事情，像租房子住或找工作——这些都需要一个合法的身份才能做到。假使你是那些出生后申请了出生证明但不久就夭折的婴儿，所有的这些漏洞不可能再让你过上以前的生活，更不可能让你开启一段新的人生。”

我意识到自己提高了音量。

奥妮站起来向我走近一步，她眼神闪烁。“假若你根本不想要一个新生活呢？”她说，“如果你想打乱以前的生活呢？”

# 扎克

**2012年2月**

她发烧了，现在好多了。她说她在博取关注，但我不信。她是在一如既往地说谎。我敢说她又变了。我感到一阵滑动，沙子在我脚底游窜像是来来回回的潮水。我不知道她整天在那个学校里做些什么。她就像一条鱼，我握不住。我不得不紧紧地压制她让她待在一个地方。我现在才知道她喜欢我是因为那次流感我对她的关心而不是打心底里爱我。

她回家太迟，我发了火。我不应该，但我抑制不住。我开始早早地酗酒，在房间里踱步，摆弄着插头。一遍又一遍地检查。我的手被我洗得生疼。一切都不对劲，应该是吃那些药片的副作用，我心想。她在监视我，我感觉她在审判我。我非常爱她，爱火迸发时甚至想啐她一口。

我谎称要在埃克塞特办画展。我告诉他画廊老板很喜欢我。这次不像在布里斯托尔那样小气，这次的空间很阔绰。我已将见面时间写进了日记。他喜欢我的抽象风景画，还叫我再画一些。不久之后我们得搬去康沃尔住。她认为我看不到她眼神里的恐惧，但我看到了。

霍华德，老伙计：恐怕你的死期到了。我对这场慢性毒药战役颇下了一番心思。我在“家有宠物”店买了一些动物脊髓，砸碎了，每块里塞了一片药。我把它们藏在一个垃圾袋中，挂在花园小棚里一片防磨帆布下的一颗承重钉上。她从来不去那儿看的。

# 第21章 莉 齐

星期五那天，简在最后一声铃音响之前出现在门口。她打算去圣乔治，想问我想不想去。我直勾勾地看着她，我很累，脑子快裂了，根本不知道她在说什么。“看看他怎么样了，”她说，“展示一下你的友好之意。”

“谁？”我说。

“还有谁？山姆啊！”

我留奥妮在家试着破解扎克的密码。其实我不愿接受她的帮助。我们都是可疑的帮凶。这看上去很奇怪——他的妻子和他的女学生情妇一起破解他笔记本电脑的密码。我们花了一个晚上研究有可能的密码组合。我一度想放弃。“什么都有可能，”我说，“可能是随机的字母组合。”但是奥妮很固执地坚信扎克对待设置密码这件事非常谨慎，因为他对所有事都如此。“这个密码一定对他有什么意义。”

她告诉我不要担心齐妮娅。她会一直试着和她联系的。

我觉得她会很拖延，但不知道说什么好。

我想知道我串通奥妮会不会逗乐或惹怒扎克，甚至这是否是扎克的整盘计划。我对此感到很不安和不适。但与此同时也无视这件事，他最坏能做到什么程度？杀了我吗？还是把我们俩都杀了？

奥妮承诺说会注意霍德华，如果它情况恶化的话，会打电话给我。

“好吧，”我对简说，“生活还要继续。”

她驾车把我们带到她旧房子那儿。汽车后座放满了拳击手套、折叠椅和《小鬼头与贼阿爸》的制作道具这些东西。从车的后面看不见我们是否被人跟着。

“你很安静，”她说，“感觉有点……”

“我很好。”

我发短信给奥妮告诉她我会晚点回家，随后我就关掉了手机。

我发现山姆在其中一个男士外科病房里。他穿戴整齐唯独没穿鞋子，躺在房间一端的床上。他的头绑上了绷带，几个枕头支撑着他读书，他正在读一本名叫《邪恶的基因》的书，所以没看到我们正走近他。走向他的时候我在想两件事：第一件事是看到他多么美好，他是多么简单；第二件事是看望一个同事关系的人是多么古怪，况且他还没穿鞋子。

“啊，”他边笑着说边放下书，“工作代表团来了。”

简说：“这就是问候你同事的方式吗？他们可是为你提供生活来源的人。”她亲吻了他的眉毛，他的眉毛在绷带边下方，被“神奇芥末”染成了灰黄色，这种药膏像是以前在学校里经常擦拭在伤口上的碘软膏。我以为是碰撞受的伤，但没想到是割伤。我没有亲吻他，而原因并不在那。

山姆望着我，像是看出了我的尴尬。“卡特，”他说，“谢谢你来看我。”

他从天鹅状的柳条筐里拿出巧克力松饼递给我们并告诉我们当时发生的事或把一些片段尽量拼凑在一起。在广场边他就离开我，沿斜路走向铁路桥。

这是他能记起的全部内容。他猜测他穿过了铁路桥，因为一小时后他被人看到在另一边铁轨的灌木丛里，当时他头部受了伤，两根肋骨折断了。“这是意外攻击，”警察想，“可能是认错人了，或者抢劫抢错了人。”等某个护士把相关材料拿来他签字后就可以出院了。他的前妻宝拉此时正开车从哈克尼区来接他回家。简问山姆能不能自己照顾自己，他说宝拉会在头一个晚上留在他那儿确认他醒来时不会口吐白沫。

“哦？”她明知故问。

“不是那样。”他说着快速扫了我一眼。

我几乎说不出话来，我不和任何人结伴。但当我们起身要离开的时候，他发自肺腑地说：“我对这件事感到衷心的抱歉。”好像这件事是他的错。我们目光交会在一起，我看到他一个瞳孔下面有个黑色的斑点，酷似一个逗号，嘴角还挂着深深的微笑。他穿着一件方格图案的维耶勒法兰绒衬衫，领口敞着。他锁骨惨白，上面还有淤青的指印。

简劝我离开医院后去她在杜丁的公寓，桑杰工作到很晚，她有时间陪我。我希望她能检查一下我的精神状况，但我还是走了。我想离开我的房子，离开奥妮，越远越好。我并不在意她住在我家，但我就是不情愿和她待在一起太长时间。她保证说如果她去哪儿的话会打电话告诉我。但同时，我也需要某种牢靠的东西来抚慰自己的心情。

简和桑杰住在百老汇大道后面的一个公寓里，这个公寓很大，占了两层楼，装修得像维多利亚妓院，充斥着厚重的窗帘、长靠椅和红色天鹅绒屏风。在小厨房里，我们喝了一杯茶后又喝了一杯酒。简急忙拿出微波炉烘过的烤土豆和芝士。我们谈起了工作——米歇尔的男朋友会不会求婚，帕特需不需要服用百忧解，还有奥弗斯德下周回不回来。我的思绪被分成两条平行线，不和朋友联系，这就是隐藏一些事情的后果，而且再也弥补不了了。我没提扎克但和她说了一点关于奥妮的事——试着去解释我怎么会变得这么冷淡。我没有谈得很细——只是说扎克的一个老友的女儿行为有点不正常。简说听起来她需要一些专业治疗。“她不关我的事。”我随意一说，倒希望这是真心话。

等想到看时间，时间已过了 9 点，还能坐得上公交但我决定步行——沿加拉特里大道莫德林路走。连月来第一次雨水消停了。我也醒了酒，步行了四十分钟，经过很多商店，走在露天下，走在路灯下，转身停下来很多次。我想知道扎克在监视谁，奥妮还是我？他迷惑吗？被情欲搅扰吗？我低声说：“我准备好了，你到底在哪？”

扎克对此表现得太聪明。

站在屋外，我听见一阵熟悉的音乐声，那嗓音，充斥着鼓声和电吉他之音。是埃尔维斯·科斯特洛唱的歌：不是《再见，残酷的世界》，而是出自他早年专辑《我志为真》中的《艾莉森》，一首明面为爱情实际讲背叛的歌。我摸索着钥匙，当看到一旁的奥妮在窗户的另一边盯着我时吓得跳了起来。她脸色如月色般苍白，垂下的过肩长发就像窗帘一般。

我打开门，她从客厅走到门厅。“你回来太晚了，”她说，头歪在一边，“你到哪儿去了？我很担心你。”

“抱歉，之前发了短信给你，我去看望一个住院的朋友。”

“你没有接我打给你的电话。”

我把手机从口袋里拿出来，说：“该死，对不起，我进病房的时候关了机，忘记重新开机了。”我按下顶端的按钮，屏幕亮起来，五个未接来电、四条未读短信，“真的抱歉。”我又说了一遍。

她看着我，微微摇了摇头说：“没事，不要紧。”

狗狗从厨房走出来欢迎我，门开着，音乐声更大了。不是太晚。我闻到饭菜的味道，我抚摸着霍华德对她说：“我还以为你的年纪太轻不喜欢听埃尔维斯·科斯特洛的歌。”

“我喜欢听他的歌。”

“是扎克的最爱。”

“我知道。”

我压抑着一丝嫉妒的情绪跟着她进了厨房，在那儿 iPod 还在播放着埃尔维斯·科斯特洛。餐桌已经摆好了，奥妮打开烤箱把盛着两块鸡胸脯肉的盘子拿出来。她把鸡胸脯肉分别放在两个餐盘里，又加了一些马铃薯泥进去，最后她从铁架上的深平底锅中取出一些豌豆放进去。“呼啦啦，”她说，“我敢打赌你不知道我会做饭，是吗？”

“好棒啊。”我说。我当然能告诉她我已经吃过了，这样就不会觉得这么难受。但我做不到。以前和扎克在一起时也是如此，困在他的期望里，被控制着。我同样也没了主见，不知道自己被人驱使感受什么，不管是对的还是错的。我拿过来一杯水，靠在水池边喝，能感觉到奥妮在注视我的一举一动。

“很棒，不是吗？回到家就有现成吃。”她在我放下水杯时说。

“很棒啊。”

“你平时喝酒吗？”

“不太喝。”

她对着我嘲笑地摇动着手指，大笑。

“不喝，真的不太喝，一两杯吧。”

她把餐盘递给我，我们都坐了下来。

“那你是去看望谁啊？”开始吃饭时她问道。

“就是一个学校的同事。”我猛吞下几块鸡肉，好像是惩罚。

“山姆·维尔汉姆？”

“是的！你怎么知道？”

“我就是记住了而已。你前几天和我说过他。”

“有吗？”我放下叉子直直地望着她。她无意中能知道这件事实在太奇怪。

她继续吃着饭，但感觉到我的眼神后，她笑着抬头看着我说：“你还没有问我今天进展如何呢。”

“那你今天进展如何？”问出口的时候我就知道是个错误。我不想让奥妮在我不在这儿的时候看见扎克笔记本电脑里的内容，压根就不想让她看里面有什么，希望她一无所获。

“我没想出密码，”她很快就回答了，“但我一直在努力地想，五分之一的人会用他们宠物的名字。我试过‘Howard①’但还是不对。你知道扎克在童年时期养过什么宠物吗？”

扎克凄清的童年家庭生活画面浮现在脑海。大大的房屋，空荡荡的房间，一个没人爱的小男孩蹲在角落里躲避拳打脚踢。他渴望有只小狗——扎克很早和我说过这些——但他甚至没有勇气要求养

① 霍华德。

一只。“他没养过什么宠物。”我说。

“第一任女友呢？他此生挚爱呢？他可能会选择对他有很大意义的人做密码，他是个极富浪漫情怀的男人。”

“是吗？”我站起来，暗地里把剩下的土豆倒进垃圾桶，对着水龙头洗了盘子。现在她以为我已经接受了他们的婚外情，她和我说话的语气好像我们同是扎克的妻子。“呃，我猜他的初恋女友在怀特岛村，是在他童年时谈的。”

“怀特岛村？我要去！”

我转过身假装害怕地大笑：“不行，我答应过扎克永远不会踏足那个地方。他不想让我被那个地方污染。他发过誓永远不会回去。”

“他让你保证永不去怀特岛村？”她脸颊抽搐了一下，表情充满了疑惑和些许遗憾。

“这不是什么难事，”我说，“我遇见扎克才知道这个地方在哪儿。实话说它也不在我的行程中。”还在说着的时候，一个想法正在扎根。一想到他就在附近注视着我，我就一门心思扑在怀特岛村。他可能就等在不远处，是的，在怀特岛村。这是他一直不希望我去一看的地方，也是藏身的最佳地点。

“你真有趣，”奥妮说，她完全相信地看着我，“它不在你的行程中。”

“这不是那么有趣。”

“谢谢你让我留下来，现在很不错不是吗？我想找到扎克的时候他会很高兴看到我们成为朋友的。”

# 扎 克

**2012年2月13日**

今天我动身前往康沃尔。她以为我是在埃克塞特和一位商人见面并在那儿过夜，但那天我直接去了戈尔斯。我会安排妥当让我们能搬进去。我也要冷静一点，吃了一些库伦开的药。我想让她亲吻我，我想念我的手抚摸她的身体、她的双腿间，想念嘴唇在她身上游走的触感。她一定更想念，她一定更想我。

明天是情人节，我却不在家里。去年的情人节有玫瑰、烛光、卡片和吻。我们缠绵在一起共度良宵。今年，这些都不曾提及过。

她昨晚情绪很奇怪。她烧了小鸡炖蘑菇，实际上只是把它们放在一起烧，再掺点大蒜瓣在鸡肉里。故意破坏情调？我觉得不是这样。不是因为不浪漫我才不和她说话，不和她说话是因为她怎么能对我的需求漠不关心。她让我简直无话可说。我剩了一盘子的饭菜，她默默地收拾掉倒进垃圾桶。后来，她用奇怪的口吻说话，好像是在评论一个仅仅经过她人生的物体，和评论这国家偏远地区的天气一样："你可以试着拌一下你的饭菜，不试的话你不知道自己喜不喜欢吃。"

"我是个成人了，"我说，"我不需要你哄着我吃饭，谢谢。"

"我只是说你尝试一下又不会死。"

我说："人们总是会多管闲事。"

"人们？"她说，"你总是在说'人们'，扎克，你全面概括了'人们'，把他们都混在一起，好像世界上所有人都一样，独你一人与众不同。"

她今天早上为顶撞了我而向我道歉。我当时很生气但现在忘了。我那时推她了吗？记忆有点模糊，但现在看来太迟了，我们假装和平时一样，她难以入眠，我能看出她眼底的阴郁。录音机开着，播着另一个镇的选举结果。她穿上大衣，出门走到一半的时候我叫她回来。

"我爱你，"我对她说，"你知道的，是吗？"

"我知道。"她说，嘴上说着谎。

"我爱你超过一切，"我说，"超过生命。"

我用尽全力吻她，但我还是感受到她想抽离。

# 第22章 莉 齐

周六，天还没亮我就醒了。我轻手轻脚地走进厨房，霍华德站起来吃着我给它的食物。它摇动尾巴，把桌边的勺子碰掉了，啪嗒掉地上摔碎了。我僵立原地，侧耳倾听。楼上没有任何动静。我飞快地给奥妮留了张纸条，感谢她昨晚帮忙做饭和清扫房间——真的很感谢你所做的一切，而且房子也需要打扫了。我告诉她有个朋友要来住，如可能的话我需要那张沙发床。最后我又加了一句：再三考虑后，我觉得我们还是不要一起去寻找扎克为好。抱歉！你离开之前我可能赶不回来，现在祝你一切安好！

这封信很蹩脚，令人反感，但我不在意。

我把扎克的笔记本藏在床垫下，然后悄悄地离开了。

3月的赖德海滨休憩地，像一排维多利亚风格的玩偶般兀立雨中，灰暗、颓废。涨潮的海浪拍打着堤岸。一座教堂矗立于小镇最高处，直穿云端。

我感到我似乎闯入了禁区。这是一个邪恶的地方，扎克说他所有的不幸均源于此地。在他离开的那天，他发誓永远不会回来。那天，他第一次站起来反抗父亲，结果被赶出了家门。母亲懦弱，全听父亲的。几个月后，父亲去世，母亲说不欢迎他参加葬礼。甚至连卖庄园的时候他也没回来——卖房的收入大都还了父亲欠下的债务。

“难道邻居们不知道你家发生的事吗？”我问他，“没有一个人站出来评评理 吗？”

“他们知道我被家暴 。”他说，“有窗帘掀起。他们知道，却什么也没做。”

他憎恨生他养他的家乡，把自己的所有遭遇都归咎于此，我不怪他。但怀特岛没有错，它只是个事情的发生地而已。不能说他搬去了别处就能把它全然忘掉。他每天都生活在父亲暴力母亲纵容的阴影下。这就是他的问题的症结所在。也许他已经意识到了这一点。要是他现在藏身此地，那他得多么的绝望啊。要是他没藏在这里，而是跟着我来了，看到我跟他对着干，一定会非常生气。无论是哪种情况，都会把他逼现身的。我想让他看见我的行动，我想让他知道。

我先后换乘了火车、汽车和渡船。在火车上，我挨个车厢搜寻，换过几次座位。乘渡船的时候，船上只有四个人——两个二十岁左右的女孩，一个坐在前排看报纸的老人和我。

我很惊讶，怀特岛很温柔，与别的岛没什么不同。一块浮在海面的陆地，有行人桥、窄窄的环岛路和几家炸鱼薯片店。赖德是淡季海边小镇的萧瑟氛围——酒店关闭，潜水衣打折出售，年轻人无所事事。

我沿着岸边朝前走，霍华德走在前面，一路经过了一个溜冰场、一家游戏房、一家小型彼得潘主题游乐场。其中一辆游乐车底朝上倒扣着，内部结构都暴露在外，仿佛油乎乎的内脏。这些地标性建筑并没有扎克说的那么粗俗，那么糟糕。在一个人工湖畔，一排用链子锁着的天鹅形状的脚踏船彼此紧挨着，一位年轻女性和一个小孩正用面包喂鸭子。我想起了一次在博格诺里斯度假的情景。母亲大胆地穿了绣花连衣裙，两个女儿衣着靓丽。她给我们穿的是在一家叫卡夫的店里买的一样的泳衣，海军蓝搭白色裙子。“你妹妹穿更好看。”我记得她说，“她的体形显得更好看。但看看你们，姐妹花！”

来到一片宽阔的海滩前，我放开了霍华德。让我感到安心了一点的是，它今天看起来好了很多。我在轮渡码头拿了一张地图，大略知道要往哪儿走。我沿着海边小路向前，路过一家关闭的咖啡屋，一排遗弃的海滩小屋，穿过一个公园，来到了另一条主道上。小路上很安静，一路都只有我一个人。灰色的索伦特海峡一眼望不到头，朴茨茅斯的高楼看上去像从海里冒出的牙齿。

在悬空行人道的尽头，小屋一幢接一幢，一条小路通向主路。我给霍华德上了绳，再看了下地图。过了第二个转弯之后，脚下的路远离了海边，开始向山上延伸去。几处隔成了公寓的房屋错落路边，一些树木点缀其间。这和康沃尔大不相同，在这一点上扎克所言非虚。这里显得更平静、更乡村一些。大多数房屋看上去像是度假出租屋，现在都空关着。

上了山顶，经过一个嘈杂的野生动物栖息地入口时——霍华德使劲地想挣脱绳子，就来到了主路上，往前再走十五分钟，就到了扎克长大的村庄。

我不确定我在期盼什么，或许是一片盎然的绿色，有马普尔小姐[1]似的人物，几间茅屋。然而，眼前远不止那些——一排山，一条弯曲的小道，一个三岔路口。村里有一所小学——我知道扎克上的是丁尼生预备学校，是岛上受过最好教育的人——一家私酒店（严令禁止的那种）和一家浪迪思连锁便利店，还有一间酒吧，里面放着天空电视的广告和一家星期天烧烤店。

我在一片草地上的长凳上坐下来，草地边上有一个狗狗粪便箱，霍华德躺在我的脚边。我很高兴带了它一起来。四周空无一人，我从未想到这里会感觉如此荒凉。我以为马青顿庄园——扎克长大的地方——会很容易找，庄园前面应该有气派的车道，花园是用墙围起来的，里面还有网球场。但是，我连这些东西的影子都没看到。

在浪迪思，我拿着扎克照片去问，一个带着鼻环的年轻女孩说不认识。这张照片是我随身带着的，他躺在我们院子里的帆布躺椅上，就快睡着了，脸冲着太阳。这是我最喜欢的一张，是某一天趁他没注意拍的。那女孩说没听说附近有姓霍普金斯的。她知道附近有一所大房子，普里奥里，一家豪华的酒店。扎克还提起过有过一位名叫考斯的保姆，穿着浆制过的制服，住在一个农舍里。戴鼻环的女孩说有一条考斯大街，但她不知道有哪位老妇人曾经做过保姆。至于农场："圣海伦大街有一家宠物农场，里面的咖啡屋要重新开业，不确定他们有没有农舍——也许有出租屋？"

扎克的父亲不去酒吧喝酒，他喜欢把酒买回家自己一个人喝。不管怎样，我还是向吧台后面的人打听了一下。女店主来自泰国，对此一无所知。她建议我沿着这条路往回走，去山脚下的海滨度假村问问，礼品店的老板在这里好多年了，或许他知道一些情况。

---

① 马普尔小姐是英国"侦探小说女王"阿加莎·克里斯蒂小说中的一位乡村侦探。

现在下起了毛毛雨。我拉上了毛衣外套的拉链，把衣服上的帽子戴在了头上，朝女店主指的方向走去。他少年时一定来这家酒吧喝过酒，然后骑着自行车沿着山路飞驰而下。如果他藏在这里，总得正常生活吧。他得走这些路，得来这些店铺买东西。我这样想应该没错吧？耳朵里想起了他的声音："我以为你是信任我的。"

村庄杂而不乱，古雅淳朴，窗帘或蓝或黄，很难让人产生害怕的感觉。我在主街的最高处找到了那家礼品店。我进去时，门"叮"地响了一声。屋里的味道既温馨又有些陈腐，混杂着铅笔屑和二手书的味道。我丈夫来店里买过纸飞机、玩具水枪或者美术材料——比如蜡笔或素描纸吗？我试着想象他还是个小男孩，在那里仔细地挑选。当我无法想象出这样的画面时，就感觉很泄气。我问店主——一个胖胖的男人，双颊红润，镶着颗新牙——是否记得扎克，最近有没有见过他，但他说没见过。他建议我去旁边邮局问问。

邮局里，三个金发小学生在挑选蟹网，一个穿着红裤子的秃顶男人正在取款机上取钱。我开始有点沮丧了，这个岛比我预想的要大。地图上标识的是长二十五英里，宽十三英里。或许他不在这里。他有可能在任何地方。柜台旁边的年轻女士也没听说过有姓霍普金斯的。至于考斯，有的，他们是这一带的一个古老家族，但没听说过谁做过保姆。至于大庄园，附近并不多，大多数老早就改成公寓了。

"对不起，别的我就帮不了你了。"她说道，一边伸手给那个穿红裤子的男子拿了包丝卡烟，"亲爱的，他失踪了，你肯定很伤心吧。"

我站在邮局外面的大街上，旁边有两只拴着的腊肠犬，汪汪地叫个不停。

对面药店柜台边上的椅子里，坐着一位上了年纪、脚踝浮肿的老妇人。药剂师高个子，脸颊瘦削，喉结突出。我开始询问，说一个叫扎克·霍普金斯的朋友不见了一段时间了，我一直在找他。我描述了我所知道的他童年的家。药剂师扫了一眼照片，摇了摇头。这时，从里屋出来了一个年轻一点、一头乌黑长发的女人，手里拿着老妇人的药，伸长了脖子来看照片。

老太太也瞟了一眼。年轻女子问："你不觉得这是吉莉·琼斯的儿子吗？有点像，是吧？"

老太太拿过照片，凑近了仔细看了看。她点了点头，又把照片还给了我："是的，是吉莉·琼斯的儿子。"

"琼斯？不，不对，我想你们肯定……"

年轻女人似乎并不想多说什么，转身走了。我有些尴尬，以为自己说错了什么。老太太慢慢站了起来，我伸手扶了她一把，和她一起离开了药店。她紧靠着我，穿过马路，朝那两只狂吠的腊肠犬走去。解开狗后，她问我："他现在还好吗？"

我点了点头。"嗯，如果我们说的是同一个人，他还行。他成了艺术家，很出色的那种。"

"你应该找布里斯托克太太问问，她是吉莉·琼斯的隔壁邻居，她还住在老房子里。她会记得的，她曾经照看过那孩子。去吧，把照片拿给她看看。"

她给了我地址，用拐杖指了指方向，然后牵着狗走了。

我再次穿过马路，在她指点的地方转弯，进入了一片很现代的住宅区。道路蜿蜒，我顺路往前，左转，再右转，在一个地方还折返了一次。这条路很绕人，房子看上去都一样。经过十分钟的盘旋而上，我终于找到了那里。房子很小，方方正正的，门前有一块草地，双重斜坡型的屋顶上架着一个巨大的卫星接收器。窗户仅一个，挂着扇形网眼窗帘。

我估计接下来会是尴尬的场面，也是浪费时间。脑子里冒出的是布里斯托克太太看了照片摇头的情形。从某个角度讲，那倒是我所希望的。

来开门的是一位矮小、满头卷发的老太太，厚厚的镜片后面是一双浑浊的蓝色眼睛。她戴着球状珍珠耳环，穿一件小花裙子，筋脉凸显的脚上穿着一双金色丝线拖鞋。我说明来意——询问的仍然是扎克·霍普金斯这个名字，她用瘦骨嶙峋的手拍了拍我的胳膊，让我进屋。“不要担心你的狗，”她说，“让它在花园里跑跑。”

她用了好一会儿才打开后门，把霍华德放出去了。霍华德看见一只猫，“嗖”地蹿了上去。我和老太太来到了客厅。

客厅里很热，也很挤，放了很多小摆设。假壁炉下烧的是气体，上方是开着的电视，电视声音关了。室内有合成玫瑰花瓣的香气，让人有些头晕。

她慢慢坐进一把扶手椅。“好吧，亲爱的，”她说，“再告诉我一遍，你为何而来。”

我坐在她对面的沙发的边上，旁边的桌子上放着一碗杂烩和一个玻璃大黑猫。我拿出了照片，轻轻放在了桌上。

“这是杰克·琼斯啊。”她脱口而出，“可怜的吉莉的孩子。”

杰克·琼斯。不自觉间我坐进了沙发，头下的靠垫被我压得陷了下去。“你肯定？我遇见他的时候他说他叫扎克·霍普金斯。”

“不，他叫杰克·琼斯。她自称琼斯太太，为了颜面，其实她一直没结婚，名用的是当姑娘时的名……”她一只手在空中挥了挥，“被你这么一提醒我想起来了，那男孩长大后随了他父亲的姓了。通过单务契约的方式改的。”

“他父亲的姓？你的意思是？”

“这是吉莉的伤心事。孩子的父亲几乎没尽过什么义务。嗯，是在露天市场认识的，或者是某个海军学院的学生，来这里一日游的。他在男孩大约五岁的时候来看过一次，但我知道，他没付抚养费。”

“我有点糊涂了。我所认识的扎克父母双全。您确定？”

我再次把照片递给她。她将照片贴近脸仔细看了看：“是的，这就是隔壁家的杰克。”她直起身，用食指拨开蕾丝窗帘说道。

“右边的那个房子，就在那边。跟我的房子一样，只不过他们的花园在斜坡上，我的晾衣橱更大而已。”

我顺着她指的方向望去。跟老太太的一样的房子，屋顶上有个卫星天线，屋前的小路上有一辆蓝色的小三轮车。不是豪宅，没有网球场，没有佣人，没有虐待狂父亲。压根儿就没有父亲。

“我估计你认错人了。”我对老太太说道。

布里斯托克太太慢悠悠地站起来，打开了电视下面的橱柜。她拿出一个相册，一页一页往后翻。“看这张。”她指着相片，“就是他，和吉莉在村里游乐会上照的。”她凑近相册仔细看了上面手写的一句话，“是 1985 年，那时他大概十三岁。”

她把照片拿了出来，我仔细地看了看。相片上的女人很瘦，一张瘦削尖脸。她穿着高跟鞋，身着一件粉红色外套，腰上系着一根黑色的腰带。她旁边是一个很不情愿、一半身体在镜头外的男孩，高个子，棕色头发，蓝色眼睛，嘴型独特。

“她经常打他吗？”半晌之后我问了句。

“吉莉可宠他呢。”布里斯托克太太说，“她在乐购超市工作。超市二十四小时营业，她上了两个班。她没学过开车，大老远骑着自行车去上班。她对她儿子特别好。当然，他有点娇生惯养。宠出来的毛病。这就是他的问题所在。”

过了好一会儿，我清了清嗓子问道：“他在哪儿上的学？”

“本地小学。之后去了纽波特综合学校。吉莉想让他上朴茨茅斯的文法学校，但并没有被录取。我记得他非常想上艺术学校。他在村里第一届复活节艺术竞赛中拿了奖，还在瑞格塔艺术节上摆了摊，给人画像。然而事实并不如人愿，他的分数不够。”

她停了下来，朝着我笑了笑。一定是我呆滞的表情让她停了下来。“亲爱的，喝点什么？饮料？”

我说来杯水就行了，我自己倒吧。我问她想喝什么，她说想喝茶——“有点早了，管他的呢。”我跟她说稍后端来，然后进了厨房，等着把水烧开，眼睛盯着窗外。霍华德趴在草坪中间，旁边是一个低矮的小鸟浴槽。

没有虐待狂父亲，没有家庭暴力，没有冷清的走廊和冰冷的酒窖，只是在普通村庄度过的平凡的童年。有一个宠他爱他的母亲，给了他想要的一切。并不是说单亲家庭的日子就没法过。他跟我说的话没有一句是真的。都是假话。考虑到他痛苦的童年经历，我多少次原谅他的行为？容忍他的控制欲？容忍了他多少的不是？

他没上过艺术学院，没在克拉彭待过。我想起了他温布尔登工作室光秃秃的白墙：他画画吗？埃克塞特画廊的画，他去世后，我那么努力地想要领回来——难不成是编的瞎话？我所爱的这个人，一夜夜和我同床共枕。我抚摸过他身体的每一寸肌肤。我让他进入我的身体，占有我。他还睡了奥妮。他只是个陌生人，就连他的名字都是假的。

过了好一会儿，我回到了客厅。布里斯托克太太正从蕾丝窗帘的缝隙往外看。她说：“谢谢你为我泡茶：天哪，尊贵的享受！”她开始跟我讲她的丈夫——布里斯托克先生。他曾在南海开了一家校服店。但是他很不幸，60 年代就因癌症离世了。

“杰克·霍普金斯。”她若有所思，“我很想知道他的遭遇。请告诉我，你为什么找他？”

“他是我的朋友，我和他失去了联系。过去一年中你有没有见过他？”

“自从当年他离开之后就再没见过。我听说他成了导游，带团的那种，在欧洲大陆。”

“或许吧。他也是这样告诉我的，但是……”

“他母亲去世后——我想卖房子的时候他应该会回来一趟，但是，进进出出的只有房产中介。他大概不想露面……”她话锋突变，“嗯，新房主把房子弄得也不错，只是花园荒芜了。吉莉很喜欢那个花园的。”

“他怎么样？”我问，“小的时候。”

她看了我一眼：“他有一张漂亮的脸，皮肤滑腻，甜美可人。还有一双蓝色大眼睛：能让你为他做任何事。吉莉工作时，我常常照看他。当然，那还是他很小的时候。后来就没照看了。”

她轻轻地拍了拍她银白的卷发，眼睛盯着地毯的一处。“他是个很复杂的小伙子。”她声音慢慢放缓，“我不知道我该不该说……”

“请继续。”

“好吧，如果你确定要听。”她开始讲述关于他的各种逸闻趣事。刚开始听起来也没啥，无非是男生的恶作剧：乱放烟火，虐杀青蛙，解剖老鼠，她失踪的宠物猫。“我总觉得跟他有关。那只猫在他很小的时候抓过他一次，他因此怀恨在心。他不靠近那只猫，说它是魔鬼。猫失踪后他还带着其他孩子到处找 ——我答应过要奖励的，但是，我无意中看到了他幸灾乐祸的表情。”

她摘下了厚重的眼镜，揉了揉鼻梁上压红的地方，然后又戴了回去。“冬季，这里的年轻人很闲，夏天就截然不同了。后来他大了点，利用假日在度假村打工。他在游艇俱乐部的酒吧找了份工作。我清楚记得他疯狂地喜欢上了一个女孩，一个寄宿学校的女生。她只在这里住了一个月就去康沃尔了，她家在那边颇有名望。”

“那女孩是不是叫维多利亚？”

“亲爱的，我不知道。这就是杰克的作风。他一次次要求吉莉搬到康沃尔去。这里的一切他都看不上眼。”

“其实他真的很喜欢康沃尔。他在那里买了一个小平房，用的钱就是卖……”我隔着窗帘指了指隔壁的房子。

“哦。希望这能带给他快乐。”

我呵呵笑了两声，然后叹了口气：“希望吧 。”

她回头看了我一眼：“不管别人怎么说，我不认为是他干的。我喜欢把人往好处想，验尸官……算了，他已经受到了惩罚。”

我觉得自己的笑容一僵：“你在说什么？”

“发生了一场事故，就在他离开前的那个夏天。”

“发生了事故？”我坐的沙发是米色丝绒。我用手仔细抚摸，沙发的颜色变深了。

“他没跟你讲过吗？”

“没有。”

“好吧，别人或许不知道，但是我知道点。是波莉·弥尔顿，他的女朋友，她的父亲就是游艇俱乐部的经营者。”她若有所思地点了点头，“她是一个尤物，野性十足，那个年龄的人都一样。所有男孩都为她争风吃醋。差点把她父母给害死了。”

“怎么啦？”

一个小男孩从隔壁的屋子里走了出来，蹬着蓝色三轮车在街上骑上骑下，一边“叮叮”地摁着铃。

“她淹死了。她和杰克驾着她父亲的游艇蕾莎去班布里奇旁边的要塞。一个月后，她的尸体被冲上戈斯波特沙滩。那时，她是杰克的挚爱，她的死让杰克感到万劫不复。杰克说，她一时兴起一个鱼跃跳入大海，等他好不容易调转游艇，她已经不见了。他来来回回搜寻了无数遍，但一无所获……”

我的面部失去了所有感觉，嘴里的舌头似有千斤重：“其他人怎么说？”

“唉，人们以为是他杀了她，为此事争论了很长时间——当时有人经过事发地，听到艇上有争吵声。没人相信她会自己跳下水。不会在那儿跳的，洋流那么强，靠航道那么近。”

“他被抓起来了吗？”我问道，声音无端大了些。

“是的，但没有进入审判程序，证据不够。但从那之后，他在这里就不受欢迎了。”

# 扎 克

**2012年2月13日**

前些时候离开小镇的途中，我在学校附近停了一下。我站在广场上，抬头往她工作的学校图书馆张望。图书馆里的灯亮着，她从窗前过了两次。第三次出现时，她双肘支在窗台上，眼睛往外看。我知道她看不见我，因为我躲在树荫里，背靠在树干上，脸藏在几杈树枝后，但她的目光似乎直直地奔我而来。一个男人出现在她身后。她转过身去，冲对方呵呵笑，声音白喉鸟似的。我脑子里出现了一幅画面：他的唇印在了她的颈窝里，她血脉贲张，眼睛微闭，他的手伸向了她的胸部。

如果我确定她已心生他念，已把我们的过去忘得一干二净，我会要她的命。

她这是咎由自取。

没有她，戈尔斯也变了味。

我刚才给她打了电话，谎称我带着珍藏了六个月的画来到了埃克塞特。画廊老板全盘接收了，觉得还不够呢！我们准备一会儿吃顿饭庆祝！去他常去的酒吧。我要点一份沙拉。我要先在B&B旅馆洗个澡，刮个脸。旅馆是一个女人开的，年纪不小了，是个寡妇。

真是滑稽，我说的话她居然全信。她的想象能力真抵不上我的一半。“那些抽象画他最喜欢吧？”她问道，“还是你的那些人格化处理？”她希望我做得更好，那样她就可以摆脱我了，就可以心安理得地和别的男人上床了。

泪水在我的眼眶里打转。因为酒精的作用，我变得更脆弱了。

在这张椅子上坐下来后我就没挪过窝。等雨停了 ，我会把汽车行李厢里我自己的东西收拾收拾。或许会看看书，也许不会。安静，祥和：我现在只需要这两样东西。

或许过一会儿我会开车去蓝湖，看看库伦是否又进了“货”。我手头有点紧，会动用家里的备用资金。只要我在离开之前把钱放回去，她不会发现的。

# 第23章 莉 齐

我没有乘出租车，我想透透气。

我来到海边，注视着她溺亡的地方，波莉·弥尔顿。他给我讲过一个叫波莉的，是在克拉彭电影院对面的法国餐厅里认识的。牛排、红酒，吐露个人秘密的温馨氛围。她是他的初恋，却和他最好的朋友有染，让他伤心欲绝。他没有告诉我她已经死了，也没有说当时他在场。

我跌跌撞撞地在海堤上走着。漂浮的海藻仿佛波莉的头发，她的身体泡得发肿，眼神空洞。我又想起了夏洛特，想起了她摔倒死去。扎克也不在场。她四肢撞在了栏杆上，脑袋砰地撞在了地上。

死了两人，他撒了谎，也骗了我。

我返回了赖德，再乘了气垫船，坐了公交车，赶了火车。我觉得自己仿佛是在水底下逆水前行。车厢里人很多，一个女人在逗孩子蹦高。几个十几岁的男孩围在一起拿着手机听音乐，女人们拎着购物袋，一个男人读着《每日星报》。

我搜索着窗外一闪而过的世界——花园、田地、商店、工厂。他就在某个地方。我知道。他不会回来过幸福的家庭生活。他根本没受伤，而是心灵扭曲，是算计。他不在乎我怎么想。他不爱我。我帮他找的那些借口，我原谅的他的所作所为！他是在报复。

车到站了，上来了一名男子。我莫名地有些紧张，不由地把手插进霍华德的项圈里。他背对着我，将他的轮式行李箱把手摁了进去，然后把行李箱放到了行李架上。他转过身来，我发现他比扎克老很多，矮很多，六十岁左右的样子，蒜头鼻，脸颊红红的。但是，我咬住了嘴唇，嘴里都有了一丝血腥味。

我爱过他，现在这个样子说明什么？当时他有这样那样的问题，我以为他需要我，以为我能帮助他。那时我也相信他是我的灵魂伴侣，我也感觉到了心心相通，抛开别的不谈，我对他一直着迷，这又说明什么呢？

我摸出了手机，先后拨了简和佩吉的电话，但两人都没有接。周六的下午，正常人在过正常的生活，在维持正常的关系，要么去电影院，要么和朋友外出游玩。

拨通山姆电话时，火车已隆隆驶过了吉尔福德。我能想到的人只有他了。他在家里，在休养。嗯嗯，好多了，谢谢问候。嗯，回家真好。对的，待在病房太难受了，窝在自己的床上真幸福。

他很有礼貌地回答我的问题，直到我突然没声了。“你没事吧？”他问道，“你听起来不太好。”

我额头靠在玻璃上，强忍着泪水。

“来我这儿吧。”他说。

在车站下车后，我牵着霍华德快速往家赶。我向着圣约翰山方向专挑大路走，一路上车水马龙。然后穿过巴特西上区，走过斯宾塞公园大道，大路两边分别是轨道交通和高大的建筑物。这是我第一次心惊胆战地走路。现在我知道他的能耐了。他是个暴力狂，不是一个思想上有问题的需要帮助的人。他是一个骗子，一个杀人犯，他想杀我。

我离开了主干线，正走在克拉彭车站喧嚣的商业街。天越来越黑了，虽然车流依旧川流不息，但是却不见有行人。在我左侧的铁路交会处，一列火车徐徐开来，带着炫目的灯光呼啸而过。我一直在回头看，看是否有人跟踪。走过商业街的一半时，我发现一个戴着白色头盔的骑车人出现在我身后不到五百码的地方。从弯着腰的身形来看，是一个男人。他慢慢蹬着车，膝盖弯成一定角度，慢悠悠地跟在后面。

头还没扭过来，我已经迈开腿跑了，一边跑一边回头看。那个人低着头，也加快了速度。我们间的距离越来越短。我跑得更快了，霍华德在前面跑。我再次回头，只剩两百码了，明显是冲着我来的。

那是扎克的自行车，白色头盔是我买给他的，本来是放在车棚里的。我停了下来，气喘吁吁。我要逼他动手，让他现形。火车咣当一下停了。透过车厢的灯光，我看见了栏杆边上乘客们模糊的脸。

一辆出租车从骑自行车的人旁边疾驰而过，车光打了过来。我伸手去拦车，像是慢动作镜头似的，出租车停了下来，我和霍华德上了车。

我在后视镜里看到了那个自行车手在疯狂地蹬着车，想缩短距离。

出租车司机在外面等我，我把霍华德牵进屋子，给它喂食。奥妮不在，我发现桌上的便条没了。她没有给我留便条，而她给我买的我插在花瓶里的鲜花被塞进了垃圾桶——什么意思？我快速洗了下脸，安顿霍华德睡进了它的篮子里，然后锁了大门，回到了出租车上。

这个司机不爱说话，最好不过。我心念电转。我没有去找骑自行车的人，而是在找某个行人，或者某辆车上的人。我已忘了扎克的自行车。这儿车流量很大。他能追上我的出租车吗？我朝后面看了看。后视镜里有一辆公交车——是我本打算乘坐的319路。他可能躲在公交车后面，或者跑到前面去了，或者是还在等红灯。在伦敦骑自行车就这样：灵活方便，想去哪儿去哪儿。

黑压压一片涌向斯特里汉姆高速。人们三三两两从酒吧晃晃悠悠出来，又晃晃悠悠进了麦当劳。去山姆家的路相反，在警局后面第二个右转路口，在电影院后面，幽暗、安静。出租车在一段上坡路的中间位置停了下来，旁边是一座废弃的教堂，我付钱下车。一只猫从一条小巷蹿出，急速冲到了马路对面。身后一扇门砰地开了，一阵丁零当啷：一个女人把一堆东西扔进了垃圾箱。司机关上了车窗，呼啸而去。四周一片静寂，只我踩柏油路的嗒嗒脚步声。

我在人行道上站了会儿。没有自行车从拐角蹿出，没有白色头盔。但这条大路旁边有好几条巷子，有一座空旷的教堂和几个昏暗的地方可以藏自行车。我是不是有点莽撞？我是不是不该把山姆拖入危险之中？难不成这是引出扎克的唯一方法？我只知道我受不了了，我知道我在干什么。让它爆发吧，让这一切尽快结束吧。

山姆家，一幢维多利亚时代的红砖建筑改的公寓，最上面的那扇窗子有灯光。一个光秃秃的灯泡从天花板垂下。

我定了定神，推开了门。

山姆家的门铃是低位门铃。我努力调整了表情，装出一副平常赴约的样子。我从包里翻出了口红，没有镜子，就将就在唇上抹了抹。山姆的脚步声越来越近，我退后几步，冲着灯光扬起了脸。我的意念之中，一架相机正咔咔拍照，记下了我的犯罪证据。

门开了，山姆身着一条牛仔裤和一件清新的白T恤。透过衣服我可以看到他绑着的绷带。看到是我，他咧嘴一笑。他的眼睛有点肿，但神色一如平常。我的泪水差点没忍住。

“我正想洗个澡。”他说，“之前没有时间。家里有点乱，不好意思。”

T恤看起来是新的——还可以看出从包装袋里拿出来的折痕。“稍微乱点没关系。”我说。

他的公寓在一楼，小、凌乱、满是书籍，对面是一扇斑驳的白色门。一堆彼此不协调的家具是离婚留下来的——破旧的沙发，一个维多利亚风格的书桌和宜家的书架。我们走进厨房，水槽里堆满了没洗的餐具。橱柜开着，里面有玉米片、罗斯牌的柠檬和酸橙果酱、一小袋“本大叔”大米。桌上堆着报纸和要改的作业本。

一扇木门通往一个小后院，丛生的杂草里长着一簇簇的树莓。院子尽头是摇摇晃晃的栅栏，另一边也是一个花园。门上有一上一下两个螺栓，都已经松了。

山姆背对着我，忙着开酒，找杯子。趁他不注意，我闩上了门栓。

“你好像不怎么擅长打理花园。”我边说边往外看，想了解一下隔壁的情况：是否有侧门，是否很容易就能从街上进入家里。但我的话听起来就像鸡尾酒会上随意的闲扯。

“是的。”山姆拿着一杯酒从我身后走过来，“院子是跟楼上共用的。之前的一对夫妻偶尔搞搞烧烤，但新来的家伙基本就不用。夏天，他有时候会坐在院子里做点事。”

“做什么事？”

“天知道。他在家工作。作家？信息网络？基本上就在摆弄他的笔记本电脑。”

“你很了解他吗？”

“不了解。我不喜欢这种人，有点小肚鸡肠，过于自我。”

“长什么样？”

山姆笑着说，“问这个干吗，想认识他？”

“好奇而已。”

“黑头发，大胡子。”

举起酒时，我发现自己的手在抖。

山姆似乎也注意到了。他把手放在了我手上。“我不知道我为什么说没有洗澡。”他说，“我已经洗过了。不打湿绷带很难，所以我特意穿了一件新的T恤。我不想让你多想我是因为你要来才这么做的。”

他调情的语气太实在了。我呵呵笑了，接着却发现，我哭了。

我从扎克的谎言开始讲起——我所发现的一切，无论是他的童年还是他和奥妮有染指——一直谈到我和他的生活，我跟山姆统统说了，过去一年中的林林总总，那些我努力想忘记，甚至跟我妹妹和密友都没讲过的都讲了。一旦捅破了窗户纸，便一发不可收拾。我说我爱扎克，他是我一生的挚爱，不仅仅因为性——有很多跟性是分不开的。当初遇见时，他亲切和蔼，宽容体贴。他觉得我不幸，想让我幸福。我都不敢相信自己有那么幸运，居然有那样的男人眷顾我。

我告诉山姆，后来扎克开始一点点改变，刚开始我几乎没有觉察。变化从一些小事开始，比方说房内物品的摆放，之后愈演愈烈。他会私自翻看我的信件，会偷偷跟踪我。一位中年已婚教师为了表示对我的感谢——我为他额外订了些书，送了我一盒巧克力。扎克把那盒巧克力扔进马桶冲掉了。有一次，在塞恩斯伯里超市，我跟旁边的男士借了零钱看投币放映机，回家后扎克发飙了，盘问了我好几个小时。扎克一直监视着我。

山姆把盘子里的东西倒掉，把它们叠放在水槽里的平底锅上面。“他是不是有暴力倾向？”他问。

“比威胁的程度重一点。”我沉吟半晌后答道，“大多时候都那样。”

他又坐了下来：“这些你告诉过别人吗？”

“刚开始的时候好像觉得没什么，觉得可能是我想多了。等感觉明显有问题时，感觉问题的症结在我身上。我觉得是我错了，是我逼得他做那些事情的。”

“因此，你觉得自己不能离他而去？”

我感觉眼里噙满了泪水。我擦掉泪水，哽咽道：“后来我是打算离开他了。”

“是什么让你做出这个决定的？”

我深深地吸了一口气：“这一点我没有跟任何人讲过。”

山姆没有催促，等我整理好心情愿意开口为止。

“我们打算要个小孩。”我清了清嗓子，声音有点生硬，“扎克同意了，但我一直没有怀上，他说那是个预兆，预示着我们就那样过下去更好。他说我有他就够了，但事实并非如此。”我撩了一下脸上的头发，“说真的，我很想要个孩子。我背着他去看医生，想弄清楚我为什么怀不上，医生却说我自己应该知道原因的。”

“什么原因？”

“她有些困惑，但叫我不要担心，说人的主意常常会改变，而那个过程是可逆的。我应该把他也带来。”

“他做了结扎？”

“是的。”我咬着嘴唇，“他没有告诉过我。他说谎，他让我以为……”

“真他妈混蛋。”

“我知道，他就是个混蛋，干的是件混账事。他隐瞒了事实，却让我感觉我们一直在努力……真难想象，你的爱人会这样对你。”

“被揭穿的时候他是怎么说的？”

我盯着山姆。“我没揭穿他。我该揭穿的，但我没那么做。我知道如果我揭穿他他会颠倒黑白，会让我觉得责任在我。我只想逃离。我给他写了一封信。我没有告诉他我为什么想跟他分手。我……唉……”我喝了一大口酒，“那封信很伤人，能说出来我真的好受很多。我写道：‘我亲爱的扎克，我永远不会忘记我们的曾经，但是我认为我们需要分开一段时间。我想自己单独待一段时间，请暂时不要联系我。深爱你的，莉齐。’哦，我的天哪，我开始明白了。‘请暂时不要联系我。’这就是他为什么一直在等的原因。”

山姆听糊涂了：“你们还在一起的时候，你有没有想过去报警？”

“没有。我认为我可以应付。但我觉得我现在应该报警了。”

他点点头，把一碗花生米推到我面前。“这主意不错。为什么不呢？他们可以安排专业人士帮助你，可以通过你所讲的帮你理清事情的来龙去脉，好让你——呃，虽然我讨厌陈词滥调，但这里也只好用这个词——走出来。”

“我想要的不是这个。”

我嗓门有些高，山姆惊讶地抬起了头。

“这不是走出来走不出来的事儿。”我说，“我之所以想去报警，是因为他还活着。山姆，他现在就在外面某个地方。他可能知道我在你这里。他是个危险人物。我跟你说的那两个女人都意外身亡：那不是意外。我很害怕。”

山姆的表情没有改变。他伸出手摩挲着我的手。他的手指粗短，指甲剪成了圆弧形，头微微下垂。

“噢，我知道你觉得我疯了。”我说，“每个人都这么想。”

他托着我的胳膊肘，拉着我坐到了他身旁的露线沙发上，此前我是坐在扶手椅上的。

“我觉得你应该告诉我最近都发生了些什么。”

于是，我讲了最近发生的事。我告诉他有人尾随我，还有就是，我不在家的时候有东西放进了家——死鸟、口红——也有东西被拿走了，比如 iPod、钢笔、陶瓷房屋和所有他从戈尔斯那边搜集的物品。我告诉他我经常听到有人在放扎克喜欢的音乐，还有，我在体育馆停车场看见他了，以及他留在画上的信息。我告诉山姆，我认为打他的是扎克。

他没怎么说话，表情也没怎么变，只是中间点了几次头。我说完后，抬头看着他：“你相信我的话吗？”

“你想让我说什么？”

“说你真实的想法。”

他站起来，在我身边蹲下，身体轻轻地晃了晃，然后字斟句酌地说道：“我觉得你过得很痛苦。我感觉你们的婚姻关系很紧张。扎克有很多的思想问题。其次呢，扎克的死这件可怕的事……如果你患了创伤后应激障碍，我也可以理解。”

“你的意思是这些都是我幻想出来的？”

“我觉得是你遭遇了太多的事情。”

当时他仍蹲在那里，说完就站了起来，展了展肩。他皱了下眉头：“呃，真对不起，我该……”

他站起来得正是时候，因为我非常烦躁，几乎要大声尖叫。又多了一个不相信我的人。我把一切告诉了他，还以为他会救我脱离苦海。我在想我是否应该起身离开。但转念一想，或许我该再多待一会儿。这个房子和街道之间有两扇门，门上的螺栓很牢固，只是后门不大结实。我想起了刚刚出租车路过的那个警署。山姆跑去厨房泡咖啡了。我还有一个想法，温暖、舒适，羊绒衫一般。创伤后应激障碍。我讲的都不是真的，都是我编造出来的。我根本没有处于险境。

“来杯泡沫牛奶？”山姆问道，“我有工具的。”

“好的，谢谢。”

我面前的桌上放着一摞书。我信手拿了上面的一本。一本平装书，霓虹色，是畅销的心理自助类。我快速地翻了翻。有一章叫作“社会病态”，下一章是“自恋症”。我顺着看下去，一目十行。“缺乏同情……肤浅的魅力或感召力……一个人信念的优势……日积月累的不满……对周围人和事的超强控制欲。”

山姆向我走过来，我把书推到他面前问：“你觉得扎克是这样的人吗？”

“也许吧。百分之四的人被定义为‘不喜社交’类型，也就是说，我们生活中碰到的人百分之四是没有良知的。”

无论如何，我天性忠诚。“但那并不意味着其他人都很圣洁。”我说，“我对人总是和和气气，就像乔伊斯·帕普林这样的婊子，我照样为她端茶递水，和颜悦色，但我心里是火冒三丈的。扎克曾经挖苦我，说我‘总是看见人最好的一面’，但这是权宜之计，其实是我害怕别人不喜欢我。”

“我在听。”

我突然很讨厌山姆和他所代表的东西，他的平静和理性。“扎克跟我说过，人们说‘在听’时通常意味着他们压根儿就没在听。”

山姆微微一笑，向后一仰靠在了沙发上。从这个角度看，他的脸不均衡，向一边歪，他的眉头紧锁。我想象着他一直重复那句话：“我在听。”但我认为他没认真听。

“这个部分是遗传的。”他说，“不是你对乔伊斯·帕普林好还是不好，而是跟你大脑皮层的功能有关。”

在他说话的时候，我直盯盯地看着他的嘴：“是吗？”

“你感觉好些了吗？”他柔声问道。他的眼睛不像扎克的。他的脸部特征也非棱角分明。

我深吸了一口气，深到心脏都有些发痛。我感觉身体轻飘飘的，脸上的肌肉分子都在跳跃。一秒钟之前我对山姆的厌恶变了颜色，变得更深了，更加复杂了。我心想，看我的吧，看我怎样放开你。看看你都逼我做了什么，好好看着吧。我靠了过去，把我的嘴唇印在了他的嘴唇之上。

早晨，我醒得很早。天还没亮。我能听到楼上传来有目的的动静，有吱嘎声，有冲水声。

山姆还没醒，蜷缩着躺在床的一侧，一只胳膊放在头部，头陷在枕头里。他脸颊上有一个红色的唇印。我爬下床，悄悄在屋子里找到我的鞋和外衣，每动一下头就疼得不行。来到厨房，用水冲了冲脸。我想我听到他起床的声音了，是床的弹簧发出的声音，但他没有出现。或许是这座老房子的某个接头处发出的声响吧。花园看上去空寂、荒芜。草坪中央放着一张折叠椅，就是在加油站能看到的那种。我记得昨晚没看到过这东西。我想到了楼上的那个租户，成天在他的笔记本上啪嗒啪嗒写东西。

在公寓门口，我的手停留在把手上，屏息等了片刻。公用楼梯上传来沉重的脚步声，在半途似乎停了一下，然后前门砰地打开。我跟了出去。

# 扎 克

## 2012年2月13日

下面死一般寂静。三对人竭力营造出了浪漫的情调，另外有库伦和乔利恩，一个在酒吧认识的脸色煞白的冲浪朋友。蕾·佩特伦依偎着我，像一个久别重逢的恋人。“扎克·阿姆度，我的男人。”我们一起打扑克牌，赢了几局。 趁着库伦去招呼客人，乔利恩想让我和他去比德看他正在进行的大作——《爱人的脸》。说实话，他让我有些心烦。为了摆脱他，我把车借给了他。他答应明天还回来。

库伦回来到我身边后，我瞅准时机跟他提起了“补给”的事。他告诉我个坏消息：1月份他要和父母去阿利坎特过整整一个月——“兄弟，那是必要的，毕竟这里的花销是他们在支持。”好消息是：新年时他从几个寄宿学校的学生那里搞到一批“丧尸药”，他会分我一点，但他得拿回本钱。“对不起，老兄，这不便宜，你知道的。”我给了他麦片盒子里的四十镑的剩余部分，并承诺余款本周内晚一点补齐。

他去和爸妈度假一事让我有点不爽。你本以为大家跟你一样，后来才发现他们和其他小人一样自以为是。他们只是另一种信托嬉皮士而已。几年前他接手蓝湖时，我以为他已有所成就，已经积攒了足够的资金来经营蓝湖，结果事实并非如此。经营咖啡馆只是他的爱好，只是一种生活方式的选择；是他父母把他们的一切倾注了进来。

我准备回家了，真是受够他们了。突然，奥妮闯入了视线。她看到我的本钱时眼睛瞪得跟茶盏一样圆——她迷上我了。本来我不想理睬她，却在不经意间看到了库伦一脸的不悦。他跟她……呵呵，有点意思。她没用多久就得手了。又一个年纪大点的男人。看来她对我们的热情长盛不衰啊。

不管怎么说，这足以让我留下来了，哪怕只是为了惹库伦不高兴。康沃尔的消遣本就不多——艾伦和维多利亚对于蓝湖和它的主人似乎并无兴趣，更不用说他的“货”了。她咋咋呼呼的，有点傻乎乎的，一直从库伦的餐具上抢吃的。她想引起我注意。她穿的衣服少得可怜——超短的裙子，雪地靴，没穿内衣——眼睛熠熠放光，发型也换了。

“我现在一个人。”每次库伦去招呼客人时她都这样说，“我家的那个互惠生跟一个年轻农场主跑了，扔下我一个人守着空荡荡的房子，以后也就一个人了。你老婆没一起来？”

“没有。”

“我原以为她对你很重要。”

我耸了耸肩。

她说：“你想过我吗？我可以来戈尔斯吗？不做什么，就一起混混。”

“不。”

“你太古怪了。妈妈说她从来没有去过你家，即使在你们做朋友的那个远古时期也没去过。你家里难不成有死尸？你隐藏了什么？”

“我没隐藏什么。”

“那么我为什么不能去？”

“你会带去脏东西的。”

她笑了，她以为我在开玩笑。不一会儿，她和库伦悄悄上了楼。肮脏的小婊子。

我回到自己的房子。走回来的。我都忘了把车借给那个怂人了。他最好毫发无损地给我还回来。我一直想着山顶上的那个大房子。维多利亚刚结婚那会儿，我曾上门打扰过。回想起那一次，怀旧之情涌上了心头。当时我还在上学。我想起了里面的装修，科尔法克斯＆福勒公司做的，桌子都铺着精致的桌布，很高雅的样子。不知道现在是否还那个样子。

现在那里应该空无一人。那个互惠生走了。奥妮在跟库伦厮混。我可以带着手电筒去查看一番。如果我没记错，客厅的窗户很漂亮，但窗户的老式窗闩不大好开。

## 2012年2月14日

我现在回到了戈尔斯，汗涔涔、脏兮兮的。我几乎浪费了一天一夜，我必须要冷静下来。这样的反应正常吗？我有种感觉，我应该以某种方式回应一下，我应该知道一种相关指南的。我是喝醉了吗？还醉着？确实如此。我想笑，我希望看到莉齐，我需要她，我要给她打电话，奥妮从卫生间出来的时候有的这个念头。莉齐能帮我脱离这种痛苦。这是她一直以来所做的，把我从原来的自我中解救出来。

她写了封信给我。刚到家时我就发现那封信在门口的垫子上。可能是一张情人节卡片。信封上有她可爱的字迹。我要马上打开看。我期待道歉和爱的流露。我的天使。我已经原谅她。我甚至开始忘记为什么我会生气。

是我的艺术，或者说是雨靴出卖了我。真有意思。

我一个人上了崖燕屋。当时我应该是清醒的，不是吗？也许我的手指伸进了在库伦那里买的“冰毒”袋子。现在它在我面前，但你知道的，毒品是靠不住的，所以我不敢肯定。也许我可以确定，但我不记得了。记忆力减退了：这是我担忧的事。我把很多事情都弄混了，大脑像是失去了控制。

莉齐会安排妥当的，她知道该怎么做。

我走近时，发现那座房子像是被人遗弃了一样，如同雾中的岩石一般在黑暗中若隐若现。我轻松越过花坛来到前面的窗户前，摆弄了半天把信用卡插了进去，从下往上把窗闩拨到了一边。我担心我上次来过之后门的铰链会不会拴上了，但轻轻一推窗户就开了。我的靴子在走上山时沾满了泥土，所以我坐在窗台上费力地脱掉靴子扔到了前面的草地上。

鞋子凌空飞起，然后掉在草地上。一双被遗弃的猎人靴。

里面的样子跟我记忆中一模一样。印花棉布围裙，车模时钟，纹丝未动，一如我上次见到的模样。平淡无奇的海景水彩画。一面墙上的红木材质酒柜。滤酒器、酒杯、雪利酒和杜本内酒。一个瓶子里装着半瓶珍藏了十年的格兰哥尼，那是我喜爱的威士忌——当然它实际上并不属于我，之前它是墨菲的。我第一次品尝的时候就在这间屋里。我给自己倒了一指，坐到了高背椅上。我把脚放在茶几上，把一本《乡村生活》碰到了地上。我一仰脖把酒倒进嘴里，一团火滚过喉咙。我闭上眼满满回味。小维近来怎么样了？我思绪乱飞。她以前是个很不错的女孩。在怀特岛举行的那些派对，那些午夜裸泳的日子，一起涌上了心头。她什么时候变的？我感觉房子在旋转。

“你到底还是来了。”

我睁开眼睛。奥妮站在门口。我不知道她盯着我看了多久。她穿着一件一体式的羊毛紧身服，头发披在后面。有那么一阵儿，我有点迷糊。我看到她明明进了库伦在蓝湖的公寓。她不可能有时间回来——莫非已经很晚了？莫非已经过去很长时间了？幸运的是，我演技很好。

我站了起来，伸了伸懒腰：“你回来了，我等你等了很久了。”

她瞪大了眼睛：“刚刚在下面酒吧你是装的？”

“可能吧。”

“你吃醋了？”

“我喜欢吃醋。”

我原以为会和她争执一番，但她近些年的行为举止越来越像她妈妈了，含蓄而优雅。她给我倒了一杯喝的，还从厨房里拿了些坚果。尽管叛逆，她本质上仍然是上流社会淑女。我也会装，表现得像个旧时浪荡子，在这样的污秽之所寻求所谓的刺激。过了一会儿，她去拿她的私藏品——足以几次交欢的。当我问她有什么其他的东西可以让一个老家伙感到兴奋，她给我介绍了苄非他明，一种节食药。她说这药让我们有飞起来的感觉，像吃了最好的迷幻药一样。

之后，意识逐渐模糊。楼上的某间房里的 iPod 大声地放着音乐，我们在厨房里做饭，但我不记得有没有吃。她在储藏室里又找到一瓶格兰哥尼（珍藏了十八年）。我们在伦敦见过五六次，都只是做爱。我不想再去那里了。要理性一点，我记得我是这么想的。我跟她讲了我的设计理念，简单线条的重要性以及一个充实的大脑如何把空白的帆布填满。她跟我说我很了不起，她会永远记住我说的话。她跳了一会儿舞，在沙发上蹦来蹦去。我躺在地上看。她又弹了会儿钢琴。我唱了《我志为真》专辑中的《艾莉森》。埃尔维斯·科斯特洛的歌。我告诉她：埃尔维斯是这个世上最伟大的歌手。我让她也不要忘记了。有一阵，我俩从一个房间窜到另一个房间，疯了一般去撵一条钻进来的野狗。或许那是我想象的，也或许是霍华德的鬼魂，在我迷幻的梦境中骚扰我。

我俩一度精疲力竭，倒在了客厅里。她又开始跳舞，更加舒缓。我在茶几上的一本书上撕下一张白纸，让她保持一个姿势。她把紧身一体衣推到了肩膀，让它自由滑下，露出她的香乳，躺在地板上，脖子后仰。我画着她半裸着的身体，当在白纸上画完后，我把素描放在了一边，把她拉了过来，跪在她的身旁，将她的紧身连衣裤猛地拉了下来，一直脱到了她膝盖下面。

我睡着的时候已经天亮了。或者说，我记得天亮的时候还醒着。

一阵尖叫声惊醒了我。我睁开眼，满眼是奥妮披散在枕头上的头发。我们肢体交缠，她的嘴半张着，下唇微微裂开。那一刻我以为是她在尖叫，但转而发现她睡得很死。随后，尖叫接连不断，是从楼下传来的，接着传来了猛烈的捶门声。“奥妮！”又一声尖叫，“你在哪里？这到底是怎么回事？”

我跳了起来，踢到了自己的一条小腿。我们在她卧室里，我不知道几点了，外面漆黑一片，早晨了吗？不，傍晚了。外面哗哗地下着雨。梳妆台上散落着一些化妆品，墙壁上贴着粉红色樱桃墙纸。奥妮睁开了眼，抬起头来，发现自己横躺在白色的雪橇床上，在我刚才位置的旁边，赤裸着身子。“是我妈妈。”她疲惫地站了起来，嘴唇弯出了一丝笑意，“真奇怪。”

我记得我说过这可不是闹着玩的，她立马有所行动了。她一把拉开了门，朝外窥视、倾听。维多利亚已到了大门口的门廊上，边走边讲电话。奥妮胡乱套了件衣服，抓住我的胳膊带我从后面的楼梯跑下来。我们穿过炊具室，跑出厨房门，再穿过湿漉漉的草地，最后进入了一片小树林。我们都没穿鞋子，我的靴子还在前面的草坪上。我穿着袜子，奥妮的脚上什么也没有穿，脏兮兮的满是泥水。

我们跑到一棵能遮着半拉身子的大树后便停下了脚步。风晃动着树枝，将雨水抖落在我们身上。她咯咯直笑，我却生气了。又冷又湿，火冒三丈。我们拌起了嘴。她说：“好像真的下雨了耶。”我说，不是“好像”，是真的在下雨。如果她学不会说话，那将一无是处。我让她回家去，她说我不回去她就不回去。我抓住她的肩膀摇晃，后来她哭了起来。我走开了，她跌跌撞撞地跟在后面。我们穿过树林，进入树林另一边的田地里。脚下的洼地泥泞不堪，是牛脚踩出来的结果，有一段我们需要彼此搀扶才能走过去。我们蹚过洼地，到达对面的台阶。走上一半台阶时，我的手机响了。是莉齐打来的。我记得当时我胸口就像中了一刀。今天我本该在埃克塞特的。我脑子里在想什么？为什么去蓝湖？我瞪了一眼奥妮。我不该跟她上床的，都是她的错。

莉齐问我在哪儿，我说在达特穆尔写生。我说这儿风景秀丽，视域辽阔，空无人烟。奥妮发出了声音，似乎觉得我的话很滑稽，或者是愚蠢地想要纠正我。我差点要去捂她的嘴。幸运的是，我在阶梯中间位置，够不到她。不然，说不定我会捂死她。天黑了，莉齐有点担心。“我没事。”我说，“正准备收拾收拾回车里。”

花了整整四十多分钟才回到我的小房子。我的脚划伤了，很痛，裤子也脏了，袜子像黑色绷带一般黏在皮肤上。奥妮一瘸一拐的。雨继续下着。一路上我们没有说话，我全心思地沉浸在自己的思绪当中。

我不想让她进屋，但我别无选择。对面平房走廊里的灯笼发出昏暗的光芒，外面停着他们的一辆灰色现代汽车。我推着她上了坡，推开前门，进屋，关上门。房间里光线很暗，奥妮站在垫子上，全身湿答答的，水滴落在了今天的邮件上。我给她找了一条毛巾，然后摸索着去洗澡。我告诉她可以打开浴室的灯，但在出来之前得关上。为了安全起见，我把她锁在了里面。然后，我脱下了袜子和裤子，拿起了邮件，包括莉齐的那封信，在黑暗中坐了下来。

我的手机响了。一个陌生的号码，传来了愤怒的声音：“你把我女儿带哪儿去了？”

“你是谁呀？”

“我知道她现在和你在一起，你在我家里出现过。别想否认，她年龄只有你一半大，你这肮脏、恶心的男人。”

哦，是维多利亚，真糟糕！我挂断了电话。

电话一次又一次响起。后来又发来了一条短信：希望你为自己的行为感到骄傲。

浴室的哗哗流水声清晰入耳。我站了起来。窗户外面，深色的灌木枝条在翻腾。风雨肆虐。我拉下窗帘，坐到了椅子上。

感觉就像数秒之后，下面传来汽车哐的关门声。维多利亚跑了上来，外面的花盆也被踢翻了。她砰砰地拍门，大声叫喊：“奥妮！

我知道你在里面。出来!”

水流如注的屋檐下面的窗口传来了她的声音:“杰克,我知道她和你在一起。我发现了这幅画和你的靴子。”她压着嗓门,恶狠狠的。她离开了窗口,但声音越来越大了。她失去了控制。“你真他妈的悲催,不管你叫什么,杰克也好,扎克也罢,你这无能的废物。”

从脚步声可以听出,她在绕着屋子转圈,一会儿后又回到了屋前的小路上。我透过百叶窗看着她。对面的老妇人拿着一把伞出来了。雨水顺着维多利亚的大衣往下滑落,她的头发粘在了脸上。两人说了几句话,老太太转身看了一眼戈尔斯,耸了耸肩。维多利亚用手在头上拍了拍,走回了她的车里。

手机收到一条短信:“你在哪儿?”

我把靴子留在她家了,这是确凿的事实。真可惜啊,那双靴子很贵的,而且我想不出什么办法去拿回来——我倒不是怕她知道靴子是我的。但是那幅“画”,简直愚蠢透顶。我落了我的名字吗?一次愚蠢的粗心大意。我得想办法把它弄出来。

在从达特穆尔回来的路上,我编辑了一条短信——你是谁?然后按了“发送”。

浴室的门砰地响了一声。“我洗好了。”

“等一下。”我说。

又一条短信进来:你在说谎,你这个混蛋。我知道是你干的,我不傻。我女儿在哪儿?你这个可怜虫。

我一下子血脉贲张。我站了起来,尽最大努力保持冷静。透过木条看去,她就在外面,全宇宙的情人,坐在那辆光鲜亮丽的黑色宝马车里。她继承了大量的房产,丈夫是位政客,一脸傲慢,嘴脸可憎。她以为她什么都知道,事实上她什么都不知道。几年前我就可以跟着她来这里了，当然不是为了爱——和她的那次也颇为美妙，而是为了那种社会地位，我觉得她的生活本该属于我的。我现在意识到了，她的一切都非常空虚。读了那么多的书，她甚至不知道如何照顾自己的孩子。她那种优越感和特权感让我无比愤怒，无法用言语形容。她认为她比我优秀。她害怕我睡了她的孩子。地道的势利、虚伪小人。

我控制不住自己。我写道：奥妮是多么的楚楚可爱啊。和她过夜简直是无比的享受！噢，她青春柔嫩的肉体带给了我甜蜜的喜悦。

刚发出去电话就再次响起。我看着它像“俄罗斯方块”一样在桌上震动。我意识到我在微笑。手机终于静止了，然后接连涌进来几条信息。

“你这个混蛋。”

“你根本不知道你做了什么。”

“她才十七岁。”

我开始越发得意了。我愿意等上二十年再报复，这个计划堪称绝妙。

“年轻得可以做我女儿。”我回了一条短信。

片刻。沉静。然后她给我发了最后的信息。我目瞪口呆，外面的宝马车咆哮着恢复了活力，然后一溜烟驶离。她走了。好几秒——五六秒的样子——之后，那条信息才抵达我的大脑。

即便此刻，那条短信的字还在跳跃，一会儿清晰一会儿模糊。没道理啊。这只是个蹩脚的玩笑吧，只是强调奥妮有多小而已。她这么说是可以理解的。

没有道理啊。要怎样那条信息才有道理呢？脑海里闪现出以前的一些片段：多年前的一个夜晚，我们在酒店开派对庆祝某个混球的二十一岁生日。我跟维多利亚调情，因为那样能看到墨菲——保守党历史上最年轻的议员，穿着僵直的西装，挺着圆圆的肚子——皱着眉头跟在我屁股后面转来转去。维多利亚不想过早地为人母为人妻，很想和人调情，以展示其诱人的魅力。她拽着我去了沙滩。或许是喝多了，要么是大家对她那般的关注让她有些忘乎所以，她将一切抛诸脑后，躺在悬崖下的岩石上任我驰骋。

那是什么时候的事情？十六七年前？或许吧。应该是的。1994年。大概算算就知道了。在我买戈尔斯之前。再次见到她时，我母亲已经去世了，给我留了一笔钱。我们在海岬上碰到的。那时奥妮还只是个蹒跚学步的孩子，骑在墨菲的肩上摇来晃去。我从来没想过居然会发生这样的事。

我又看了一遍，看得更真切些。

她是你的女儿。

“放我出去！”浴室的门又砰地响了一声。

“等等。”我说。

我的女儿。她的眼睛跟我的倒挺像，脸形也很像。她的心神不宁，对药品所表现出来的兴趣。还有什么呢？没了。墨菲的大手抓着她踢来踢去的腿，他毛乎乎的手握着她胖胖的膝盖。

内疚？悔恨？不，我不会。我一仰头，哈哈笑了。我给自己倒了一杯啤酒，把手伸进了库伦给的塑料袋里。

我终于明白：我的处境绝佳。维多利亚永远不会揭发我。为了女儿的名声，她只能打落牙齿往肚里吞，眼睁睁看着我跟个没事儿人一样我行我素。她永远不会往外说的，莉齐永远也不会知道这件事。

我打开了浴室的门，把奥妮——我一时欲念的产品——放了出来。我给了她一些干衣服，一条短裤，一件运动衫和我的一条腰带。她告诉我她爱我，想和我在一起。我爱她吗？她问。我环顾四周希望能找到恰当的情感——也许是出于父性本能，结果一无所获。“是的，我爱你。”我说，心里直希望我说的是真的。但这样的东西我天生就没有。这是我的错吗？

其实，奥妮已成了累赘。我想赶她走，我好安安静静地看莉齐的信。

我能送点东西给她吗？当然可以，拿一张画吧，我边说边看了看房间里的东西，让她自己选。我把她选的画连同她的脏衣服放进了一个垃圾袋。（真讨厌，那是我最喜欢的一张。）我快耐不住性子了。“我去哪儿呢？”去找库伦，他会照顾你的。“那你会来找我吗？”她哭了，光着脚站在门前的台阶上，手里紧紧地抓着她的掠夺品。“你会离开你的妻子吗？”“嗯，会的，会的。我会来找你的。”“你保证无论怎样都会来找我？”一定，一定，一定。“我保证！”我冲着她的背影喊道。

我似乎喝了很多威士忌。开车时喝得更多。塑料袋似乎快空了。我得洗个澡，换身衣服。莉齐，我唯一信任的女人，不论如何，我都很信任她。别的，最终都会站到你的对立面，背叛你，把你的心踩入尘土。

一封情书：我把它拿在手里。有了它我别无所求。

感谢上帝赐给我莉齐。

我明白了，幸福跟房子或者其位置无关，跟是否靠近海也没有关系。幸福跟爱相关。我要马上打开灯，开启她的信，把她柔美的文字吸入体内，然后给她打个电话。我会想办法摆脱目前的困境。只要有莉齐在，一切都会好的。

# 第24章 莉 齐

那天，寒冷刺骨，天空万里无云，数周里首次出现蔚蓝天空。凛冽的寒风拍打着浪迪思便利店的遮雨棚，地上高高的野草被吹得东倒西歪。一下公交车我就跑了起来，沿着三一大道的尽头跑，跑到了自家的街道。对扎克的不忠已经滋生出一些狂野而又不可遏制的东西——就是最终的背叛。我感到恐惧，于是脚底下就做出了想摆脱这种恐惧的动作。

刚到屋前我就发现不对劲。门虚掩着，我推开门进入了大厅，呆立，呼吸急促。

地板上杂乱地扔着各种信件、比萨广告、未开封的银行账单、扎头绳、一瓶除冰剂、钥匙。很多的钥匙。原本放钥匙的陶罐被摔得粉碎。

刹那间我愣住了。昨天放这些东西的架子现已空无一物，只剩下一小幅画还立在那里。画面上，是一个披散着黑发的年轻女人站在门道上，低头看着自己的手臂，她的脸因角度问题看上去有点扭曲。这幅画给人一种幽暗、孤独的感觉，让我感觉不是很舒服。房间显得很冷清，而她穿得又少，很难让人把目光移开。

这是扎克画得最好的画之一，看到这幅画你就不会怀疑他的才能。这幅画曾经挂在戈尔斯，但后来不知所踪。

楼梯脚下堆着一堆衣服。我恍恍惚惚地走过去，一件件地捡起来——他那放在椅子上已经褪色的深蓝色短裤，裤子的拉链也已经变形；一件下摆有墨水印的灰色运动衫；一条旧的棕色皮带。我把他的运动衫贴在脸上，用嘴去吻，让沉甸甸的皮带扣滑过脸颊。底下还有一条毛巾，毛巾里掉出来一样东西——一本亮闪闪的蓝色相册。轻轻打开，每一页都只有一张照片。第一张是穿着慈善商店畅销款式外衣的扎克微笑着站在旺兹沃斯市政厅前。这是我们婚礼当天照的。虽然我的脸被剪掉了，但是我环绕着他肩膀的半只手依稀可见。透过剪开的洞，可以看见第二页的照片。一片石板质地的房屋号牌的碎片固定在了康沃尔郡的一个门廊上："戈尔斯"。

头顶上方突然砰地响了一声，还传来了刮擦声。我把相册和短裤放在第一级楼梯上，压低呼吸，仿佛空气都停滞在嘴唇上。我感到一阵无力，不知道要不要上去。但我还是朝楼上走去，一步接一步地走。一步接一步地走：这么多年来我都是这么做的。一步接一步地走，这是生存之道。他已经起死回生了，我却成了鬼魂。我轻手轻脚，几乎毫无声息地来到了洗漱间，跨过最后两层台阶到了最上面的两个房间。那一刻有点晕眩，我扶着墙稳住身体。卧室的门开着，里面乱七八糟。床上的东西都扔在地上了，橱柜上方空空如也。开着的床头灯倒向一边，在墙上投掷出一个奇怪的黄色阴影。

我靠在楼梯扶手上。书房的门关着。他在里面走动，不停地搬移东西。

我不知道将会发生什么，我不知道是恨他还是依旧爱着他，不知道他是否是回来向我道歉，抑或是要杀了我，不知道我是否害怕他，也不知道他——我以前从没想过这些——是否害怕我。我忘了他是个杀手，是个骗子。那一刻，最重要的是我即将看到他的脸。

泪水奔涌而下，我尝到了淡淡的咸味。

我伸手推门，被地毯卡住了，我使出更大的力气推开了一条缝。我不知道自己是否已经完全停止了呼吸。

我说："嗨，扎克。"

一片寂静。突然一声咯吱声——接着又一阵响动，像是锉刀锉木头的声音。桌边有一个身影。逆着光，我看到了他的轮廓。牛仔裤，皮靴，衬衫披着，长头发。

心绪如潮，巨浪排空。

我将背靠在门上。三一大道上，摩托车呼啸而过。

"你。"我说。

那身影向我走过来："哦，非常抱歉，门是开着的。"

我感觉整个人都在下沉，腿上的肌肉在萎缩，最后变得像白纸一般虚无。也许我死了，也许我是个鬼魂。

"对不起，我不知道你会怎么想，我……"

"你在干什么？"

"我在找奥妮。门开着，然后……我就进来了。对不起，我不该擅自进来的。"

维多利亚肩挎上包，金黄色的头发扎成马尾，正准备离开。

"奥妮？"我的嗓音像挤出来的一样，怪怪的。

"我在到处找她。"

我看着她，但她没有直视我的目光。

“你照片的事，十分抱歉。”维多利亚说，“你有备份吗？”

“什么？”

低头一看，地板上满是碎片——那只剪下来的手，还有一隅海景。

那是我的照片。房间一团糟。书从书架上掉了下来。桌子下的盒子也被摔碎了，一片暴力的痕迹。我来得太晚了。他来过，又走了。我倒向楼梯。我想到了扎克的愤怒，他是如何将愤怒克制并藏在心底一年之久的，最后又怎么愈演愈烈转变为暴力。他能控制住自己的时候已经如此可怕；当他无法控制自己的时候，又会可怕到什么程度？

我关上了那依旧开着的门，背靠着门说：“报警。我的手机在楼下的包里，麻烦帮我报警，拜托你了。”

维多利亚向我迈近一步，伸出了手：“等等，我们冷静地谈一谈，好吗？我对她也很恼火，她总是无法控制自己的行为。但是，报警……当然，如果你能考虑一下我的——我们的境地那就最好了。”她在桌子边坐下，从肩上取下包，拿出一本长长的皮革包裹的支票本，“把你屋里弄得一团糟，给你带来了诸多不便，我会赔偿一切损失的。这儿的损坏较轻微，楼下碎了些瓦罐，我觉得后门的玻璃也需要修修，一千英镑可以吗？合理吗？”

我看着她。她一边理着散落下来的头发，一边用左手慌忙地将头发捋向马尾，神色颇为紧张。

“你觉得这是奥妮做的？”我说，“奥妮为什么会这么做？”

她叹了口气，摆了摆手以示无奈。但这是假象，她只是在假装大度和诚恳。但在她外表之下，我感觉到了紧张。“她一直这样。”

“我觉得不是奥妮干的。”我小心翼翼地说，“有人留了些东西在楼下——衣服和一幅画。留下这些东西的人希望我看到它们。而那个人……”

“不，不，不。”维多利亚站起来向我靠了靠，“那个人是我。”她说道，“那些东西是我拿来的。我知道那是你已故丈夫的。我再次向你致以诚挚的歉意。”

我站了起来：“你怎么会有扎克的衣服？还有那幅画？都是你拿来的？”

“是的。但又不完全是。嗯……”她伸出细长的手指托着我的肘。

“实在是非常抱歉。”她说这句话的时候嘴型十分诡异，“我把这件事搞砸了。这一周我一直在外。昨晚回到家中发现空无一人。最后，我打电话给艾伦，艾伦说奥妮和她朋友在伦敦，那位朋友的阿姨开了一家时装店。”

“谢尔比品克。”

她看了我一眼继续说道：“当然，艾伦的话不能信。奥妮一直不接电话，这星期她根本没去伦敦。我把她的房间里里外外搜查了一遍，我找到了……”她指了指门外，“那些。你也许在想奥妮为什么会有你已故丈夫的东西。”她的笑容变得更加诡异，神情也变得更为紧张，“没什么见不得人的。这得从扎克给奥妮做家教的时候讲起。有一次下雨，扎克把自己的衣服借给奥妮穿回家。至于那幅画，是奥妮借来激发灵感用的。事情到了这个地步，我想我得在奥妮做蠢事之前尽快找到她。”

她向门走去，准备离开，但我不会让她就这样离开的。

“我知道奥妮和扎克之间的事。”我说道，“你不必跟我隐瞒。”

“你知道了？”她看我的眼神里满是恐惧，嘴唇也不住地发抖，“你知道什么？”

“他们的苟且之事。”

“天哪！”她猛地一抬头，“苟且之事？夸大其词了吧，一夜情而已。”

“我觉得不单单是一夜情。”

“我不这么认为。”她摇了摇头，接着拂去脸上的灰尘，颜面尽失，“很抱歉你知道了这一切。你去戈尔斯的时候还一无所知。是她告诉你的吗？”

“是的。”

“是她的风格。纯粹的作践自己。我相信你和你已故的丈夫一定很恩爱，那事完全不是他的错。”

“你为什么总把他称为我已故的丈夫？你跟他很熟悉，我们在说扎克诶。”

她瞥了我一眼，继而又望向窗外。“我女儿……”她又迅速地扫了我一眼，“五千英镑能够在一定程度上弥补奥妮给你带来的伤害吗？”

我备受挫折地摇了摇头：“你这是在打发我吗？”

“我不认为这是打发。”她的唇角露出一丝坚定，“请你谅解这一点。我的丈夫马上就要成为保守党的领导人。对于我们来说，现在是最关键的时刻。”

我站起来打开了门：“你一分钱也不用给我。”

我先走下楼梯。我希望她马上离开这里。如果奥妮拿走了扎克的行李箱、衣服和画，那这些东西就不是扎克拿走的。但是，奥妮不会在画室里给那幅画加上一个人，或者毁了它，更不会在家里给我留信息。当然，她也不会拿工作台上的瓷屋。我在画室停车场看见的不是奥妮，差点要了山姆性命的也不是奥妮。他依旧在某个地方，暴力，失去了控制，可望而不可即。昨晚我和别人上了床，就更有理由害怕了。

走到大厅我停住了。厨房的门是开着的，我可以清楚地从餐桌桌角空隙里看见打碎的瓷罐和霍华德乱糟糟的窝。维多利亚在我后面几步远的地方。“她这次做得真的出格了。”她说道，“你们吵过架吗？”

我没有回答她。我的目光依旧停留在厨房里。我胆战心惊地走了进去。霍华德不在窝里，今天早些时候我就没看到它。它不在家里。我打开后门，一大块玻璃掉了下来。蓝天下十分明亮的花园里空荡荡的，没有霍华德的身影。

“至少她没有弄坏你的笔记本。”维多利亚在我身后说道。

我转过身。扎克的笔记本就在厨房的桌上。

“我的狗不见了。”我说道，“我不知道发生了什么，总之它不在家里。”

“前门开着。”维多利亚说，“也许跑出去了。”

我开始感到害怕。“我要开车去附近找找。”

我拿起钥匙走到街上，跑到我停车的地方。但是，车不在那里。我茫然地站在路上。我把它停哪儿了？我街头前后转了一下然后回到家中。不祥的预感越来越强，我开始不停地绞手指。

“我的车不见了。”我跟维多利亚说。我捡起地上的钥匙，一把一把找。车的备用钥匙不见了。

“我可以带你去。”维多利亚犹豫地说道。

“不用，不用。”我努力冷静下来，“我的车不见了，一定是被奥妮或者其他人开走了。也许……”我几乎失声叫道，“也许把霍华德也带走了。”

“好了，你先冷静下来。”维多利亚扶着我走进厨房，“她会去哪里呢？”她自言自语道，“我得好好想想。”

“不是奥妮。”我说，“这不是奥妮干的。是扎克。他想惩罚我。他想毁了我的生活。”

维多利亚说：“你能不能想想哪里惹到她了？她为什么会抢你的狗？她会带它去哪里？”

“不是奥妮。”我重复道，“是扎克。”

我坐在笔记本前，笔记本开着，通着电源。桌上还有一张皱巴巴的纸，上面潦草地写着什么。是从奥妮前几天晚上写的笔记本上撕下来的。我定睛看了看，纸上有不同的标题。在“宠物”一栏下面，奥妮写了霍华德，又划掉了。有一栏是值得纪念的地方，同样被划掉了：康沃尔，戈尔斯，崖燕屋，怀特岛，马青顿庄园，斯戴普波恩特，蓝湖和旺兹沃斯公园。还有第三栏，这是她星期四之后加上去的，上面写着：对他来说谁最重要？他真正爱的是谁？在这一栏下，她写下了：奥妮·墨菲、艾妮·墨菲、扎克·霍普金斯和格兰哥尼。这些名字都被一一划去。

只留下了一个名字。

对他来说谁最重要？

没有被划掉。

他真正爱的是谁？

只有一个名字。

莉齐·卡特。

看到这里，我捂住了嘴。

我转过笔记本，指尖在键盘上敲，打下了几个字。

莉齐卡特。

屏幕抖动了一下。密码错误。

我又试了一次，在名字中间打了个点。

莉齐·卡特。

屏幕突然黑掉，但马上又亮了。扎克的屏幕保护覆盖着整个桌面，但桌面中间打开了一个文件夹。

我的手一阵发软。扎克用我的名字作的密码。

“你想起什么了吗？”

维多利亚盯着我。我甚至都没有意识到她还在身边。

“没有。嗯嗯，是的。”

是一个文字文档。小字体，没有空行，停留在一百二十页中的第一百一十九页。“莉齐，我的莉齐”的字样映入眼帘，我向上移动光标，文档就跟着翻了一页。目光扫视之下，“我毫无选择……达特穆尔高原……混蛋……人们总是……莉齐说了什么？”

我坐了下来。“这是扎克的笔记本，我们一直在尝试解开他的密码。我认为是奥妮解开的。我不知道这是什么。可能是日记，又或者是信。如果她打开了这个文档，那么她一定看过。”

“她就是因为这个不高兴的？”

我把目光转到屏幕上，上下快速移动光标。文档用不同的标题分成了几个部分——有月份和更具体的日期。这不是信。这是日记。脑子里出现了扎克输入绘画灵感的样子。他以前告诉过我。我的脑海中回响着他的声音：“只要莉齐在我身边，一切都会变得美好。”

我忍着手臂发酸，快速翻到最后一页。情绪急速膨胀，我想双手抱胸来缓解内心的浪涛。我一定要看最后一页。我必须把注意力集中在屏幕上，大脑急速运转。“一条快速干道，一堵墙或者一棵树：有这些就够了。”

我感觉如此深地进入了他的内心。看到这些文字，我想我永远都不想出来了。

“怎么了？”维多利亚拍了拍我，“你在发抖。”

“日记的最后部分，”我哽咽着说，“写的是如何自杀。是我迫使他自杀的。这一切都是我的错，他是因我而死的。”

维多利亚等了我一会儿，我也不知道有多久。然后，她站起来，一边讲话，一边在厨房里踱来踱去。我面前有杯水。她依旧在说话，不过不是在对我说。我听到她一边打电话一边离开了厨房。她的脚步声上了楼梯，洗手间的门开了又关上了。

扎克死了。他不在了，不会再来害我了。他死了，是我要了他的命。

维多利亚又回到厨房，在我旁边跪下了。她把笔记本移到桌子的另一边：“你可以叫谁过来陪陪你吗？”

我疑惑地看着她：“为什么？你要去哪里？”

“奥妮。我要去找奥妮。”

“奥妮？当然。奥妮。”我一手撑头，闭上了眼睛，“她会去哪里？她开走了我的车。她准备干什么？”

“我不知道。我正在想。很显然，她看过这些了。”

“她怪我害死了扎克。她带走了我的狗。”

“她会去哪呢？”

扎克的电脑在桌子的另一端，背景变成了斯戴普波恩特。

“康沃尔。”我脱口而出，“她开车去了康沃尔。”

坐在车里，膝盖上放着金属质感的笔记本，感觉冷冰冰的。维多利亚试图把笔记本从我身上拿走放在家里，至少放在行李箱里，但我没有放手。我现在一点也不想看那日记，但是我不得不看。扎克的想法，扎克的秘密，他谎言背后的真相，如果我想知道，最终会知道的。

我一直看着维多利亚的脚。她脱掉了鞋子，穿着一双浅蓝色的袜子在开车。谁开车会不穿鞋呢？我猜是为了保护她们十分爱护的鞋子。维多利亚之前穿的是亮亮的黑色皮质高跟皮靴，现在不知道被放在哪里了。

我努力掩盖内心的伤痛——不仅仅是哀伤，而是阴暗与肮脏。奥妮认为扎克的死是我造成的。她是对的。扎克的死，我有责任。写那封信颇费了一番心思。我仔细斟酌过，口吻，还把一个个苍白的言辞去掉了。我对他来说意味着怎样的背叛：不是单纯地要求分开，而是平淡地叙述，其中不带任何情感。那是我的进攻方式。我还不如直接用手抓他。

我试图回想起我们之间的最后一次对话，那时候一切都还正常，其实并非如此。他告诉我他在达特穆尔，他骗了我，当时他在戈尔斯。

“我得抓紧了，”扎克说，“太阳快下山了。亘古的岩石绵延无垠，看上去像一座座无名坟冢。视线所及，空无一人。”

“令人向往。”我说，至少他的工作进展顺利，令人欣慰，“不要待太晚哦。”

“天黑之后我才能到家。”

“开车当心。”说这话的时候我眼泪都快淌下来了。我知道他一回去就会看到那封信。我希望时光能倒回到刚开始。我已经开始后悔了。

他跟我说话的时候眼里看到的是什么？当时他跟奥妮在一起吗？等我心境好一些再看笔记吧。

我从膝盖上端起笔记本，把它举到胸前。

维多利亚用余光扫了扫我。“你不能再看了。”她说道，“看一个人的日记没什么好处，只会带给你伤害。”

“也许你是对的。”

“你已经看很多了吧？”

“一点点。我没怎么认真看，只看了最后一部分。”

“你知道你该怎么做吗？”

“我该怎么做？”

“你应该把电脑扔出去。就现在，打开窗户，把它扔出去。”

她开到内线然后慢下来，然后按下中控台上的按钮。窗户打开了，噪音和风顿时灌进了车里。她指了指笔记本，示意我扔出去。

“不。”我抱着笔记本喊道，“我不想扔。”

她关上窗户，车里再次安静下来。“随你便。”

我盯着她看了一会儿，她沉着脸，不像在开玩笑。几缕头发从发箍中散落出来，贴在脖子上。她一边开车一边咬着嘴唇。我们心里很绝望，出来之后就没怎么说过话。

“我希望我的狗安然无事。”我开口说道，“她不会伤害霍华德的，对吧？”

维多利亚没有马上回答。沉默了一会儿，她说：“等找到她的时候，把她交给我，好吗？你带着你的狗走，剩下的事情就不必掺和了。”

她接着说道，奥妮取名于艾伦的母亲，也就是，艾妮，真的。她生下来就很难伺候，又哭又闹，很难喂养，睡觉从不安稳。任何想要的东西得到之后又失落地立马扔到一边。她一点都不像她的哥哥。她上学的经历简直是一部“灾难史”。她也不善交际。维多利亚对她很担心：“当然很担心。”即使这样，奥妮一直都过得不是很好。“她很容易动怒，喜怒无常。她总是把失败的原因归咎于他人，好像自己从不犯错一样。她还总认死理。不管你说什么都不合她的心意，老喜欢发脾气。”

“听起来是个典型的叛逆青少年。”

“学校里的人可不这么认为。几年前她被人欺负，我当时就应该让她转学。如果我当时让她转学，也许情况不会像现在这样糟糕了。奥妮最终报复了那个欺负她的女生，把她的图片进行了一些处理然后上传到脸书上了，都是不雅照。最终，学校没留任何余地，直接开除了奥妮的学籍。”

维多利亚看着前面的路。我们刚过布里斯托尔，现在来到了两条高速公路的交会处。她看了看路标，然后并线进入到右车道。她接着说道：“希望奥妮没有伤害你的狗。”

我转过头，避开了她的目光。

又往前开了几英里。

“你是怎么知道扎克和奥妮的事儿的？”我问道，“你是怎么发现的？”

“就在扎克出事的前一天，”她一语带过，“被我撞见了。”

“在康沃尔？”

“是的。”她皱了皱眉，准备超过一辆旅游大巴，“那个场面可不好看，但因为扎克出了车祸，我们打算大事化小。得知他出事的消息后她的状况就非常让人揪心。我本想瞒着她的，但不可能瞒得住。”她叹了口气。

“那事你丈夫知道吗？”

“不知道。”她只说了三个字。就在我以为她不会再开口说话的时候，她接着说道：“我坚持要把奥妮送去瑞典的原因之一就是不想让艾伦从她口中得知那件事。从这个层面讲，我的安排是成功的。我一直很好奇，夫妻之间到底有多少秘密瞒着对方。表面上说毫无隐瞒，实际上十之八九都有不可告人的秘密，即使这些秘密只停留在想法、欲望、期盼的层面。夫妻共处一室，共卧一榻，然而又彼此了解多少呢？”

路上的标线刷刷飞过。过了一会儿，她冷冷地说：“还好你没要孩子。孩子只会毁了你的生活。”

“你说的不是真心话。”

“我不知道。”她淡淡地笑了笑。

“我是想要孩子的。”我说，“扎克不想要。”

“哦。”

车里再次陷入寂静。我看了会儿窗外，然后说：“齐妮娅，有个叫齐妮娅的人给扎克献了花。”

我以为维多利亚没听到，但她却说：“齐妮娅这个名字太普通了。”

过了埃克塞特后，我们驶离了高速公路，开上了A30公路。已经是正午了，太阳低低地挂在天空。云朵正在聚集，蓝灰色的天空飘着一条条灰色彩带。在我们一旁的是达特穆尔高原的紫色高地，扎克没来这里画过画，没有停下车爬上考斯登，也没有等着看日落。这里的古岩石看起来既像无名坟冢，又不太像。

她没有走我和扎克经常走的那条捷径，我以为扎克已经忘了那条路。维多利亚一直走大路。我看着那条道在旁边一闪而过。

一股夹杂着愤怒、恐慌和不悦的情感从心底升腾。我一直在努力压制。目的地越来越近，我愈发地不安。我在座位上坐立不安。

“你怎么了？”维多利亚问道。

我没有回答。我看见了前面的某样东西，大声叫道：“停车！靠边停车，靠边停车！”

“见鬼！怎么啦？怎么啦？”

车嘶嘶叫着在路边的紧急停车带停了下来，车身侧着，半个车身探出了路基。后面的车按着喇叭呼啸而过。就在我们后面，我那灰色的尼桑，正正地停在路边。

还没等她开口说话，我已经从车里下来了，跨过碎石路，走向我的车。车里是空的，奥妮不在里面，狗也不在。维多利亚也下来了，披散着头发正在穿鞋。她最上面的纽扣没有扣上，风吹得她衣袂飘飘。我一边大声说话，一边指向马路对面扎克出事的地方。我扫视灌木丛，发现了一个人牵着一条狗。一个轮廓依稀可辨——长头发，蓝色衣服。狗走几步就停下来，她就拖着它往前走。

我们需要去马路对面，可是双向的车流量都很大。车子川流不息。冬日里淡淡的阳光洒在车子的挡风玻璃上。电缆塔之间的电线在头顶上晃动。我寻找着车流之间的空隙。正好有一个空当。远处耀眼的灯光正在接近。我冲维多利亚挥了挥手，跑了过去。

她距离我们一百英尺左右，我不知道她有没有看到我们。她没有转身。“奥妮！”维多利亚喊道。

她扭头看了看，大声说了几句，又把头转了过去。

灌木和路之间的空地很小。我们向奥妮跑去。奥妮拉着狗开始跑。狗看到了我，就往我这边跑，拽得奥妮直趔趄。维多利亚一边跑一边喊。地上有车胎烧过的灰烬。拂过我脸的灌木枝条比上次我来的时候更绿了。我们距离她越来越近，她突然停下脚步，转过身来。“不许再过来了。”她喊道，“不许再靠近了。”她现在拽着霍华德的项圈，霍华德则扭动着身体想要挣脱。

我和维多利亚停了下来，奥妮却瞪着我。我们之间的距离很近，近得可以看到她眼中的泪水，她黑色的睫毛膏和她毫无血色的嘴唇。“是你害死了他。”她对我说，“他因你而死。你只是假装关心，其实你根本就不在乎。是你害死了他。”

“不。”我说，“不是这样的。”

“就是这样的。你的离开让他心碎。你骗我，假装对他的死很伤心，骗取我的同情。就是你的错，你这个罪大恶极的人。”

她用膝盖把霍华德推到路上。迎面而来的车子按着喇叭绕了过去，差点给撞上了。维多利亚向前走了一步。

“不要再过来了。你也撒谎了，妈妈。你们都是骗子。你让我觉得我永远是最差的，是个失败者。我都不知道他是我爸爸。你为什么不告诉我？那样的事本来可以避免的。”

维多利亚哽咽道：“不是那样的。我们好好谈谈。我会慢慢解释给你听。”

“为时已晚。”奥妮喊道，“我恨你们，我也恨我自己。”

奥妮转过身，拉着霍华德跌跌撞撞地向转弯处走去。她扭过头来喊道：“是你害死了他，莉齐。我唯一爱过的人已经死了。”她哽咽着说道。我们快接近扎克的事故地点了。那棵树就在不远处，迎着最后的夕阳，在地上留下一片斑驳。她又停了下来。一辆集装箱大卡车鸣着喇叭风驰电掣般驶过。她一边向路边走去，一边弯下腰抱起霍华德。霍华德在她的怀里不停反抗着，挣扎着。

奥妮说：“我还以为你喜欢我，结果你和其他人一样。”

“我们回车里去吧，好好谈谈。”

"我不想谈了，我已经厌倦了一切。"

维多利亚哭着从我身边挤过去。"别过来。"奥妮说。她放下狗，立马又抱了起来，接着又往前迈了一步。她现在就在路的右边，旁边就是车流，非常危险。内道的一辆货车突然转弯，按了按喇叭之后加速而去。"你会冲上来救我吗？会救这只狗吗？你会为扎克献出生命吗？反正你不会为了我那么做。"

一辆黑色跑车尖叫着驶过，片刻间使得她分了神，紧接着她又转头盯着我，脸上的表情阴沉可怕。我知道她要做什么。我们离那个转弯实在太近了。车子都开得很快，没时间刹车，更没时间避让。维多利亚开始大喊大叫。

我不假思索，直接冲了过去。奥妮看见我靠近，就向马路冲去。她脸冲下，大字一样扑向马路。我看见她的手向外伸去，狗就在她身下。我脑子里满是尖厉的刹车声，炙热的气流和撞击变形的金属。我脚步如风，几步赶到她身后，一把抓住她，使劲往回拽。我怀里满是她的头发、她的身体，我的手紧紧抓住她的衣服。她使劲想把我推开，气喘吁吁，又哭又闹。我不知道狗在哪儿，但我不会放开奥妮的。她的重量使得我跌跌撞撞地往后退，两腿一软跟她一起摔了个四仰八叉。枝丫划过我的脸庞，头也撞到了树根部。我的脸颊火辣辣地疼，手臂上也满是伤口。我听到霍华德在叫，听到它跑过来的声音。虽然奥妮还在不停挣扎、反抗，但我还是牢牢地抓着没放手。我是不会放手的。

我们跨坐在一条水沟之上。我已经可以看见那棵树的树干了。百合花还在，只不过被吹到了树根的另一边。包裹的玻璃纸业已发黄，花朵也因脱水而枯萎。便签依旧附在花上。从我这儿能看清上面的内容。一颗心和一个名字。齐妮娅。

“抱歉，非常抱歉。”我在奥妮的耳边呜咽着说。

奥妮已经停止了反抗。

我的目光依然停留在花束中的便签上。我躺在地上，头挨着地，从这个角度看过去，字母的顺序是反的。

竟然是艾妮！

是艾妮，奥妮的名字，后面加了个吻。[①]

奥妮凑在我耳边：“这花是我献的。”

“但他已经死了。”我说道，这句话让我有了一种解脱，“扎克已经死了。”

① 齐妮娅为XENIA，艾妮为AINE。

# 扎克

## 2012年2月14日

我很冷静。我的所有情感都已关闭。我一点也不生气，或者说我的生气很单纯，跟其他人的不一样。它不会像血液一样流动，也不会像火焰一样嗞嗞作响。我的愤怒厚重而又实在，可以抓起来捂在胸口。它会穿透我的皮肤，在心脏周围形成一个箱体。

那封信——其中的每一个字都意在伤害。她要离开我，她甚至都不如实跟我当面讲。她需要“空间”来跟其他男人鬼混。她不爱我了。一切都结束了。

房子整洁干净，这一点很重要。我把所有能表明我在这里短暂住过的东西都扔了。我甚至没在床上睡觉。垃圾袋没了，最后一只给了奥妮。我在橱柜里找到一个行李箱，把威士忌的空瓶，我的脏衣服和奥妮的浴巾都放在里面。我打扫了卫生间，擦拭了我坐着看她信的那把椅子。我擦得很仔细，手上差点磨出了水泡。如果不是急着离开，我会烧了那封信的。

我完成了她喜欢的那幅画。那幅画似乎还缺点什么。那个布里斯托尔的商人告诉我我的画需要更多的“情感投入”。因此，我在画中加了个人。扎克·霍普金斯——将要离开去面对死亡。事情发生后，她会知道这一切的。她非常了解我，她会懂的。这到底代表着希望还是绝望？她会明白的。

我的死及其后遗症也许会毁了她。即使她自己都没有意识到，她爱我的程度足够让她走到那一步。坟墓中的人还能出来杀人吗？我又将多一笔冤孽。

我不是一个普通意义上的凶手，我与众不同。我留给这个世界的东西，我这一生的杰作，并不是那些画。波莉·弥尔顿的死并不是我有意为之。她肯定在跟我争斗的过程中撞到了头，然后一头栽进了大海。我都没听到落水声。同样，夏洛特的死也不在我的计划中，那也是一个不必要的意外。我不该和她上床的，但她实在太不小心了。她的死不能怪我。

我一会儿去找车子，翻过后面的篱笆，沿着那条小路，去乔利恩说好停车的地方。现在我只等夜深人静，等路上没有车了。雨小了些。乌云正从海边奔涌过来。我停下来加满了油，降下车子的顶棚。空气中弥漫着薄薄的雾：很好。一条快速干道，一堵墙或者一棵树，足够。

四周的墙壁在慢慢逼近，之前的信心在慢慢变弱。人们习惯了快速判断——他们无疑会采取最简单的方法。人们永远摆脱不了那些陈词滥调。就算我能解决好一切，莉齐也不会原谅我的。或许，我也没法原谅自己。我应该爱她的。我应该能感觉到什么的。我什么感觉都没有。

人们总是……人们从不……莉齐是怎么说的？她是对的。世界上的其他人，庸庸碌碌混在一起，他们都一个模样。而我，与众不同。

突然一阵眩晕。必须马上出发。缺乏睡眠。思绪……思绪深沉。

莉齐，我的莉齐。我原以为你会救我，没想到你反而毁了我。结果，讽刺的是，没有你我就活不下去。我原本可以说忘了我，但我不能这么做。我不能没有你。我想跟你厮守在一起。我想让你记住我。我想每天都跟你亲近地待在一起。

莉齐——我将献上最后一份礼物以示我对你永恒的爱：我的死亡。

# 第25章　莉　齐

我把扎克的日记看完了。如果不是因为奥妮我是不会这么做的。在对扎克的了解方面我不想输给她。扎克的死一定程度上是我造成的，因此我伤心了好一阵。一天晚上，我一个人在房间里看扎克的日记，我早就想这么做了。我放着埃尔维斯·科斯特洛的歌，偶尔停下来倒杯水喝。我一度把头埋在双腿之间。但是，我没有哭，就算读到奥妮——他的女儿——的部分也没哭。我为自己感到骄傲。

他并不是我想的那样，并非我告诉简的那些陈词滥调所能表述。他有他的秘密，私底下他的思想是扭曲的，这些我已经原谅。“我们都被愚弄了。”简这样说道，为了让我好受些，“我们都被他迷住了。众所周知，有时候邪恶的吸引力也是蛮大的。”

我把日记给汉娜·莫罗看了。虽然维多利亚极力反对，但我还是觉得应该这么做。他的日记里有太多的漏洞，有太多令人不安的细节。她把日记带给了佩里维尔，警方重启了对波莉·弥尔顿和夏洛特·瑞德死因的调查。波莉·弥尔顿的案子没有找到新的证据。

夏洛特·瑞德的死就不一样了。她死的那天早上，摄像头拍到扎克11点在布莱登车站出现过。据一位主动提供线索的目击者称，不久之后在她门前看到了扎克。新一轮的调查开始了。证据有充分的细节，却无法证明事情的真相。她父母离开法医办公室时被拍了下来，她母亲因悲伤过度，几乎站立不稳。内尔陈述了她发现扎克的时候情况是多么的紧急。“事有蹊跷，你应该听得懂我的话吧。”事后来看，很多东西似乎都有关联的。

即使维多利亚百般阻止，新闻界还是知道了这件事。《每日邮报》在网恋危险问题上大做文章；《星期日时报》对夏洛特·瑞德的死进行了长篇累牍的报道；最后，奥妮从她的角度陈述了事情的经过。她离开普里奥里——她在那里治疗边缘型人格障碍和精神创伤后遗症——三天后，《卫报》的“家庭生活”部分就报道了这个事情。文章的标题是《我的父亲，我的爱人》。因此，艾伦·墨菲的领袖梦化为乌有（他在第一轮投票中落选了）。文章不忍卒读，并不是因为表面的原因，奥妮从头到尾都站在扎克一边，都在坚守她对他的回忆。

她在康复过程中给我写了封信——对与扎克发生关系以及后来做的那些“讨人厌”的事向我致歉。她承认她在扎克死后打了几次电话但马上又挂掉了（警方跟我确认，说那是呼叫中心的“故障”，并且建议我向通信局反映这个情况）。我不想再看到奥妮——我确信这样做对我们最好——但有时我又会想起她展示伤痕累累的手腕时的表情，想起生命的脆弱与痛苦的感激，还常常想，如果事情不是那样，又会是怎样一番情形。

周围的人最近对我都很好——出乎意料的好。不仅是佩吉、简和学校的同事，就连警方也是如此。我确信扎克没有死，每个人都假装理解这一点。

没人认为我疯了。佩里维尔一边嘟哝着说莫罗不敏感，一边热心地给我看科技院的报告。这些证据已分类整理好：刹车痕迹、泄露的汽车液体、汽车碎片的散落形式、路况读数和一块电脑芯片，上面记录着扎克把菲亚特开到了八十多英里每小时。“没人会开车撞树再划着火柴。”佩里维尔说道。他还把主管德文郡和康沃尔郡人口失踪的保罗·琼斯介绍给了我。保罗·琼斯说乔利恩·哈里森的失踪不是重点案件，因为乔利恩既没有价值又没有危险性。并且，在比德的罗格夜总会，乔利恩还跟别人说过要去柬埔寨做生意。除此之外，他还欠了特鲁罗一些人的钱。保罗·琼斯总结说，乔利恩麻烦缠身，自己逃跑了。

前一阵子，佩里维尔跟我说，那日记就是我的保险单。“霍普金斯先生不会回来了。就算他回来，”佩里维尔说，“进门的那一刻就会被逮起来。”

“你在讲笑话吗？”我看着他的眼睛问。

他讪讪地笑了笑。

我心中大多数的郁结都得以纾解。我知道是奥妮拿了衣服和戈尔斯的画。扎克死后因悲伤而毁了他画室的也是她。佩吉因觉得我对阿尔菲吝啬，在我不注意的时候拿走了红环牌钢笔。那支红色口红是佩吉在沙发底下发现后给我送回去的，只是忘了告诉我罢了。那只死鸟，简帮我查询了一下，很显然是件平常事。在英国，撞玻璃是鸟最常见的死因，其次是被猫猎杀和被汽车撞死。“英国鸟类学基金会称，英国每年有一亿只鸟撞上窗户，其中死掉的占三分之一。”

山姆被袭事件是那个冬天发生的几起行凶抢劫事件之一。大风吹开了小棚的门，霍华德发现了扎克下了药的骨头。很幸运，上面的安定剂因潮湿变质了。药效没能够要了霍华德的命，只是让它生了病。我母亲说的那个在她卫生间出现的人——我觉得是她第一次见扎克所受影响的后遗症。那两个不见了的瓷屋出现在了佩吉家："真的？它们不见了你很是在意？是我不好。如果喜欢，你拿走便是。"我母亲的戒指我觉得是医院的护士偷了。

在灰狗停车场我以为我看到扎克了——实际上是幻想作祟，我对扎克无法摆脱的迷恋让我出现了幻想。自始至终，我没能摆脱那种迷恋。简和佩吉都说我是不幸的"受害者"，被扎克纠缠着不放，其实我才是那个放不下的人。他日记中有两段让我十分惊讶。每每想起扎克，我的心跳总会加速，会心头一紧。佩吉说扎克骗了我——只是她这么认为罢了——扎克并没有欺骗我。也不完全是。我总觉得哪里不对。在最低迷的时候，我甚至怀疑我爱的是否是扎克这个人——而不是他的愤怒和他强烈的嫉妒心。它们让我感到兴奋而又充满活力。我爱上的可能是，极有可能是一个杀人犯：这与我内心真实的情感又有什么关系呢？有一件事扎克想错了：他跟奥妮发生关系的事我会原谅的。他并不知道他在做什么。也许，退一万步说，即便他知道，我还是会原谅他的。

有人问我，有没有想过要是没有遇到扎克就好了。我觉得那简直像是放干我的血，一片片削下我的肉，直至剩下一堆白骨。

他也是爱我的。现在我知道了。这一点在他的日记里表现得很明显。山姆也读了扎克的日记，他说扎克写日记是为了控制，为了自圆其说。"操控者的乐事：不喜社交者的特征之一。"他解释道，"就是胜人一筹就无比开心。"然而，我并不这样看。如果我对有些事睁一只眼闭一只眼，如果我试着忘记奥妮和他的那些女人，他的日记读起来满满都是对我的爱。也正是他对我的爱最终把他引向死亡。这两者之间是可以画上等号的。扎克死后，我的思想变得扭曲，不受控制，变得疑虑重重，郁结于心，想着复仇和暴力。人们给我安慰，给我拥抱。让他们谈论悲伤、失去亲人的痛苦、受伤的情感以及受害者的心态好了。我有时候在想，真正需要关心的不是我。

# 尾声 莉 齐

**2014年5月**

上周末，我们去了诺森伯兰郡。山姆的父母住在纽尔卡斯，我们在那儿住了几天。之后，我们沿着海岸线开到了我早已在国民信托网上订好的乡下小屋。小屋在特威德河畔的贝里克，稍稍深入内陆了一些。我们想带艾格尼丝第一次去看海。

但是天公不作美，一直下着雨，我们只能躲在家里，要么去当地的商店转转。但是，星期天天突然放晴。我们驱车前往一个早已在地图上定位好的山顶停车场。我们从山上到海边走了很久，翻过一片高地的时候窜出来两只云雀；爬过一个海岬，走过一条陡峭的、弯弯曲曲的山间小路。最后，我们在沙丘之间搭了个帐篷。霍华德追逐着海鸟，艾格尼丝靠着旅行篮坐在毯子上，挥舞着小拳头。

我们带来了腊肠、面包和酒。山姆找了些枯树枝生火。周围空无一人，只在远处有几个身影。我记得冲他们的方向看了看：我对陌生人的存在很敏感。当你失去了亲近的人，不管是什么关系，你总会觉得少了点什么——虽然可能并不缺少。周日，已是接近傍晚时分，正常情况下人们都在为上学或上班做准备。接下来几天是休假日，我们沉浸在假期的惬意中无法自拔。遍地的沙子向各个方向蔓延开去，微风吹拂着绿草，空气中已经有初夏的味道。这简直就是天堂。

我们发现把火柴忘在了厨房的炉子边，于是我说我去买吧。我爱山姆。我爱我的女儿。每天我都会掐一掐自己，我不相信自己会有这么幸运。但是，我还是经常会找机会一个人独处。

我们来的路上路过了一个加油站。我驱车前往，把车停在了加油泵旁边的空地上。周围没有其他的车子。走进加油站，一个眼袋下垂的年轻女人站在玻璃柜台旁边。店里没其他人。我在挑选巧克力的时候感觉到多了个人。在我没留意时，有人开门走了进来。一个身影，高高的，黑色头发，在冰柜里挑牛奶。

他的身形让我心里“咯噔”一下，他的步态，身体偏向一侧，背微驼。他穿的是建筑工地上的那种靴子，牛仔裤和一件淡蓝色的衣服。他走过我前面的过道去柜台付钱。我排在后面，呼吸几乎都快停止了。他的皮肤晒得黝黑，一缕头发垂在眉毛上。

他没有看我，走到门口时转身看了一眼。那一刻，我整个人都呆住了。有那么一霎，我真把他当成了扎克。

当然，他并不是扎克。他的个子太高，脸的棱角也更分明。在那扇门关上之前，我一动没动。

估计我永远也走不出这种状态了。不管怎样，我都会时不时扭头回望，期望能看见他站在那里。

我等待着，一边翻着手中的杂志，直到确定那个人已离去。

# 致 谢

在为本书搜集素材的过程中，很多人给予了我热情的帮助。在此，衷心感谢苏菲·梅勒，凯伦·罗宾森，苏菲·赫斯，乔·玛青顿，本·史密斯，凯蒂·史密斯和艾拉·赫恩。此外，衷心感谢我出色的经纪人朱迪丝·穆雷，编辑露丝·特罗斯，艾米莉·贝斯特雷，罗丽莎·森加纳以及一如既往的贾尔斯·史密斯。